Marie Matisek

Alles Liebe oder watt?

Marie Matisek

Alles Liebe oder watt?

Ein Sylt-Roman

List

Prolog

Die Luft war rauchgeschwängert und waberte Pastor Schievel in dicken Schwaden entgegen, als er die Tür zum Wirtshaus öffnete. Das Preestershus war brechend voll. Sie waren alle gekommen, alle. Nicht nur die Leute aus Horssum, auch aus Lichsum, Regstedt und den anderen Weilern.

Er zwängte sich mit Mühe in den Gastraum, der ihm kaum Platz zum Stehen, geschweige denn zum Sitzen bot. Alle redeten durcheinander, aber er konnte deutlich das kehlige Lachen von Hillu Holm und das Gekreische ihrer Freundinnen heraushören. Lars Holm versuchte gerade, eine Ansprache zu halten, wurde aber immer wieder unterbrochen. Sehen konnte der Pastor den Redner ohnehin nicht.

Als die Wirtin Lise Pastor Schievel entdeckte, machte sie dem Jungbauern Knut am Tresen ein Zeichen. Dieser schob sich daraufhin bis zu Schievel durch die Menschenmassen, zog den älteren Mann am Arm und bahnte sich mit ihm einen Weg durch die volle Kneipe. Dabei setzte er nicht allein die knochigen Ellenbogen seiner mageren Arme ein, sondern auch sein spitzbübisches Lächeln. Schließlich hatte es der junge Mann geschafft, den beleibten Pastor an den ersten erreichbaren Tisch zu bugsieren. Er scheuchte einen Mann von seinem Stuhl, so dass Schievel sich schwer atmend niederlassen konnte. Der Pastor nickte grüßend in die Runde. Es war ihm unangenehm, dass er die Aufmerksamkeit auf sich gelenkt hatte, eigentlich hatte er vorgehabt, nur ganz kurz bei der Versammlung vorbeizuschauen und dann wieder zu verschwinden.

Das hier ging ihn ja gar nichts an.

Die Menschen im Raum wandten sich wieder Lars Holm zu, der Schievel jetzt ebenfalls freundlich zunickte und dann mit seiner Rede fortfuhr.

»… also, wie ich gerade gesagt habe: Die Zeit ist abgelaufen. Wir sind nicht bereit, länger auf das Ergebnis zu warten. Und ich finde, Jens ist gefragt, der soll das endlich in die Hand nehmen und klären.«

Der Angesprochene, Jens Bendixen, saß links von Pastor Schievel an einem Nachbartisch und schien förmlich in sein Bier hineinkriechen zu wollen. Er duckte sich unter den Kommentaren, die auf Lars Holms Ausführungen folgten, und sah angestrengt auf die Tischplatte, als wollte er sie beschwören, damit sie sich endlich auftun und ihn verschlingen möge.

Schievel bekam nun ebenfalls ein frisch gezapftes Pils, das ihm von der Theke aus durch viele Hände nach vorne durchgereicht wurde. Er leckte sich den bitteren Schaum von den Fingern und nahm einen ersten Schluck. Wenn das sein Arzt wüsste … Ertappt sah Pastor Schievel sich um. Tadde Brockhues, der Internist, dem der Pastor seit bald dreißig Jahren die Treue hielt und der gleichzeitig mit ihm in einem halben Jahr in den Ruhestand gehen würde, war in der Menge nicht zu entdecken. Vielleicht war Tadde auch zu Hause geblieben, saß mit seiner alten Retrieverhündin am Kamin und ließ den Hubschrauberlandeplatz Hubschrauberlandeplatz sein. Er interessierte sich genauso wenig wie der Pastor dafür, wer dort was veranstalten oder bauen würde und wem das Gelände zu welchen Anteilen gehörte. Andererseits wusste kaum jemand so viel über die Beweggründe der Kontrahenten, die sich seit über vier Jahren darum stritten, wie der Arzt und der Pfarrer. Beiden kam vieles zu Ohren in ihrer Praxis beziehungsweise in der Seelsorge.

Es wäre ihm lieber gewesen, er hätte weniger gewusst, dachte der Pastor und nahm einen beherzten Schluck von seinem Pils. Er trank zu schnell seit dem letzten kleinen Herzvorfall. Weil er etwas Verbotenes tat, bei dem er auf keinen Fall erwischt werden wollte.

Inzwischen hatte sich eine rege Diskussion über den Beitrag von Lars Holm entsponnen, alle redeten durcheinander und versuchten, sich bei dem Lärmpegel zu überschreien. Der Einzige außer dem Pastor, der nichts sagte, war Jens Bendixen, dem Lars eigentlich das Wort erteilt hatte.

»Lass doch den Jens in Ruhe!«, »Der kriegt doch erst recht nichts gebacken!«, »Warum hast du es denn so eilig, Holm?«, »Eilig? Nach fünf Jahren?« – das waren einige der Beiträge, die an das Ohr des Pastors drangen.

Schließlich ertönte eine sehr laute Seemannsglocke, die das Sprachgewirr augenblicklich zum Verstummen brachte.

»Alle mal Klappe halten! Jetzt redet der Jens!«, war die autoritäre Stimme von Hans Baluschek zu hören, dem Wirt des Preestershus. Er hatte neben der Theke eine große Schiffsglocke aus Messing, die angeblich ehemals auf der *Padua* gehangen hatte, dem legendären Segelschulschiff, auf dem der Hans-Albers-Film *Große Freiheit Nr. 7* gedreht worden war.

Jens Bendixen erhob sich schwerfällig und widerwillig von seinem Stuhl, unternahm einen halbherzigen Versuch, sein zerknittertes graues Jackett glattzustreichen, und ruckelte an seiner Krawatte. »Danke, Lars, für deine Ausführungen …«

Höhnische Zwischenrufe unterbrachen den Gemeindevorsteher. Sie kamen von einem der Tische im hinteren Gastraum, den Pastor Schievel nicht einsehen konnte. Die Seemannsglocke erklang erneut einmal kurz, und ihr mahnender Klang brachte die Störer zum Verstummen.

»Es stimmt natürlich, dass sich das Verfahren hinzieht. Es sind nun schon bald fünf Jahre, im Sommer wohl, das mag so sein.«

Gelegentliches Augenrollen bei den Zuhörern. Jens Bendixen war bekannt für sein umständliches Gerede – wenn er sich um Konkretes drücken wollte.

»Wir, das heißt wir vom Amt Sylt, haben bereits eine Nachfrage gestellt zum Verlauf des Verfahrens. Leider haben wir bis heute keine Antwort erhalten.«

Damit setzte sich Jens Bendixen wieder und glaubte seiner Auskunftspflicht Genüge getan zu haben. Die Anwesenden sahen sich ratlos an, bis Lars Holm erneut das Wort ergriff.

»Jens, das ist ja wohl ein Scherz!«, donnerte er und schlug mit der Faust auf den Tisch.

Pastor Schievel erschrak. Noch nie hatte er Holm, den Bauunternehmer, der vor über dreißig Jahren zu seinen ersten Konfirmanden gehört hatte, so außer sich gesehen!

»Ihr müsst aktiv werden! Nicht bloß 'ne Anfrage stellen! Wir als Gemeinde können es uns nicht leisten, das Land brach liegen zu lassen. Im Interesse aller Gewerbetreibenden in Horssum muss jetzt gehandelt werden. Wir haben ein Recht darauf zu erfahren, ob es einen Erben gibt, wenn ja, wer er ist und ob er seine Ansprüche geltend macht. Oder aber das Verfahren wird ein für alle Mal abgeschlossen und das Land fällt an die Gemeinde.«

Lars Holm stand auf und reckte eine Faust in die Höhe.

»Wir wollen den Sportpark für Horssum jetzt! Sonst geht Horssum endgültig vor die Hunde!«

Johlender Beifall brandete auf, aber auch wütende Pfiffe und Beleidigungen drangen an das Ohr des Pastors.

Lars Holm setzte sich, das Gesicht gerötet und schweißüberströmt. Er sieht nicht gut aus, dachte Schievel bei sich. Morgen geh ich auf ein Schwätzchen zu ihm. Muss ihm mal ins Gewissen reden, dem Lars. Er nimmt sich das zu sehr zu Herzen.

Mittlerweile hatte sich ein anderer Redner aufgeschwungen. Der Pastor konnte ihn nicht sehen, er musste an dem Tisch sitzen, von dem vorhin die Zwischenrufe gegen Jens gekommen waren. Aber Schievel hörte die schneidende Stimme und erkannte sie sofort. Ommo Wilkes war es, der das Wort ergriffen hatte. Der wilde Ommo, auch er einer der ersten Konfirmanden. Schon damals hatten sich Lars und Ommo in der Wolle gehabt. Der Pastor erinnerte sich an die »Konfi-Freizeit«, die mit einer wüsten Schlägerei geendet hatte, bei der er selbst ein blaues Auge davongetragen hatte, weil er sich mitten in die prügelnden Buben geworfen hatte – um zu schlichten, versteht sich. Angefangen hatte alles, weil Ommo Lars eine Blindschleiche in den Schlafsack gesteckt hatte.

»... kann von ›vor die Hunde gehen‹ und Überschuldung nicht die Rede sein!«, fing der Pastor einen Teil von Ommos Rede auf. »Ihr liefert das Pfund, mit dem ihr wuchern könntet, bedenkenlos an den Kommerz aus, bloß weil ihr Komplexe habt! Komplexe, weil Horssum nicht Keitum ist und nicht List und erst recht nicht Westerland!«

Erneute Proteste im Publikum, die sich dieses Mal allerdings gegen Ommo und nicht gegen seinen Vorredner richteten.

Ommo ließ sich von den Zwischenrufen nicht abbringen. Das hatte er noch nie getan, dachte der Pfarrer. Ommo war immer schon ein Sturkopp gewesen.

»Und es stimmt auch nicht, was Lars sagt, dass das Land brach liegt! Von wegen! Seltene Pflanzen siedeln sich an, Tiere, vom Aussterben bedroht, erobern den Landeplatz als Lebensraum!«

Höhnisches Gelächter von Lars Holms Tisch setzte ein. »Ach, erzähl mal, Ommo, was hast du denn wieder für 'n neues Tier erfunden? Uups – gefunden, wollte ich natürlich sagen!«

Gelächter im Wirtshaus.

Ommos trotzige Stimme übertönte alle. »Kreuzkröten. Eine ganze Kolonie hat sich dort ausgebreitet. Wir dokumentieren den Bestand, und wenn das erst mal beglaubigt und bestätigt ist, dann kannst du dir deinen Sportpark ein für alle Mal in die Haare schmieren, Lars! Scheißegal, ob noch ein Breckwoldt-Erbe auftaucht.«

Aus dem Nichts flog eine kleine hellgelbe Kugel durch den Raum. Und noch eine, gefolgt von drei, vier weiteren. Der Pastor hatte die Wurfgeschosse gerade als heiße Kartoffeln identifiziert, da schien sich das gesamte Wirtshaus zu bewegen. Die Masse der Horssumer schob und drückte. Arme steckten sich nach allen Seiten, Oberkörper duckten sich, es wurde getreten und gezogen, geschubst und geworfen.

Pastor Schievel neigte den Kopf über sein Pils und hoffte, dass nicht das Gleiche geschehen möge wie vor dreißig Jahren auf der Konfi-Freizeit: eine Massenschlägerei. Er schloss die Augen und wartete ergeben darauf, dass Hans' Glocke erneut erklang. Was sie auch tat, allerdings nicht mit sofortigem Effekt. Es dauerte ein bisschen, die erhitzten Gemüter zu beruhigen. Nicht nur dem Wirt, dessen mächtige Stimme noch im hintersten Winkel seiner Kneipe erscholl, sondern auch dem beherzten Eingreifen seiner Frau Lise und Knut Larsen, dem friedfertigen Jungbauern, war es zu verdanken, dass der Tumult nicht ausartete. Die beiden hatten die Türen des Gasthauses weit geöffnet und zerrten und drängten die erboste Menge einfach nach draußen. Pastor Schievel hörte, wie Hans Baluschek einigen Gästen Lokalverbot androhte, sollten sie sein Wirtshaus nicht augenblicklich verlassen, dann nahm er seinen letzten Schluck Pils. Er wollte schleunigst nach Hause, noch bevor ihn jemand aufhalten und um seine Meinung in der Sache fragen konnte. Er legte einen Fünfeuroschein auf den Tresen, wartete nicht auf das Rückgeld und trat aus dem Wirtshaus. Er hörte noch in seinem Rücken, wie Ommo Wilkes Lars Holm provozierte: »Warte nur auf deinen Erben! Ich mach vorher Nägel mit Köpfen«, und trat dann hinaus in den kühlen Frühlingsabend.

Es war kurz nach neun Uhr abends, der Himmel dunkel und sternenklar. Die Luft war frisch und kalt, sie schmeckte nach

Salz und Eisen. Pastor Schievel bildete sich gerne ein, dass man sie kauen konnte. Er liebte es, wenn der Frühling über die Nordseeinsel hereinbrach, er brachte stets Klarheit und Licht, vertrieb das Neblige, Verhangene mancher Wintertage auf der Insel.

Jemand hängte sich bei ihm ein. Er sah zu seiner Rechten und fand bestätigt, was er schon wusste. Es war die alte Oma Grete, seine Haushälterin und Freundin. Wenn man es genau nahm, hätte die zarte weißhaarige Person fast seine Mutter sein können. Er war nur unwesentlich älter als Fiete, ihr verstorbener Sohn. Aber in den letzten Jahren fühlte er sich alt neben ihr, obwohl er erst Mitte sechzig und sie bereits Ende siebzig war. Seit dem Herzinfarkt. Er hatte Bluthochdruck und war übergewichtig. Er trieb keinen Sport und saß lieber in seiner Bibliothek, las Bücher oder studierte alte Quellen. All das hatte dazu geführt, dass er sich von der quirligen alten Dame vieles abnehmen lassen musste. Sie hatte ihm trotz des hohen Alters in Sachen Fitness einiges voraus.

Seit er die Stelle in Horssum innehatte, seit dreißig Jahren, führte Oma Grete ihm den Haushalt, und sie hatte nur an einem einzigen Tag gefehlt. An dem Tag, an dem ihr Sohn Fiete und seine Frau Suna auf dem Feld vom Blitz getroffen worden und gestorben waren. Am nächsten Tag war sie nicht im Pfarrhaus erschienen, aber am übernächsten wieder und dann an jedem einzelnen Tag, den Gott der Herr werden ließ. Bis heute. Und sie hatte nie mit ihrem Schicksal gehadert. Sie war eine gläubige Christin, und manchmal, wenn er selbst zweifelte, dachte Pastor Schievel, dass sie die Gottesfürchtigere von ihnen beiden war.

»Gehen wir noch auf ein Glas, Udo«, sagte sie jetzt.

Er nickte, was sie im Dunkeln nicht sehen konnte, aber sie wusste auch so, dass er einverstanden war. Wie er immer mit allem einverstanden war, was sie vorschlug. Nein, anordnete.

Grete hatte in seiner Küche einen starken Tee gekocht, in den er sich nun einen Esslöffel voll Kandiszucker schaufelte. Sie saß ihm gegenüber, die Brauen zusammengezogen.

»Du weißt, Grete, es ist nur eine Frage der Zeit«, wagte er sich vor.

Die kleine alte Frau schüttelte energisch den Kopf. »Nee, Udo. Nu haben wir so lange dicht gehalten …«

Der Pastor seufzte. Dieses Thema stand zwischen ihnen. Der Erbe von Breckwoldt. Er hätte sich nie darauf einlassen sollen zu schweigen.

»Lars drängelt«, sagte Grete, »und das ist gut so. Wenn er Bendixen dazu kriegt, dass er beim Nachlassverwalter Druck macht …« Sie ließ den Rest des Satzes in der Luft hängen. Pastor Schievel ergänzte den Satz im Geiste: »… dann wird das Verfahren abgeschlossen, weil der Erbe nicht gefunden werden konnte.« Das war es, woran sich seine Freundin stets klammerte. Es sollte keinen Erben geben. Aber sie beide wussten es besser.

»Aber wenn nun doch noch jemand kommt und ins Archiv will?«, insistierte Pastor Schievel. Er nippte an seinem Tee, verbrannte sich aber sofort die Zungenspitze.

»In fünf Jahren ist keiner gekommen, dann kommt nu auch keiner mehr auf den letzten Drücker.« Grete zog die Stirn missbilligend in Falten. Noch mehr Falten.

»Aber es ist nicht recht.« Statt des Tees schob Schievel sich einen großen Kandisbrocken in den Mund und lutschte daran. Das tröstete ihn ein bisschen über die verbrannte Zungenspitze hinweg. »Du weißt, ich lüge nicht. Und ich lasse jeden ins Archiv, der Einlass begehrt.«

Die Sache war ihm nicht recht, nie gewesen, und er wollte seinen Standpunkt noch einmal deutlich machen. Er war kein Verschwörer, und er stand auf niemandes Seite, auch wenn Grete es so sehen wollte. Ihr Blick zuckte jetzt unruhig zur Tür, hinter der sich das Archiv der Kirchengemeinde verbarg. Der Schlüssel steckte im Schloss, für jedermann sichtbar.

»Und ich glaube auch, wir machen einen Fehler.« Pastor Schievel fasste sich ein Herz. Diese Sache bedrückte ihn, ja sie lag ihm auf der Seele. Er hatte lange geschwiegen, Oma Grete zuliebe. Er hatte sich stets damit beruhigt, dass er nicht gelogen hatte – es hatte ihn einfach nie jemand gefragt. Aber wenn er ehrlich war, musste Schievel sich eingestehen, dass sein Schweigen in den letzten Jahren die Last einer Lüge angenommen hatte. »Die Wahrheit muss ans Licht, Grete. Sonst kann meine Seele keinen Frieden finden.«

Die alte Frau sah ihn erstaunt an. Er hatte den letzten Satz nicht sagen wollen, er war ihm entfahren, was ihm jetzt leidtat, denn der Pastor erkannte, dass er Grete damit Angst eingejagt hatte. Er stand auf. »Es ist spät«, sagte er sanft. »Wir wollen morgen weiterreden.«

Auch Oma Grete stand nun auf. Sie räumte schnell den Tisch mit den Teetassen ab und trug das Geschirr zur Spüle. Der Pastor legte ihr begütigend eine Hand auf den Rücken. »Und ich bitte dich, schlaf noch einmal drüber und bewege die Sache in deinem Herzen.«

Seine Haushälterin seufzte, nickte aber ihm zuliebe und verabschiedete sich in die tiefschwarze Nacht.

Pastor Schievel nahm noch einen Atemzug der klaren, kalten Vorfrühlingsluft und schloss die Tür.

Als Oma Grete am nächsten Tag die Haustür aufschloss, lag tiefer Frieden über dem Haus. Die alte Dame war sehr beunruhigt, weil der Pastor nicht zur Taufe erschienen war, und sie hatte, um die Familie des Täuflings zu besänftigen, behauptet, der Pastor hätte bestimmt verschlafen, das passiere nicht das erste Mal (was durchaus eine handfeste Lüge war). Skeptisch betrat sie das Pfarrhaus und rief den Namen des Pastors, aber niemand antwortete. Einen Raum nach dem anderen suchte sie ab, aber alles lag so da, wie sie es verlassen hatte.

Im Schlafzimmer schließlich, das sie nicht betreten hatte, ohne vorher zu klopfen, waren die Vorhänge noch zugezogen. Oma Grete sah, dass der Pastor im Bett lag. Die Augen geschlossen, die Hände auf der Bettdecke gefaltet, und der Mund stand offen.

Sie ging zum Bett, und die kalte Haut des Pastors Udo Schievel bestätigte, was sie bereits auf den ersten Blick gesehen hatte: Er lebte nicht mehr. Er war im Schlaf gestorben. Das kleine Lächeln in den Mundwinkeln zeigte an, dass seine Seele durchaus in Frieden den Körper verlassen hatte.

Oma Grete spürte die Tränen kommen, sie streichelte eine Hand des langjährigen Freundes, sprach ein Gebet und ging dann mit raschen Schritten hinunter in die gute Stube, um den Arzt Tadde Brockhues zu benachrichtigen.

Auf dem Weg kam sie an der Tür zum Archiv vorbei und mit einer beiläufigen, beinahe gedankenlosen Bewegung zog sie den Schlüssel ab und steckte ihn in die Tasche ihrer Kittelschürze.

Wenige Tage später in Köln

»Jaaa?!«

Genervt klemmte Silke sich das Telefon zwischen Schulter und Ohr. Sie hatte eigentlich gar nicht rangehen wollen, schließlich war sie nach einem langen Arbeitstag gerade erst nach Hause gekommen. Sie warf einen Blick in die Küche, die aussah, als hätte eine Bombe eingeschlagen, wie immer, wenn sie die Kinder mal den ganzen Tag alleine gelassen hatte und diese sich selber verpflegen sollten. Zum Glück kam das nicht allzu oft vor.

»Guten Tag, Brombacher. Ich bin die Biologielehrerin Ihres Sohnes.«

Sohn, Sohn, wo steckte der überhaupt? Silke nickte stumm und streifte sich die Schuhe von den geschundenen Füßen. Sie war heute den ganzen Tag herumgehetzt und fühlte sich, als wäre sie den New York Marathon gelaufen. In acht Stunden statt in vier. Zusätzlich zu den gefühlten Stunden, die sie im Stau verbracht hatte. An solchen Tagen hasste sie das Großstadtleben.

»Frau Denneler?« Die Stimme der Lehrerin klang zunehmend gereizt.

Silke versuchte, sich auf das Telefonat zu konzentrieren, vielleicht könnte sie es rasch hinter sich bringen, wenn sie bedingungslos alles abnickte, was diese Bio-Tante von ihr wollte. Es würde sowieso der immer gleiche Sermon sein, sie kannte diese Telefonate zur Genüge.

»Ja, Entschuldigung. Ich bin ganz bei Ihnen.«

Wie oft hatte sie diesen Satz heute schon gesagt?

Ein hörbares Einatmen am anderen Ende der Leitung ließ darauf schließen, dass eine längere Beschwerdepassage der Lehrerin folgen würde.

»Hat Paul Ihnen den Zettel gegeben?«

»Was?« Welchen Zettel? Silke hatte keinen Schimmer. »Natürlich hat er ihn mir gezeigt.« Für diese Lüge drei Vaterunser, gesetzt den Fall, sie wäre katholisch.

»Aha. Ja. Und warum hat er ihn dann nicht wieder abgeliefert?«

Frau Brombacher war auf Krawall gebürstet, das konnte man deutlich hören. »Sie haben doch unterschrieben, oder nicht?!«

Dieses Telefonat sollte eine Anklage werden und kein Gespräch. Silke spürte, wie sich ihre kleinen Härchen am Unterarm aufstellten. Sie dachte an ihre eigene schreckliche Schulzeit.

»Das ist meine Schuld.« Silke versuchte, die Fahrt aufnehmende Pädagogin durch bedingungslose Ergebenheit freundlich auszubremsen. »Ganz und gar meine Schuld. Ich habe den Zettel unterschrieben, natürlich habe ich unterschrieben, und dann auf dem Schreibtisch vergessen. Der muss einfach irgendwo unter meinen Bürosachen … Ich habe einfach zu viel um die Ohren. Morgen bringt er ihn mit.«

»Es wäre Pauls Aufgabe gewesen, Sie daran zu erinnern.« Frau Brombacher hatte gar nicht vor, auf Silkes Entschuldigung einzugehen. »Ich habe ihm deshalb heute einen Verweis erteilt. Zweimal hatte er die häuslichen Aufgaben nicht präsent, daraufhin musste ich ihn verwarnen. Diese Verwarnung hat er auch nicht unterschrieben zurückgebracht. Nun also der Verweis. Das muss sein. Sonst lernt er es nie.«

Der schnippische Unterton war nicht zu überhören. Silke rollte mit den Augen und schüttelte den Kopf, bemühte sich aber, ihre aufsteigende Wut nicht herauszulassen. Sie wusste schließlich, wie es ausging. Ihre Kinder hatten sie stets gebeten, sich in Sachen Schule zurückzuhalten. Gab es Ärger, wurde Ansgar vorgeschoben, der wesentlich diplomatischer war als sie.

»Ich habe auch schon mit Pauls Vater telefoniert …«

Ah. Na wunderbar. Und warum rief die Zimtzicke dann auch noch bei ihr an?

»… der mir durchaus beipflichtet. Paul muss lernen, sich zu disziplinieren.«

Silkes Magen krampfte sich ganz ungut zusammen. Natürlich hatte Ansgar, dieser Wicht, der Bio-Tussi zugestimmt – und alles auf die überforderte Mutter geschoben, die seit der Scheidung gar nichts mehr hinkriegte. Und sie hatte diesem Vorurteil mit ihrem Märchen vom chaotischen Schreibtisch und ihrer Überforderung soeben aufs allerschönste Nahrung gegeben! In Wirklichkeit feixte ihr Exmann doch; der Verweis war an *sie* gerichtetet, die Exfrau, die es alleine nicht hinkriegte mit den Kindern.

Zu allem Überfluss entdeckte Silke jetzt auch noch unter dem Haufen Werbung und Wochenzeitungen, die sie aus dem Briefkasten gefischt hatte, einen sehr, sehr dicken Brief von ihrem Anwalt. Scheidungsunterlagen und eine fette Rechnung – Silke würde es nicht übers Herz bringen, diesen Umschlag auch noch heute zu öffnen. Das wäre der Dolchstoß an einem ohnehin anstrengenden Tag.

»Und warum rufen Sie mich dann auch noch an, wenn Sie bereits mit meinem Exmann gesprochen haben?« Silkes Stimme war honigsüß.

»Nun, ich dachte, schließlich sind ja Sie diejenige, bei der Paul hauptsächlich ist, und Ihr Mann meinte auch …«

Vorbei. Aus und vorbei. Jetzt konnte Silke Denneler sich nicht mehr am Riemen reißen.

»Was mein schwachsinniger Mann meint, geht Sie einen feuchten Kehricht an!«, brüllte sie ansatzlos in den Hörer. »Sie haben Ihrer Pflicht doch Genüge getan und einen Erziehungsberechtigten benachrichtigt. Was wollen Sie denn noch?!«

»Frau Denneler ...«, heilige Empörung am anderen Ende der Leitung.

»Ein Exempel statuieren, das wollen Sie! Strafe ist Ihnen nicht genug, Sie wollen auch Genugtuung!« Silke hing noch mit einem Arm in ihrem Trenchcoat, während sie erbost in dem kleinen Flur auf und ab lief. Die Post hatte sie wütend zu Boden geschleudert und trampelte mit ihren Seidenstrümpfen darauf herum. »Sie wollen ein kleines Kind demütigen und verletzen, weil Sie sich rächen wollen. Dafür, dass er keinen Anteil an ihrem Fach nimmt, dafür, dass er Ihre Aufgaben und Strafen missachtet, dafür, dass er Ihnen signalisiert, dass Sie eine beschissene Pädagogin sind, für die es zur Unikarriere nicht gereicht hat! Bio und Sport, ha, wie armselig!«

»Im Übrigen muss ich Ihnen sagen, dass Ihr Sohn die Klassenstufe wohl wiederholen muss«, grätschte die Lehrerin dazwischen.

Silke sah rot und beschloss, ihrem Herzen mal so richtig Luft zu machen, da hörte sie nur ein kommentarloses Klicken – die Brombacher hatte aufgelegt.

Silke schmiss das Telefon auf das Sideboard, wo schon Schlüssel, Schals, leere Batterien, zwei Taschenlampen, Hundekotbeutel, Visitenkarten und ein goldener Buddha lagerten, wohl wissend, dass sie ebendieses Telefon bald wie verrückt suchen würde, weil es mal wieder nicht in seiner Ladestation stand, wo es hingehörte. Sie fuhr sich verzweifelt mit der Hand durch ihr halblanges Haar, das daraufhin aus dem Haargummi hüpfte. Der Knoten, den sie heute Morgen mühsam aus ihrem glatten Spaghettihaar zusammengezwirbelt hatte, war vollständig hinüber.

»Mama?« Die Tür des Kinderzimmers öffnete sich behutsam einen Spalt, und Paul steckte vorsichtig seine Nase durch den Schlitz. »Wo warst du denn?«

Statt einer liebevollen Begrüßung riss Silke die Tür ganz auf und erkannte auf einen Blick, warum ihr Jüngster sie bislang nicht begrüßt hatte – ihr Laptop lag zwischen seinen Kleidern und Comicheften am Boden, irgendein Ballerspiel oder das, was sie dafür hielt, lief.

»Das gibt's doch nicht! Wie oft habe ich dir gesagt, Hände weg von meinem Laptop.«

Mit einem Satz war sie im Zimmer, klappte den Computer zu und riss am Kabel, um es aus der Steckdose zu ziehen. Was aber nicht gelang, stattdessen brach die Buchse aus der Wand.

»Und was soll der Saustall in der Küche? Mensch, ihr seid zwölf und siebzehn! Ihr werdet doch wohl das Geschirr wegräumen können, wenn ihr was gegessen habt?! Wo ist überhaupt deine Schwester?«

»Mit der Clique weg.« Paul stand hilflos im Zimmer, Kopf und Schultern waren nach unten gesackt. Man sah ihm an, dass er am liebsten im Erdboden verschwinden würde, um den Wutanfall seiner Mutter nicht noch länger erdulden zu müssen. Seine Stimme war ganz leise.

Spätestens jetzt wäre der Zeitpunkt gewesen, ihren Kleinen in den Arm zu nehmen, hallo zu sagen und sich wieder zu beruhigen. Das wusste Silke selbstverständlich, und der Klumpen in ihrem Magen, der sich weiter verkrampfte und schon gefühlte zehn Kilo wog, war ein weiteres Warnsignal. Aber sie konnte nicht aus ihrer Wuthaut. Sie war so in Fahrt, sie musste Druck ablassen. Den Druck, der sich seit Wochen und Monaten angestaut hatte.

»Und wann wolltest du mir sagen, dass du einen Verweis kassiert hast?« Sie stürmte mit ihrem Laptop unter dem Arm an ihm vorbei aus dem Zimmer.

»Aber das war doch erst heute …«, gab die kleine Stimme in ihrem Rücken zurück.

»Und der Zettel? Verdammt, Paul, ich hatte keine Ahnung, wovon deine Lehrerin redet!«

Silke stand nun mitten in der Küche. Schmutziges Geschirr, verschüttete Cornflakes am Boden. Eine dreckige Pfanne auf dem Herd, daneben Eierschalen. Die Butter stand auf dem Tisch und war weich und dunkelgelb, ebenso wie die Wurst, die seit Stunden zurück in den Kühlschrank gemusst hätte. Leere Milchkartons, eine Geschirrspülmaschine, die signalisierte, dass sie ausgeräumt werden musste, und ein leerer Kasten Wasser vervollständigten das Bild. Jetzt erst nahm Silke wahr, dass sich Balu, der Bobtail, vor ihrem Wutanfall unter dem Tisch versteckt hatte und zaghaft mit dem Schwanz wedelte. Mit Sicherheit war er ebenfalls längst überfällig. Es war halb acht Uhr abends, und Silke Denneler wünschte sich nichts mehr, als nach einem langen und anstrengenden Arbeitstag die Füße hochlegen zu können und sich zu entspannen. Stattdessen empfing sie das Chaos, das im Moment ihr Leben war. Zu einem großen Teil selbst verschuldet, wie sie nur zu gut wusste.

»Es tut mir leid, Mama.«

Silke drehte sich um und wurde butterweich. Was war denn bloß in sie gefahren! Warum hatte sie ihren Ärger über die Lehrerin und den anstrengenden Tag an Paul ausgelassen? Der konnte nun weiß Gott nichts dafür. Er hatte es ohnehin schwer seit der Trennung von Ansgar. Und er war erst zwölf.

»Nee!«, rief Silke und war mit einem großen Schritt bei ihrem Sohn. Sie zog ihn an sich, und erleichtert ließ sich Paul in ihre Arme fallen. Sie drückte ihn ganz fest. »Mir tut es leid«, sagte sie und küsste ihn auf seinen Haaransatz. Dabei stellte sie fest, dass ihr der »Kleine« schon bis zur Nasenspitze reichte. Bald würde er ihre mickrigen 1,75 überholt haben. »Es war total stressig heute, und der blöde Anruf von deiner Lehrerin war der Overkill.«

Paul versuchte ein schräges Grinsen. »Die ist eigentlich gar nicht scheiße, die Brombacher.«

Silke lächelte ihn an und fasste einen Entschluss. »Zieh dir

Schuhe an. Wir drehen eine Runde mit Balu, und dann lad ich dich ins Il Castagno ein, okay?«

»Geil!« Paul verschwand im Flur und flutschte in seine Sneakers. Der Italiener war sein Lieblingsladen, und sie waren schon sehr lange nicht mehr dort gewesen. Es war allerhöchste Zeit, dachte Silke, sich mal wieder etwas zu gönnen, einfach so, ohne Anlass. Sie nahm die Leine von der Heizung, woraufhin Balu vor Freude kurz aufheulte. Dann löschte sie das Licht in der chaotischen Küche.

»Ich helf dir dafür auch nachher mit dem Aufräumen.«

Paul stand vor ihr und nahm ihr die Leine aus der Hand. Silke sah ihn voller Liebe an. Vielleicht sollten sie einen Cut machen, einfach umziehen zum Beispiel?! Sie dachte daran, was Klaus ihr heute erzählt hatte. Ob Sylt eine Option sein könnte?

1.

Vier Monate später

Die Hitze in dem bis unters Dach vollgepackten VW Passat war unerträglich, und das Hecheln von Balu, dem Bobtail, machte die Luft nicht besser. Silke fächerte sich mit der zehn Jahre alten ADAC-Deutschlandkarte Luft zu, was zwar Bewegung, aber keinerlei Abkühlung brachte. Sie blickte neben sich auf den Beifahrersitz; gerne hätte sie jetzt Beistand gehabt, aber der Anblick, den ihre Tochter Jana bot, war seit dem Start in Köln heute Morgen der gleiche. Die Siebzehnjährige hatte Kopfhörer im Ohr, die Hände um ihren iPod gelegt und die Lider halb geschlossen. Offensichtlich war sie in der Lage, sich in den vegetabilen Zustand eines Kaktus zu versetzen, sie brauchte kein Wasser und ertrug die Hitze im Dämmerschlaf. Silke dagegen hatte bereits drei große Literflaschen stilles Wasser geleert, ihr Oberteil so nass geschwitzt, dass sie an jedem Wet-T-Shirt-Contest teilnehmen könnte, und das Gefühl, als säße sie nicht auf dem Kunstledersitz ihres Wagens, sondern in einer zehn Zentimeter tiefen Pfütze.

Ein Blick in den Rückspiegel brachte ebenfalls keine Entlastung. Silkes Sohn Paul lag quer über der Rückbank, den Kopf unter dem sabbernden Hund, und war in Katatonie erstarrt. Den Anschein hatte es zumindest. Tatsächlich hypnotisierte er seit vielen Stunden den winzigen Bildschirm seines Daddeldings und tippte in rasender Geschwindigkeit auf kleinen Pfeiltasten herum.

Silke seufzte und konzentrierte sich auf die Blechlawine vor ihr. Sie hatte noch eine knappe halbe Stunde, um Niebüll zu erreichen. Ein Kuhkaff am Ende der Welt, das im Sommer aber zentrale Wegscheide der Nordseeurlauber wurde. Amrum und Föhr oder aber Sylt – hier trennten sich die Wege. Silkes uralter Passat-Kombi war eine Ausnahmeerscheinung unter den sie umgebenden Autos. Er war das älteste, das vollgepackteste, das tiefliegendste und vermutlich auch das einzige mit halbem Auspuff. Die andere Hälfte, ein Stück vom durchgerosteten Rohr, lag kurz hinter der Autobahnauffahrt Köln-Lövenich. Sobald Silke aufs Gaspedal trat, setzte ein ohrenbetäubendes Röhren und Knattern ein, das die Blicke sämtlicher sie überholender Autoinsassen auf sich zog. Aber da sie bereits seit neun Stunden unterwegs waren, hatten sie sich alle vier daran gewöhnt. Oder besser: Ihre Kinder hatten beschlossen, sich in andere Sphären zu beamen, um sich der Peinlichkeit nicht aussetzen zu müssen.

Silke schob sich mit dem Passat langsam auf der Landstraße voran. Einige Wagen vor ihr tuckerte ein Traktor gemächlich in Richtung Niebüll, und immer wenn gerade kein Gegenverkehr kam, überholte ein Auto nach dem anderen in teils waghalsigen Manövern das langsame Gefährt. Als Silke schließlich an der Reihe war, setzte sie zwar ein paarmal den linken Blinker, traute sich aber nie, den Überholvorgang tatsächlich zu wagen. Wenn Rudi, wie die Familie den geliebten Passat nannte, leer war, beschleunigte er in gefühlten zehn Minuten von null auf hundert. Mit dem fünffachen Gewicht aber würde es eine halbe Stunde dauern, bis sie den Trecker überholt haben würde.

Die Autos hinter ihr wurden ungeduldig, und Silke fühlte sich gedrängelt. Sie sah auf die Uhr. Nur noch zwanzig Minuten bis zur Abfahrt des Autozuges, und noch lagen knappe zehn Kilometer vor ihr. Jetzt war die linke Spur leer und gut einsehbar. Kurz entschlossen riss Silke das Steuer nach links – um sofort wieder rechts einzuschwenken, weil von hinten ein schwarzes

Geschoss mit Affenzahn angerast kam und links an Rudi vorbeizog.

»Mama!« Jana stemmte den gestreckten Körper in den Sitz und hatte die Augen weit aufgerissen. Der Passat schwankte nach dem Hin und Her gefährlich, und Silke hatte alle Mühe gegenzulenken.

»Ein Irrer!«, stöhnte sie und umklammerte krampfhaft das Steuer, bis Rudi sich so weit beruhigte, dass er nicht mehr wie ein Dampfer bei Windstärke zwölf schaukelte.

»Audi. Q3«, kam es seelenruhig vom Rücksitz.

Silke guckte jetzt in den Rückspiegel und sah, dass auch die anderen hinter ihr in der Schlange nach und nach zum Überholmanöver ansetzten. Sie beschloss ihrerseits, darauf zu verzichten. Ihr Herz schlug von dem Schock noch bis zum Hals, und sie würde nicht das Leben ihrer Kinder wegen eines Autoreisezuges aufs Spiel setzen. Es war nicht der letzte, der den Hindenburgdamm überquerte.

Aber der liebe Gott war ihr gnädig und ließ den Traktor kurz darauf in einen Feldweg abbiegen. Silke gab Gas. An einer Tankstelle sah sie den schwarzen Audi, der sie so lebensgefährlich überholt hatte, und Silke überlegte kurz, ob sie anhalten und den Fahrer zur Rede stellen sollte. Aber nach einem Blick auf die Uhr entschied sie sich dagegen und erreichte noch in allerletzter Minute den Bahnhof.

Sie traute ihren Augen kaum, wer vor ihr noch schnell in die Schlange drängelte: Erneut war es der SUV, hinter dem sie nun eingewiesen wurde. Wie Hase und Igel, dachte sie und gestikulierte wild durch die Frontscheibe, in der Hoffnung, dass der Fahrer sie erkennen und sich schämen würde. Aber die Scheiben des großen Fahrzeugs waren verdunkelt, und es war nicht möglich, irgendeine Reaktion auszumachen.

»Was machst du denn da?« Ihre Tochter schüttelte missbilligend den Kopf.

»Schön, dass du aufgewacht bist«, gab Silke zurück und ignorierte Janas Kommentar. Sie wies mit dem Kinn durch die Frontscheibe. »Das ist der Verrückte, wegen dem wir vorhin beinahe im Straßengraben gelandet wären.«

Ihre Tochter stöhnte nur. »Du hattest doch keinen Blinker gesetzt.«

»Hab ich wohl!« Seit Jana ihren Führerschein machte, kritisierte sie laufend den Fahrstil ihrer Mutter, was Silke mehr traf, als sie zugeben wollte. Eigentlich sollte sie lächeln und darüberstehen.

»Du fährst so verboten, echt mal.«

Lächeln und darüberstehen. Silke verzog ihr Gesicht zu einer Grimasse.

Zehn Minuten später setzte sich der Autoreisezug in Bewegung, und Silke löste die verkrampften Hände vom Lenkrad. Endlich konnte sie sich entspannt zurücklehnen und die Aussicht genießen. Sie freute sich über die Strecke auf dem Hindenburgdamm. Vor vielen Jahren war sie selbst als Kind mit den Eltern nach Sylt gereist, einmal. Die Fahrt über das Meer, so war es ihr vorgekommen, war wie ein Wunder gewesen. Links und rechts nur Wasser, so weit das Auge reichte, und mittendrin der stampfende Zug.

»Paul, mach doch bitte mal das Fenster runter, dann kommt ein bisschen Luft rein.«

Wie zur Bestätigung bellte Balu dreimal, dann streckte er den zotteligen Kopf aus dem Fenster und ließ die Schlabberzunge im Wind flattern.

Wie schön wäre es, wir würden einfach nur Urlaub auf der Insel machen, dachte Silke. Stattdessen fürchtete sie sich ein bisschen vor dem, was ihr bevorstand. Sie fuhr ins Ungewisse, in ein großes Abenteuer. Sie war nur einmal vor drei Monaten auf der Insel gewesen, um sich ihren neuen Arbeitsplatz anzusehen.

Alles andere hatte sie von Köln aus erledigt: einen Schulplatz für Paul organisiert und die Termine für das nächste halbe Jahr festgelegt. Das Grußwort auf die Website gestellt und sich mit den Kollegen aus den Nachbargemeinden besprochen. Paul hatte zum Glück noch drei Wochen Sommerferien, um sich ein bisschen zu akklimatisieren, bevor er in der neuen Schule startete. Für sie aber ging es nach dem Wochenende gleich los. Der erste Arbeitstag. Jana würde ohnehin nur drei Wochen bleiben, und auch die hatte Silke ihr nur mit Mühe abgerungen. Ihre Tochter hatte gerade Abitur gemacht und wartete im Moment auf einen Studienplatz für Tiermedizin. Nach Sylt zu ziehen war für sie gar nicht in Frage gekommen.

Silkes Gedanken schweiften ab, sie schloss die Augen, genoss den Fahrtwind, der durch das geöffnete Fenster hereinströmte, und sog den salzigen Duft der Meeresluft durch die Nase. Endlich entspannt!

»Was ist das für ein rotes Seil?«, fragte Paul von der Rückbank, und noch bevor Silke antworten konnte, gab es einen scharfen Ruck, und der gesamte Zug kam zum Stehen.

»Die Notbremse«, wollte sie antworten, aber die Antwort blieb ihr im Hals stecken, denn der Passat rumste mit einem kräftigen Satz nach vorne. Auf den schwarzen Audi.

»Was zum …?!« Silke sah erschrocken auf das Hinterteil des Wagens vor ihr, welches nun bedrohlich nahe an ihrer Frontscheibe war.

Jana rollte mit den Augen. »Die Handbremse. Du hast sie nicht angezogen.«

Silke holte tief Luft, um das nun anstehende Donnerwetter durchstehen zu können. Während es aus dem Wagen vor ihr noch keine Reaktion gab, hatten der Fahrer im Auto vor dem Audi und der vor diesem bereits die Türen geöffnet, und die beiden Männer brüllten Unverständliches nach hinten. Ganz offensichtlich hatte Rudi, der schwere Passat, den Audi bei dem

Aufprall auf den Wagen davor und diesen auf den noch davor geschoben. Eine kleine Massenkarambolage also. Und Silke war schuld. Sie ließ den Kopf aufs Lenkrad sinken und schickte ein Stoßgebet zum Himmel.

»Mami, nicht sagen, dass ich an dem Seil gezogen habe, okay?«, kam von der Rückbank das piepsige Zitterstimmchen ihres Sohnes, der nun plötzlich wieder ganz klein war.

Silke schüttelte den Kopf. »Du weißt, dass ich das nicht machen kann, Paulchen. Aber mach dir keine Sorgen. Wir sind versichert.«

»Aber die schimpfen bestimmt.«

Silke drehte sich zu ihrem Sohn nach hinten und streichelte ihm liebevoll über die Wange. Sie brachte es einfach nicht übers Herz, ihm für die Eselei Vorhaltungen zu machen, obwohl es eine denkbar blöde Idee gewesen war, an dem Seil zu ziehen. Aber Paul hatte es im Moment schon schwer genug. Und ich auch, dachte Silke, als sie sich wieder nach vorne drehte und zwei Mitarbeiter der Bahn auf sie zustapfen sah. Außerdem hatte sich die schwere Tür des Audi geöffnet, und zwei Jeansbeine schickten sich an, das Auto zu verlassen.

»Niemand steigt hier aus!«, rief einer der Bahnangestellten und scheuchte die Fahrer vor Silke wieder zurück in ihre Wagen. Als er aber bei dem schwarzen SUV vor ihr ankam, winkte er freundlich und blieb neben der geöffneten Tür stehen. Verstehen konnte Silke nichts, aber der Bahnmitarbeiter und der Audifahrer schienen ein vertrautes Schwätzchen miteinander zu halten. Dann lachte der Angestellte lauthals, die Fahrertür ging zu, und der Bahnangestellte setze eine grimmige Miene auf, als er auf Rudi zuschritt. Silke setzte das liebreizendste Gesicht auf, das sie zur Verfügung hatte, aber nach neun Stunden Autofahrt in einer Saunahölle würde auch dieses wirken, als hätte sie in eine Zitrone gebissen.

»Haben Sie die Notbremse gezogen?« Der Mitarbeiter steckte

den Kopf durchs Fenster, fixierte die Insassen des Passat streng und bemühte sich noch um einen neutralen Tonfall.

Silke nickte. Ihre Kehle war staubtrocken, und sie brachte kein Wort hervor.

»Der Grund?« Der Bahnmitarbeiter ließ sie nicht aus den Augen. Paul bückte sich hinten in den Fußbereich und gab vor, etwas zu suchen, Jana starrte aus dem Beifahrerfenster. Einzig der Hund zeigte eine Reaktion und versuchte, durch eifriges Bellen den imaginären Angreifer zu vertreiben – was die Sache für Silke nicht besser machte. »Hören Sie, es tut mir leid. Mein Sohn wusste nicht …«

Aber der Mann ließ sie nicht ausreden. Er zog den Kopf zurück und sagte trocken: »Dann kann's ja weitergehen. Sobald wir drüben sind, halten wir Ihre Personalien fest, Sie bekommen dann den Bußgeldbescheid. Und die andere Sache«, er wies knapp über die Autoschlange, »müssen Sie auch noch regeln.«

Damit drehte er sich um und winkte mit der roten Kelle nach vorne zur Spitze des Zuges.

Willkommen in Norddeutschland, dachte Silke und war fast dankbar, dass sie nicht eine ellenlange Standpauke über sich hatte ergehen lassen müssen.

Diese blieb jedoch nicht aus. Außer Rudi und dem Audi waren noch zwei weitere Wagen in das Unglück involviert, und kaum hatten die Autos in Westerland den Reisezug verlassen, brach ein Donnerwetter über Silke Denneler herein.

Der Mann im Audi behielt erstaunlicherweise noch einigermaßen die Nerven, aber sein herablassender Tonfall machte die Auseinandersetzung nicht angenehmer. Während die beiden Urlauber in den anderen Fahrzeugen ein riesiges Bohei veranstalteten und Silke ankündigten, dass horrende Forderungen auf sie zukämen, da die Wagen noch auf Sylt in die Werkstatt mussten – denn keinesfalls würde man mit den leicht eingebeulten Stoßstangen die Rückfahrt antreten können –, war der SUV-Fahrer lässig aus seinem Wagen gestiegen, hatte Silke keines Blickes gewürdigt und stattdessen den Schaden ausgiebig studiert. Dann war er mit einem süffisanten Lächeln auf Rudi zugeschlendert, nicht ohne bei dessen Anblick leicht den Kopf zu schütteln, und hatte Silke eine Visitenkarte überreicht.

»Ich hoffe, Sie sind versichert?«, fragte er und legte eine Reihe perlweißer Zähne frei.

Wenn die echt sind, fress ich einen Besen, war Silkes erster Gedanke. Sie war aus dem Wagen gestiegen und wollte dem Mann selbstbewusst gegenübertreten, bemerkte dann aber, dass sowohl ihr T-Shirt als auch ihre leichte Baumwollhose feuchte Flecken aufwiesen. In den Kniekehlen, den Lenden, unter den Achseln und in der Bauchfalte hatte sie während der langen Fahrt so geschwitzt, dass sich dort das Wasser gestaut hatte. Peinlich berührt schlang sie die Arme um den Oberkörper. Im Seitenspiegel sah sie beim Aussteigen, dass die neue Frisur, ein kinnlanger Bob, zerzaust und das leichte Sommer-Make-up verschwunden war. Sie fühlte sich nicht nur wie ein ausgewrungener Scheuerlappen, sie sah auch so aus.

Was man von dem Mittvierziger, der ihr gegenüberstand, nicht behaupten konnte. Er war einfach: smart. Ausgewaschene, blitzsaubere, lässige Jeans, ein strahlend weißes Hemd, das seinen Oberkörper luftig-leicht umspielte und nicht an der Haut klebte. Er hatte volle dunkle Haare mit ein paar grauen Strähnen und trug eine verspiegelte Sonnenbrille auf der gebräunten Nase. Zum Glück hatte er wenigstens einige Kilo zu viel auf den Rippen, registrierte Silke. Er grinste sie breit an und wartete noch immer auf eine Antwort.

»Natürlich bin ich versichert«, entgegnete Silke mit einem patzigen Unterton. Sie nahm die Visitenkarte. »Lars Holm. Building Corp. Bauunternehmungen«, stand in edler Designschrift darauf. Typisch, dachte Silke und steckte die Karte in ihre Hosentasche. Sie hatte ihrerseits bereits alle ihre Angaben auf einen zerknitterten Zettel gekritzelt, den sie ihm jetzt hinhielt. »Ich komm für den Schaden auf, machen Sie sich mal keine Sorgen.«

»Es wird Ihnen auch nichts anderes übrig bleiben.« Der arrogante Pinsel grinste noch immer. »Aber für Ihre Karre sieht es schlecht aus.« Er nahm ihren Zettel mit spitzen Fingern, streckte den Fuß aus und trat an Rudis Stoßstange.

Tatsächlich war Silke noch gar nicht auf die Idee gekommen, sich den Schaden an ihrem Passat anzusehen. Sie warf einen Blick auf die Front des alten Kastens und wurde blass. Es sah tatsächlich gar nicht gut aus. Die Motorhaube hatte sich verzogen, sie war vorne eingedrückt und offenbarte einen imposanten Spalt, durch den man den Motorblock erahnen konnte. Es wirkte, als habe Rudi damit sein Todesurteil unterschrieben.

»Das nächste Mal bleiben Sie lieber zu Hause, bevor Sie mit so einer Rostlaube in den Urlaub fahren.« Der Audifahrer konnte seine Genugtuung darüber, dass seine Luxuskarosse nur eine kleine Beule, Silkes Passat aber einen Totalschaden davongetragen hatte, nur schlecht verbergen.

Miese Grinsekatze war die Assoziation, die Silke durch den Kopf schoss. Sie wollte so schnell wie möglich weg hier. Ein frommer Wunsch, denn zuerst musste sie den Polizisten Rede und Antwort stehen, die den ganzen Vorgang protokollierten und die Personalien aufnahmen. Sie musste Belehrung über Belehrung über sich ergehen lassen, aber Silke hatte beschlossen, alles zuzugeben, Reue zu zeigen und sich um Himmels willen auf keinen Streit einzulassen. Umso schneller würde sie endlich in ihr neues Domizil aufbrechen können.

Die drei geschädigten Autofahrer hatten bereits den Bahnhof verlassen, natürlich mit allen Angaben von Silkes Versicherung. Als auch sie endlich wieder in ihr Auto steigen durfte, ging es auf neunzehn Uhr zu. Vor zwölf Stunden waren sie in Köln gestartet, dachte Silke erschöpft. Alles, was sie jetzt wollte, war ein kühles Getränk und eine Dusche.

Sie ließ den Motor an und betete, dass Rudi auf den letzten Kilometern nicht zusammenbrechen möge, da streckte der eine der beiden Polizisten seinen Kopf noch einmal durchs Fenster auf der Fahrerseite. Er reichte Silke einen kleinen Zettel.

»Mein Schwager. Der ist Schrauber. In Hörnum. Der kriegt Ihren Wagen vielleicht wieder hin.« Dann tippte er sich zum Gruß an die Stirn und lächelte.

Silke war so perplex, dass sie sich kaum bedankte, aber als sie vom Bahnhofsgelände fuhr, war sie froh, dass sie an diesem Tag wenigstens noch einen netten Mitmenschen getroffen hatte.

Rudi stotterte über die Inselstraße, und im Wagen war erschöpftes Schweigen ausgebrochen. Sogar Balu hatte sich im Kofferraum auf dem winzigen für ihn verbliebenen Platz zusammengerollt und schnarchte.

Als Silke das Ortsschild von Horssum passierte, folgte sie der Wegbeschreibung, die man ihr gegeben hatte. Sie konnte sich aber auch noch ganz gut erinnern, stellte sie fest, als sie hinter dem kleinen Edeka-Markt den Blinker setzte, rechts abbog, der holperigen Straße bis zum Ende folgte, den Bauernhof der Familie Larsen passierte und schließlich nach links in den Kirchweg einbog. Auf dem gekiesten Parkplatz an der weißen Kirche hielt sie an, direkt unter einem Birnbaum.

Silke machte den Motor aus, was Rudi mit einem erleichterten Schnaufen quittierte, und deutete durchs Fenster nach vorne.

»Da ist es.«

Beide Kinder reckten die Hälse und sahen kommentarlos durch die Frontscheibe. Das weiß gekalkte Pfarrhaus mit dem Reetdach lag hinter der Kirche, mit ihr durch einen schmalen Kiesweg verbunden. Hinter dem Haus lag ein wildromantischer

Bauerngarten mit alten Obstbäumen – das Hauptargument für Silke, die Stelle hier anzunehmen.

Sie öffneten alle drei die Autotüren, fast gleichzeitig, ließen Balu aus dem Kofferraum und gingen auf das Pfarrhaus zu. Balu kläffte und wetzte sofort herum und konnte sich nicht entscheiden, welche Stelle er zuerst markieren sollte.

Keines der Kinder sagte etwas, aber Silke hatte von dem Moment an, als sie das Auto verlassen hatten, das Gefühl, als verstünden Jana und Paul zum ersten Mal wirklich, was ihre Mutter bewogen hatte, von Köln nach Sylt umzusiedeln. Dies war ein wunderbarer Ort. Ein Ort des Friedens und der Ruhe.

Silke suchte an ihrem Schlüsselbund nach dem passenden Schlüssel, um das Gartentor aufzusperren, als sie weitere Schritte auf dem Kiesweg hörte. Sie drehte sich um und traute ihren Augen nicht. Es war der Typ, dessen Audi sie demoliert hatte. Er kam mit ausgreifenden Schritten und einem verwirrten Ausdruck im Gesicht auf sie zu.

»Sind Sie etwa die neue Pastorin?«, fragte er, kaum hatte er sie erreicht.

Silke sah ihn stumm an. Dann nickte sie.

»Guter Gott im Himmel!«, seufzte der Typ und rollte die Augen. »Hättest du nicht ein bisschen gnädiger sein können?!« Dann senkte er den Blick und musterte Silke samt ihrer Bagage mit schlecht verhohlenem Unmut. »Dann sind wir ab jetzt Nachbarn«, beschied er ihr. Er verzichtete darauf, ihr die Hand zu geben, stattdessen nickte er ihr missmutig zu und verschwand in Richtung eines protzigen Friesenhauses, dessen Grundstück an das des Pfarrhauses grenzte.

Ausgerechnet Lars Holm, Building Corp. Na, das kann ja heiter werden, dachte Silke und überlegte kurz, ob sie nicht doch lieber auf der Stelle zurück nach Köln fahren sollte.

2.

Die Kirche war so beeindruckend, wie Silke sie von ihrem ersten Besuch in Erinnerung hatte.

Das Kirchenschiff war innen recht schmucklos, einfach weiß getüncht, von vier eckigen Pfeilern getragen. Der Boden bestand aus dunklen Klinkern, das alte Gestühl und die Deckenbalken waren aus Eichenholz, ebenso die Kanzel. Der Innenraum wirkte hell und luftig, weil die schmalen Seitenfenster aus bunten Glasmosaiken weit nach unten gezogen waren und viel Licht ins Innere ließen. Der Kircheninnenraum kam ohne imposante Bilder, vergoldete Skulpturen oder bunte Fresken aus, wie es protestantischen Gotteshäusern nun mal eigen war. Das Besondere aber war die Rückseite des Altarraumes. Hier war im Rahmen einer umfassenden Renovierung der Kirche vor ein paar Jahren ein riesiges Panoramafenster in die Mauer eingefügt worden. Es gab den Blick frei auf das üppige Grün einer wilden Hecke und den mächtigen Stamm einer alten Eiche, die hinter der Kirche wuchs.

Ein schöneres Altarbild konnte man sich nicht wünschen, dachte Silke verzückt und stellte sich vor, wie die Besucher des Gottesdienstes in ihrem Rücken den Wechsel der Jahreszeiten durch das Fenster bewundern konnten. Jeden Sonntag würde es ein anderes Bild geben, niemals wäre es das gleiche. Trotzdem würde der Ausblick die Gemeinde nicht allzu sehr vom Gottesdienst ablenken, die Betrachtung der Natur war durch und durch kontemplativ.

Silke ließ ihre Hände über den hölzernen Altar gleiten. In einer Woche würde sie ihre erste Predigt hier halten. Eigentlich hatte sie bereits seit einigen Wochen daran feilen wollen, seit sie sich von ihrer Gemeinde in Köln verabschiedet hatte. Aber wie immer war es in ihrem Leben drunter und drüber gegangen. Janas Abitur, Pauls Schulprobleme und der damit verbundene Wechsel, die Organisation des Umzugs und nicht zuletzt die Scheidung von Ansgar – all das hatte sie in Beschlag genommen. Und Silke bildete sich nicht ein, dass sie in der kommenden Woche die Ruhe finden würde, sich auf die Predigt zu konzentrieren. Immerhin wusste sie bereits, worüber sie reden wollte: Umzug, Veränderung, fremd sein, Neuanfang. Das, was sie im Moment bewegte.

Silke Denneler war sich durchaus bewusst, dass sie nicht immer alle Erwartungen erfüllte, die ihre Kirche oder ihre Gemeinde an sie als evangelische Pastorin hatte. Sie war keineswegs ohne Fehl und Tadel. Sie war ein ziemlicher Sturschädel und hatte ganz eigene Vorstellungen, wie sie ihre Gemeindearbeit machte. Aber bei den Menschen, die zu ihr kamen, die Rat oder Beistand suchten, fand sie stets Bestätigung. Denn sie besaß eine Gabe. Die Gabe der Einfühlung. Die Menschen hörten ihr zu, wenn sie einen Rat gab oder tröstete. Und wenn sie predigte, dann konnte sie die Zuhörer mitreißen.

Wie von selbst formten sich plötzlich ein paar Gedanken in ihrem Kopf und fanden den Weg über ihre Lippen, während Silke, an den Altar gelehnt, durch die Panoramascheibe blickte. Sie begann, ganz für sich, ein paar Gedanken für die Predigt zu formulieren, und hoffte inständig, dass sie sich daran nachher vor dem Laptop erinnern würde.

Sie wollte damit beginnen, dass sie von sich erzählte, von ihrem Umzug, und wie sie hierhergekommen war. Sie dachte daran, dass sie versucht hatte, Paul (und sich selbst) den Wechsel von Köln nach Sylt als Chance anzupreisen. Als Möglichkeit, von vorne anzufangen, sich neu zu erfinden. Paul hatte ihr stirnrunzelnd zugehört und klargemacht, dass er in seinem Alter eigentlich nicht von vorne anfangen wollte.

»Noch einmal«, sagte sie jetzt laut, »es geht um neue Möglichkeiten für uns und unser Leben, auch mitten im Alltagstrott – oder noch einfacher: Es geht um einen Aufbruch!« Sie notierte diesen Satz im Geiste auf ihrer unsichtbaren Schreibmaschine und dachte darüber nach, welche Stelle in der Bibel passen würde. Sie dachte an Mose, den Getriebenen, und daran, wie schön man an seinem Beispiel einen Bogen schlagen konnte zu den Heimatlosen und Asylsuchenden in der heutigen Gesellschaft. Von Silke Dennelers Umzug über Mose, »... der Entwurzelte. Geboren als Hebräer in Ägypten. Außenseiter der Gesellschaft, Zwangsarbeiter, Heimatloser. Und Verfolgter ...«, deklamierte sie laut, zu den Flüchtlingen aus den ärmsten Ländern, die sich in seeuntauglichen überfüllten Booten aufs Meer wagten ... Das gefiel ihr. Sie wusste, welche Bibelstelle die kommende Predigt behandeln würde: Denn wir haben hier keine bleibende Stadt, sondern die zukünftige suchen wir ... Die Jahreslosung der evangelischen Kirche vor zwei Jahren.

»Hebräerbrief 13,14!«, rief sie laut und drehte sich freudig erregt vom Altar weg, um ins Pfarrhaus an ihren Laptop zu eilen.

Doch sie kam nicht weit. Kaum hatte sie sich umgedreht, prallte sie fast gegen einen baumlangen Kerl, der direkt hinter ihr stand und sie nun mit offenem Mund anstarrte.

»Was zum ...«, sie biss sich schnell auf die Zunge, bevor ihr Henker oder Teufel herausrutschen konnte, »... haben Sie mich erschreckt!«

Auf dem länglichen Pferdegesicht ging augenblicklich die Sonne auf. Der junge Mann vor ihr lächelte, und Silke konnte nicht umhin festzustellen, dass ihr selten ein so freundliches, offenes und ganz und gar unschuldiges Gesicht begegnet war.

»Das wollte ich nicht.« Der lange Lulatsch schlug die Augen kurz nieder, öffnete sie aber sofort wieder, und seine grünen Scheinwerferaugen strahlten Silke freudig an. Er hob seine Arme seitlich hoch, und Silke fiel auf, wie erstaunlich lang diese waren.

»Aber Oma hat gesagt, ich soll Ihnen das hier bringen.«

An seiner linken Hand baumelte eine große weiße Plastikmilchkanne, an der anderen ein Korb mit braunen Eiern.

Silke schaltete blitzschnell. »Oma«, das konnte nur ihre neue Pfarrhaushälterin »Oma Grete« sein, von der sie gestern Abend bereits ein Briefchen und einen Blumenstrauß auf dem Küchentisch gefunden hatte. Die Handschrift war unverkennbar die eines alten Menschen gewesen, und die Tatsache, dass der Brief lediglich mit »Oma Grete« unterzeichnet war, ließ darauf schließen, dass ihre Haushaltshilfe deutlich betagter war. Silke hatte sich kurz gefragt, ob sie damit klarkäme, wenn eine Frau im Alter ihrer Mutter hinter ihr herputzen würde.

Der junge Mann vor ihr schien jedenfalls mit der Dame im Zusammenhang zu stehen.

»Knut«, sagte er in diesem Moment und hielt ihr die Hand mit der Milchkanne hin.

Silke ergriff nach einer kurzen Irritation zunächst die Kanne, dann die frei gewordene Hand und spürte in derselben Sekunde, wie ihre Finger in einen Schraubstock eingespannt wurden.

»Sie können ›Euter‹ zu mir sagen«, fügte der Lange hinzu und hielt ihr auch den Korb mit den Eiern hin. Dabei zwinkerte er mit einem Auge und grinste.

Silke nickte, noch immer leicht überfordert, und musterte »Euter«. Er schien gut und gerne zwei Meter groß zu sein, hatte lange schmale Gliedmaßen, die von einem ausgewaschenen Blaumann verhüllt waren, der ihm, an Armen und Beinen deutlich zu kurz, um den Körper schlackerte. An mehreren Stellen war der Arbeitsanzug liebevoll geflickt – sicher die Arbeit von

Oma Grete, dachte Silke. Das war eine Generation, die kunstvolles Stopfen noch aus dem Effeff beherrschte.

Auf dem schmalen langen Kopf trug Knut »Euter« eine verbeulte Baseballkappe mit dem ausgeblichenen Logo der Raiffeisenbank, unter der ein paar dünne, kurzgeschnittene hellblonde Haare hervorblitzten. Auch die Augenbrauen und Wimpern des jungen Mannes waren sehr hell, die Haut aber braun, wettergegerbt und sommersprossig. Ein echtes Küstengewächs. Seine Füße steckten in überdimensionierten schwarzen Gummistiefeln, die Silke, wenn sie von der Größe der Hände ausging, auf mindestens Nummer 48 schätzte.

»Das haben Sie aber schön gesagt, grade eben«, sagte Knut jetzt leicht verschämt.

Silke fühlte sich ertappt. Hatte sie die ganze Zeit laut geredet, weil sie sich in der Kirche alleine gewähnt hatte?

»Ich red im Stall auch immer laut«, gab Knut ihr nun verschwörerisch zu verstehen. »Allerdings nicht mit mir selbst. Sondern mit den Kühen.«

Silke musste nun auch grinsen. Der junge Mann hatte sich bei der Erwähnung seiner Rindviecher gleich ein bisschen stolz in die Brust geworfen.

»Ja«, gab sie augenzwinkernd zurück. »Das ist natürlich was ganz anderes.«

Knut Larsen nickte ernst. Ironie schien seine Sache nicht zu sein.

»Wie viele Kühe haben Sie denn?«, erkundigte Silke sich freundlich.

»Du!«, verlangte Euter nachdrücklich. »Sie müssen schon du sagen, Frau Pastor.« Und fügte dann hinzu: »Leider nur fünfzig. Mein Vadder hatte noch achtzig. Aber Milchwirtschaft … das rechnet sich nicht.«

Jetzt sah er ganz betrübt drein. Silke war völlig fasziniert. Knut Euter Larsen hatte ein Gesicht wie ein Buch. Jede noch so kleine

Gefühlsregung schien sich darin deutlich zu spiegeln. Bestimmt ein Mensch, der nicht lügen konnte. Sie lud ihn auf einen Kaffee ins Pfarrhaus ein, aber Knut winkte ab.

»Nee, nee. Ich muss aufs Feld. Dürfte hier gar nich rumtüddeln.«

Er hob eine seiner Riesenpranken zum Gruß und stiefelte dann quietschend mit seinen Gummibotten aus der Kirche.

Silke sah ihm gerührt hinterher. Nach dem unangenehmen Nachbarn mit dem Audi war sie froh, dass Horssum auch noch andere Bewohner zu bieten hatte. Knut Euter Larsen war ihr auf Anhieb sympathisch, und sie hoffte inständig, dass es Oma Grete, ihre zukünftige Haushälterin, war, die ihrem Enkel diese Gene vererbt hatte.

Auf ihrem Weg vom Pfarrgarten zum Haus musste sie sich sehr zusammennehmen, dass sie den Tag nicht mit Gartenarbeit verbummelte. Sie hatte entzückt gesehen, dass das Grundstück nicht nur die schönsten Stauden und Obstbäume zu bieten hatte, sondern sogar einen Gemüsegarten umfasste. Eingerahmt von einem Weidezaun, an dem sich im Moment Kapuzinerkresse und Feuerbohnen emporrankten, gediehen dort verschiedene Salate, Kräuter, Karotten und Rote Rüben, Kohlrabi, Mangold, Sellerie, Rettich, Gurken, Tomaten und Paprika. Das war das, was Silke auf den ersten Blick erkannt hatte. Vielleicht gab es noch einige Schätze mehr zu entdecken, aber die Pflicht rief. Sie hatte außer den Kosmetikbeuteln noch nichts ausgepackt, der lädierte Rudi wartete darauf, dass sie die Schraubwerkstatt kontaktierte, sie wollte sich bei den anderen Pfarrkollegen auf der Insel melden, und außerdem kam in einer Stunde der Gemeindevorsteher zum Antrittsbesuch. Immerhin war der Kühlschrank nicht leer – Oma Grete hatte das Nötigste bereits besorgt.

Als es klingelte, hatte Silke es gerade mal geschafft, sich anständig herzurichten, einen Kaffee zu machen sowie einen Termin in der Autowerkstatt zu vereinbaren. Den Mechaniker am Telefon hatte sie kaum verstanden, der Mann schien davon auszugehen, dass sie eine Einheimische war. Er hatte breites Platt gesprochen – oder gab es einen speziellen Sylter Dialekt? Silke wusste es nicht – erst als sie ihm in Hochdeutsch mit rheinischer Färbung klargemacht hatte, dass sie kein Wort verstand, hatte er »Mittwoch um acht« in den Hörer genuschelt.

Sie hatte außerdem versucht, ihre Kinder von den elektronischen Geräten wegzulocken, was ihr bei Jana, die mit einer Freundin skypte und gleichzeitig Nachrichten in ihr Handy tippte, gar nicht gelang, bei ihrem Jüngsten nur mit brachialer Gewalt. Sie nahm Paul den Nintendo ab, was ihr jede Menge Minuspunkte auf der Beliebtheitsskala einbrachte (auf der sie seit dem Umzug ohnehin ganz unten angesiedelt war), und forderte ihn obendrein auf, mit Balu einen Erkundungsspaziergang zu machen.

Was ihr Sohn geradewegs ablehnte. Erst als sie versprach, ihm zur Belohnung den Nintendo später wieder auszuhändigen (wenn das die Supernanny erfuhr!), schälte er sich missmutig aus dem Bett und trottete mit hängendem Kopf in den Garten.

Dort war der Bobtail bereits intensiv damit beschäftigt, den Gemüsegarten umzugraben. Er hatte mehrere tiefe Löcher mitten in den Beeten gebuddelt und sein hellgrau-weißes Fell war an allen vier Beinen rabenschwarz von der Erde.

Silke trieb Balu resolut aus dem Garten hinaus, hängte Paul die Leine über die Schulter und machte den beiden Jungs unmissverständlich klar, dass sie sich in der nächsten Stunde hier nicht blicken lassen sollten.

Noch während ihr Sohn langsam wie eine Schnecke drei Schritte vom Grundstück weg machte, umtobt vom amüsierwilligen Hund, bog ein Wagen um die Ecke und hielt an der Kirche.

Es war ein alter Mercedes Diesel, und als der Fahrer ausstieg, bemerkte Silke die Ähnlichkeit zwischen diesem und seinem Gefährt. Beide waren etwas zu breit, eher behäbig und schnauften gewaltig. Mit Sicherheit war dies der Gemeindevorsteher von Horssum, der auf sie zugewankt kam.

Jens Bendixen schwitzte, obwohl die Hitze des Tages ihren Höhepunkt noch nicht annähernd erreicht hatte. Er war so groß wie Silke, eins fünfundsiebzig, wog aber bestimmt das Dreifache von ihr. Ein unattraktiver Klobrillenbart umrahmte das fette Kinn, und dass sowohl Hemd als auch die Trevira-Hose an den neuralgischen Punkten extrem spannten, machte seine Erscheinung nicht attraktiver. Bendixen wischte sich mit einem Stofftaschentuch die Stirn ab, während er die andere Hand ausstreckte, um Silke zu begrüßen. Kaum hatte er dies getan, schlug er sich an die schwitzende Stirn und wankte wieder zurück zu seinem alten Benz. Aus den Untiefen des Kofferraumes kramte er einen Blumenstrauß hervor, auch dieser überdimensioniert, und drückte ihn Silke »im Namen der Gemeinde, des Kirchenvorstands und aller Einwohner von Horssum« in die Hand.

Nachdem Silke Kaffee und den Mohnzopf von Oma Grete auf den Tisch gestellt und die ersten Worte mit dem dicken Mann gewechselt hatte, revidierte sie im Geiste den befremdlichen Eindruck, den sie sich von ihm gemacht hatte. Jens Bendixen entpuppte sich als charmanter und gewitzter Gesprächspartner. Erstaunlicherweise schien er mehr über Silke zu wissen als sie über ihn.

»Das war wohl Ihr Sohn vorhin? Der mit dem Hund?«

Silke bejahte und erzählte ihm, dass Paul nach den Ferien auf die Gesamtschule in Westerland gehen würde. Auch dass sie geschieden war, wusste er bereits.

»Und Ihre Tochter?«

Silke war überrascht. »Woher wissen Sie, dass ich eine Tochter habe?«, fragte sie neugierig nach.

Jens Bendixen grinste und deutete auf den Mohnkuchen. »Der ist gut. Wir haben auch was davon zu Hause«, gab er zurück und zwinkerte mit den kleinen Schweinsäuglein. Nein, schalt sich Silke in dem Moment, das war ungerecht. Es waren die runden braunen Augen einer kleinen Feldmaus. Neugierig und wissend zugleich.

»Oma Grete?«, tippte sie ins Blaue.

Jens Bendixen nickte. »Kaum sind Sie gestern hier auf den Hof gerollt, stand Oma an unserem Gartenzaun. Natürlich nur, um mir und meiner Frau ein Stückchen Mohnzopf vorbeizubringen.«

»Aber ich habe sie doch noch gar nicht kennengelernt«, wunderte sich Silke.

»Das ist eigentlich nicht nötig. Sie kennt Sie. Fragen Sie mich nicht, woher Grete ihre Informationen hat, aber wir brauchen hier jedenfalls keine Zeitung. Oma Grete weiß einfach alles.«

Offensichtlich konnte man an Silkes Gesicht ablesen, dass sie nicht begeistert war, sich das größte Klatschweib des Ortes als Hilfe ins Haus zu holen, aber Bendixen tätschelte kurz beruhigend ihre Hand. »Keine Sorge. Sie weiß alles, und sie bringt eine Menge davon unters Volk. Aber wenn Sie wissen, wie Sie sie zu nehmen haben, profitieren Sie davon. Grete ist loyal bis in die Haarspitzen. Und sie plaudert nichts aus, was einem anderen schadet.« Er nahm noch ein Stück Mohnzopf. »Es sei denn, sie beabsichtigt genau das.« Dann klopfte er sich auf den Bauch, seufzte und kramte sein BlackBerry aus der Hosentasche. Er musterte den Mohnzopf kritisch und tippte etwas in sein winziges Gerät.

Auf Silkes fragenden Blick antwortete er: »Weight Watchers. Meine Frau hat mich auf Diät gesetzt. Ich muss über jede Kalorie Buch führen.«

Natürlich fragte sich Silke insgeheim, was es brachte, die Kalorien zu notieren, wenn man die fette Kalorienbombe bereits inhaliert hatte – wäre es nicht besser, vorher darüber nachzudenken?! Aber dann erinnerte sie sich an ihre täglichen Ausrutscher – die daumendicke Leberwurst auf dem Butterbrot, die ein oder manchmal zwei Glas Rotwein am Abend oder ihre Neigung, Paulchen die Chips wegzufuttern, wenn sie gemeinsam vor dem Fernseher saßen. Was siehst du aber den Splitter in deines Bruders Auge, und wirst nicht gewahr des Balkens in deinem Auge?, kam es ihr nach Matthäus 7,3 in den Sinn.

Schließlich erkundigte sie sich bei Bendixen danach, wie er das Gemeindeleben in Horssum empfand. Er war außerdem Mitglied des Kirchenvorstands, er wusste also, was auf Silke zukommen würde. Gab es spezifische Probleme? Wie war die Stimmung in der kleinen Ortschaft? Gab es Empfindlichkeiten, auf die sie Rücksicht nehmen musste? Soziale Problemfälle, um die sie sich vielleicht speziell kümmern konnte?

Jens Bendixens Feldmausäuglein blitzten auf, als er Silke scharf ins Visier nahm. Aber dann blies er die Backen auf, wandte den Blick von ihr ab und musterte stattdessen die Zimmerdecke. »Nö« war die karge Antwort.

Silke schwieg und wartete ab. Das Verhalten des Gemeindevorstands sprach Bände. Er wollte ihr nicht sagen, wo der Hund begraben lag. Denn dass da etwas im Argen lag, das konnte sie deutlich an seinem Blick ablesen.

Bendixen rutschte auf dem Stuhl hin und her. Dann fühlte er sich offenbar doch bemüßigt, ihr ausführlicher zu antworten. »Wir sind eine kleine Gemeinde hier in Horssum. Gute dreitausend Einwohner. Unsere Infrastruktur ist bestens. Die Kasse ist leer, aber wir sind auch nicht überschuldet. Soziale Problemfälle gibt es hier nicht, fast alle Einwohner sind Insulaner, die kennen sich seit Generationen. Tourismus spielt bei uns leider kaum eine Rolle, aber muss ja auch nicht. Die meisten aus Horssum arbeiten woanders, in Westerland oder auf dem Festland. Außer natürlich Knut und Oma Grete mit ihrem Hof.« Er breitete die

Arme erst aus und lächelte unsicher, dann klatschte er seine fetten Patschhändchen aneinander. »So weit, so gut.«

Silke blickte ihn einfach nur an.

Jens Bendixen wich ihrem Blick aus, holte tief Luft, schlug sich auf beide Schenkel und erhob sich. »Tja, dann werd ich mal wieder.«

Silke machte keine Anstalten, den Gast hinauszubegleiten.

»Im Sinne unserer Zusammenarbeit – und ich denke, dass Sie an einer solchen interessiert sind«, sagte sie scharf, »sollten Sie mir schon genauer Auskunft geben. Da ich keine Gelegenheit zum Austausch mit meinem Vorgänger hatte, bin ich auf Informationen Ihrerseits angewiesen.«

Der Dicke versuchte sich in einem Unschuldsblick, nestelte aber nervös an seiner Krawatte herum, was Silke motivierte, noch eins draufzusetzen.

»Ich sehe Ihnen an, Herr Bendixen, dass Ihr kleines verschlafenes Horssum nicht die Idylle ist, als die Sie es mir verkaufen wollen. Was ist hier los?«

Der Bürgermeister überlegte kurz, dann ließ er sich wieder auf den empfindlich ächzenden Stuhl plumpsen und sah begehrlich auf das letzte Stück Mohnkuchen.

»Bitte«, Silke schob ihm den Teller hin. »Wenn's Ihnen dann leichter fällt …«

»Also gut«, gab Bendixen zurück und ließ das Gebäck in seinem Mund verschwinden. Während er kaute, überlegte Silke, ob sich seine Bemerkung auf den Kuchen oder seine Bereitschaft, ihr die Wahrheit zu sagen, bezogen hatte.

»Meine Frau hat mir verboten, Sie da mit hineinzuziehen«, sagte der Bürgermeister verschwörerisch und wischte sich die Krümel aus dem Bart. »Aber vielleicht ist es besser, wenn Sie es von vorneherein wissen …« Er beugte sich zu Silke Denneler vor, so weit es sein Bauch zuließ, und senkte die Stimme. »Es herrscht Krieg in Horssum.«

3.

Krieg war so ziemlich das Letzte, was Silke Denneler gebrauchen konnte. Ebenso wenig wie einen Mann. Denn Krieg mit einem solchen hatte sie gerade hinter sich.

Ihre Ehe mit Ansgar war von Anfang an ein Fehler gewesen. Er hatte gut ausgesehen, und sie hatte seine Antriebslosigkeit mit Sensibilität und seine Anhänglichkeit mit Hingabe verwechselt. Dabei hatte sich Ansgar immer nur an sie gehängt, weil sie seinem Leben eine Richtung gab, ihn ohne Ende coachte und motivierte, ja ihn durchs Leben trug.

Als er dann völlig unerwartet und entsprechend spät Karriere in seinem Beruf als IT-Fachmann machte (und das auch nur, weil sein Chef noch mittelmäßiger war als er selbst) und nach fünfzehn Jahren Beziehung erstmals in der Lage war, auf eigenen Beinen zu stehen, war er fies geworden. Er hatte sie ungerecht und von oben herab behandelt, hatte sich über ihren Glauben lustig gemacht und ihr Freudlosigkeit unterstellt. Schließlich hatte Silke ihm entnervt den Laufpass gegeben.

Ihr gemeinsamer Bekanntenkreis war entsetzt gewesen. Vielleicht lag es an ihrem Beruf, dass alle Welt glaubte, die Ehe einer Pastorin müsse vom Himmel gestiftet sein und also auch ein Leben lang halten, vielleicht waren sie und Ansgar mit der Zeit auch zu guten Schauspielern geworden. Sie hatten immer darauf geachtet, alles richtig zu machen. Das begann beim Montessori-Kindergarten, ging über die bleifreien Holzbuntstifte für die Kinder, den köstlichen Dinkelapfelkuchen, den Silke zu den Eltern-Initiativ-Abenden mitbrachte, ihr Niedrigenergiehaus mit dem Selbstversorgergarten, das stets für alle offen stand, Silkes Engagement für die Mühseligen und die Beladenen … Silke hätte die Liste endlos fortführen können. Sie hatte sich all die Jahre an den Gedanken geklammert, dass es wichtig war, nicht fehlzugehen, dass man auch die Fehler seiner Mitmenschen lieben lernen konnte, dass man sich nur bemühen musste, ein ethisch-moralisch einwandfreies Leben zu führen, damit man reinen Herzens war und somit auch andere unterstützen und auf den rechten Pfad führen konnte. Sie war eben eine Christin durch und durch. Bis sie eines Morgens aufgewacht war und erkannt hatte, dass sie einer Lebenslüge aufgesessen war. Sie liebte Ansgar nicht, sie hatte sich um ihn gekümmert wie um ihre Sorgenkinder, die sie als Pastorin betreute. Und sie hätte viel lieber das ein oder andere Mal fehlgehen mögen, »sündigen«, wenn man so wollte, als durch und durch protestantisch sein. Mit Paul zu Burger King gehen oder auf die Kartbahn. Mit den Kindern einen Pauschalurlaub machen, den sie sich so sehnlich gewünscht hatten, anstatt immer wieder auf den Ökobauernhof im Allgäu zu fahren. Und vor allem: Ansgar einfach mal die Meinung ins Gesicht sagen, anstatt endlos für alles Verständnis zu haben.

Sie war aus dem Bett aufgestanden, in die Küche getappt, hatte sich einen doppelten Espresso gemacht (anstelle des Mate-Tees, den sie sonst zum Frühstück trank) und hatte Ansgar, der sich hinter seiner Zeitung verschanzte, gesagt, dass sie sich scheiden lassen würde.

Ansgar hatte kurz hochgeblickt, verständnislos geguckt, trocken aufgelacht, »jaja« gesagt und einfach weitergelesen.

Damit war für Silke die Sache besiegelt. Ab da hatte es Krieg gegeben. Bösen, kleinen, miesen Scheidungskrieg. Nicht, dass sie das gewollt hatte. Sie wollte einfach mit Ansgar auseinandergehen, in Frieden. Sie hatte sich vorgenommen, auf alle seine Forderungen einzugehen, um ja jeden Konflikt zu vermeiden.

Aber das war nicht das, was Ansgar wollte. Er wollte sie vernichten. Dagegen musste sie sich irgendwann wehren, schon um der Kinder willen. Und so begann eine Auseinandersetzung, die immer härter wurde. Mit Anwälten, die sich gegenseitig nichts schenkten. Mit schmutziger Wäsche und persönlichen Beleidigungen. Der gesamte Bekannten- und Freundeskreis war mit hineingezogen worden und schließlich nicht mehr da gewesen. Ja, Ansgar hatte nicht einmal davor haltgemacht, die Kinder zu instrumentalisieren.

Hätte Silke ihren Glauben nicht gehabt, sie hätte das nicht durchgestanden. Aber jetzt lag es hinter ihr, alle Papiere waren unterschrieben, man hatte sich auf ein Minimum aller Forderungen einigen können, und sie hatte diese schöne kleine Gemeinde auf Sylt bekommen, in der Hoffnung, alles hinter sich lassen zu können.

Und nun das.

Streit, Neid, Missgunst. Krieg eben.

Silke seufzte und räumte die Kaffeetassen und den Teller mit den Krümeln, die Jens Bendixen übrig gelassen hatte, in die Küche. Sie öffnete das Fenster und warf einen Blick auf die Idylle dort draußen. Sie sah ein Amselpärchen, wie es einträchtig unter den Sonnenblumen nach Kernen pickte, und eine fette Hummel, die zur Gänze in die zartlila Stockrosenblüte am Zaum kroch. Sie hörte das Zwitschern der Vögel und das Summen der Insekten, nicht die vierspurige Straße, die unweit ihres Kölner Pfarrbüros für Dauerrauschen gesorgt hatte. Sie sah den strahlend blauen Himmel und spürte den leichten Wind auf ihrem Gesicht, der den Salzgeruch des Meeres bis an ihr Küchenfenster brachte.

Nein, schwor sich Silke. Von dem Kleinkrieg in Horssum würde sie sich fernhalten. Sie suchte Ruhe und Frieden für ihre Seele, in den Dorfstreit um den ehemaligen Hubschrauberlandeplatz würde sie sich nie und nimmer mit hineinziehen lassen.

In diesem Moment kam Paul mit dem hechelnden Balu auf dem Kiesweg angerannt. Die hängenden Schultern ihres Sohnes waren verschwunden, er hatte rote Backen und seine Augen leuchteten.

»Mama«, rief er von weitem und stieß das hölzerne Gartentor auf, »Mama, ich hab was voll Cooles entdeckt!«

Während er eine große Apfelschorle viel zu hastig hinunterstürzte, erzählte Paul, dass er offenbar ebenjenen ehemaligen Hubschrauberlandeplatz entdeckt hatte, von dem in der Stunde zuvor die Rede gewesen war.

Der Gemeindevorsteher hatte Silke darüber aufgeklärt, dass es auf Sylt mehrere, ehemals von der Bundeswehr genutzte Gelände gab, die in den vergangenen Jahren wieder an die jeweiligen Gemeinden zurückgefallen waren. Auch in Horssum, als letzte Gemeinde auf der Insel, war dies vor fünf Jahren der Fall gewesen. So weit, so gut, doch dann hatte es ein Gutachten gegeben, und im Rahmen dessen stellte sich heraus, dass das Gelände, auf dem der Bund nach dem Krieg den Landeplatz gebaut hatte, zu einem Drittel der Familie von Breckwoldt gehörte. Die von Breckwoldts waren über Jahrhunderte hinweg eine Familie von Deichgrafen und Gutsbesitzern gewesen, aber ihr Geschlecht war vermutlich ausgestorben. Die letzte Nachfahrin derer von Breckwoldt war vor fünfundzwanzig Jahren von der Insel verschwunden, der Gemeindevorsteher wusste selbst nichts Genaues. Man hatte einen Nachlassverwalter bestellt, der die Aufgabe hatte, »in angemessener Frist« mögliche Erben ausfindig zu machen. Das war vor fünf Jahren gewesen. In dieser Zeit hatte das Gelände brach gelegen, und Jens Bendixen ließ keinen Zweifel daran, dass dies, wenn es nach ihm ginge, auch weiterhin so bleiben könne, aber in den fünf Jahren waren Begehrlichkeiten entstanden. Es hatten sich zwei Lager gebildet, die denkbar unterschiedliche Vorstellungen davon hatten, was mit den vielen Hektar zu geschehen habe.

Der Gemeinde waren die Hände gebunden, solange die Suche nach den Erben nicht beendet war. Aber die jeweiligen Interessenten machten Druck, dass das Verfahren des Nachlassverwalters endlich beendet werden solle.

Silke hatte sich das alles angehört und so viel Interesse wie nötig gezeigt, aber kaum war Bendixen gegangen, hatte sie das Thema gedanklich ad acta gelegt – das ging sie gar nichts an.

Paul erzählte nun begeistert von der riesigen Brache. Nicht nur von den Tieren, die sich da tummelten – er meinte einen Dachs gesehen zu haben –, sondern vor allem reizte ihn daran, dass er mit seinem BMX-Rad dort einen super Parcours anlegen konnte. Er wollte gleich noch einmal rüber und eine »Cross-Challenge« machen, wie er sich ausdrückte. Ohne Balu, versteht sich.

Als hätte der Hund verstanden, dass er bei der gemeinsamen Action nicht erwünscht war, schnaubte er verächtlich und rollte sich unter dem Tisch zusammen.

Silke erlaubte Paul nur zu gerne, sich mit seinem Rad auf dem Gelände herumzutreiben. Sie war froh, dass der Junge sich nicht rund um die Uhr mit seinem Nintendo (den sie ihm im Zuge des Scheidungskrieges mit Ansgar gestattet hatte) einschloss und von der Welt zurückzog.

»Geil.« Paul stand auf. »Wo ist das Bike?«

Silke sah ihn an und zuckte entschuldigend mit den Schultern. Ihr gesamter Besitzstand war einen Tag vor ihr auf der Insel angekommen und mit Hilfe von Oma Grete irgendwo im Haus und ums Haus herum verteilt worden. Obwohl Silke in Köln wochenlang ausgemistet und Basare veranstaltet hatte, war immer noch genug übrig, um das kleine Pfarrhaus zu verstopfen. In den nächsten Tagen und Wochen würde sie Kiste um Kiste auspacken und den Inhalt verstauen müssen – neben allen anderen Pflichten. Und Silke wusste schon jetzt, dass die Kinder ihr keine große Hilfe sein würden.

»Gibt's Kaffee?« Ihre Große kam in die Küche geschlappt. Jana wirkte, als sei sie gerade erst aufgestanden, dabei war es schon fast Mittag.

»Schön, dass du dich aufraffen konntest, aus deinem Zimmer zu kriechen«, kommentierte Silke und strich ihrer Tochter liebevoll über die Haare, die sich das zu Silkes Überraschung sogar gefallen ließ. Jana trank den Rest der Apfelschorle, während Paul sich aus dem Staub machte, um sein Rad zu suchen, und schaute aus dem Fenster.

»Gibt's hier 'n Strand?« Dabei kniff sie die Augen zusammen wie ein Vampir, der das Tageslicht scheute.

»Da wir hier auf einer Insel sind, also mitten im Meer, gehe ich fest davon aus, dass es irgendwo auch Strand gibt«, meinte Silke lächelnd.

Sie erbarmte sich ihrer Tochter und begann, dieser ein Honigbrot zu schmieren. Im Geiste dankte sie noch einmal Oma Grete, die so vorsorglich für die Pastorenfamilie eingekauft hatte. Die wichtigsten Lebensmittel, Seife, Klopapier, Schokolade und Gummibärchen für die Kinder, eine Flasche Rosé für Silke – Oma Grete schien genau gewusst zu haben, über was sich die Dennelers nach ihrer Ankunft freuen würden. Sie hatte außerdem die Umzugsleute angeleitet und bewirtet, hatte Silke überall kleine Zettelchen mit strengen Anweisungen hinterlassen (»Vorsicht! Klinke nicht ganz runterdrücken, fällt ab!« oder »Schloss klemmt, keine Gewalt anwenden!«) und überhaupt das Haus und den Garten während des Leerstands top in Schuss gehalten.

Denn Silkes Vorgänger war überraschend aus dem Amt geschieden, ohne dass es einen Ersatz gegeben hatte. Die Gemeinde war drei Monate ohne Pastor geblieben. Pastor Schievel hatte die Stelle mehr als dreißig Jahre innegehabt und war friedlich entschlafen. Ohne Vorwarnung. Die Oma hatte ihn morgens leblos in seinem Bett gefunden, nachdem er nicht zu einer Taufe erschienen war. Ein besseres Ende gab es nicht, fand Silke, andererseits brachte der rasche Tod des Pastors auch Probleme mit sich. Denn es hatte keine Übergabe stattgefunden, niemand konnte Silke vorbereiten, was genau ihre Aufgaben in der Kirchengemeinde Horssum waren und was es zu beachten galt.

Während Jana verschlafen an ihrem Brot herummümmelte, erledigte Silke weitere wichtige Telefonate und vereinbarte Termine. Schließlich ging es auf die Mittagszeit zu, Paul war nirgendwo zu sehen, vermutlich crosste er schon auf dem ehemaligen Bundeswehrgelände. Nachdem sie ihr Honigbrot verspeist hatte, war Jana mit einer großen Badetasche abgezogen, per Google Maps den Weg zum Strand erforschend.

Da Oma Grete sich erst für den Nachmittag angekündigt hatte, beschloss Silke, sich eine Pause zu gönnen. Sie schwankte kurz, ob sie sich im Garten auf die Liege legen und gedanklich auf die Predigt vorbereiten oder aber ein Kämpfchen gegen ihren inneren Schweinehund wagen sollte. Angesichts der Bauchröllchen entschied sie sich für Letzteres, kramte im Koffer nach ihren Joggingklamotten (die sie wohlweislich nicht mit dem Umzugsunternehmen vorgeschickt hatte, weil ihr absolut klar war, dass sie diese Kiste sonst als Letztes in frühestens einem halben Jahr auspacken würde) und lief direkt vor der Haustür in leichtem Trab los.

Was für ein Luxus, dachte sie bei sich. In Köln hatte sie, trotz der Wohnlage in einem der äußeren Bezirke, erst gute zehn Minuten durch die Straßen laufen oder mit dem Rad zurücklegen müssen, bevor sie im nächstgelegenen Park mit gefühlt fünfzig anderen und doppelt so vielen Hundebesitzern ihre Runden drehen konnte.

Balu sah ihr hechelnd und ein bisschen traurig durchs Gartentor hinterher, aber Silke wusste, dass der Bobtail bei der Hitze keine zehn Meter würde mithalten können und es besser für sie beide war, wenn er das Haus hütete.

Sie entschied sich, nicht auf der Straße zu laufen, auf der sie gestern Abend hergekommen waren, sondern am protzigen Haus ihres Nachbarn Lars Holm vorbei dem Kiesweg zu folgen. Dieser führte schnell in den Ortskern, in welchem sich entlang einer kleinen Einkaufsstraße vielleicht zehn Geschäfte wie kleine Perlen an einer Schnur aneinanderreihten. Alle Häuser waren entweder aus rotem Backstein oder weiß getüncht, die meisten hatten die für die Küstenregion typischen Reetdächer, die weit hinuntergezogen waren. Dazwischen gab es aber auch Bauten neueren Datums, schmucke Kapitänshäuser vom Ende des neunzehnten Jahrhunderts, mit verspielten Giebeln und hölzernen Veranden. Ein Bäcker, ein Metzger, ein Blumenladen, ein kleiner Supermarkt, eine Apotheke, zwei Cafés und ein Restaurant, das Preestershus, wie ein Schild anzeigte. Das war Horssum. Klein und schmuck, ein Bilderbuchort. Warum hier weniger Touristen herkamen, wie Jens Bendixen gesagt hatte, war Silke ein Rätsel. Aber tatsächlich war auf den Straßen nur wenig Betrieb – was auch daran liegen konnte, dass die Geschäfte zur Mittagszeit geschlossen hatten. Silke war es außerdem recht, dass es so leer war, denn dann musste sie sich in ihrem wenig attraktiven Sportoutfit nicht den neugierigen Blicken ihrer neuen Schäfchen aussetzen.

Hinter der Dorfstraße bog sie nach rechts ab, trabte an traumhaften Gärten vorbei, in denen Stockrosen, Malven und Hortensien die Friesenhäuser umrahmten, und folgte einem von Kartoffelrosenhecken gesäumten Pfad in Richtung Strand. Der geteerte Weg wurde zum Bohlenweg, kleine Krüppelkiefern, Ginster und Wacholder kennzeichneten den beginnenden Dünenstreifen.

Horssum lag wattseitig, aber kaum hatte Silke auf dem Bohlenweg die erste Dünenkuppe überwunden, belohnte sie der weite und unverstellte Ausblick auf das Meer. Es war Flut, der weiße Sand blendete sie in der Mittagshitze, die Sonne stand hoch am Himmel, und der Blick konnte über das ruhige Meer bis nach Dänemark schweifen. Die Nordspitze der Insel mit List am Ende war klar und deutlich zu sehen; wandte Silke sich nach Süden, fiel ihr Blick auf Hörnum und die Nachbarinsel Föhr.

Der Strand war belebt, aber nicht überfüllt. Der Großteil der Touristen überflutete die Strände an der Westseite der Insel, in Westerland und Wenningstedt. Südlich von Horssum begann eine Steilküste, ein Kliff, an dessen Fuß ohnehin kein Badestrand war.

Am Horssumer Strand lag man nicht Handtuch an Handtuch, es gab Luft und Raum zwischen den Badenden. Ein Gruppe Jugendlicher spielte Beachvolleyball, ein paar Kinder planschten und kreischten, von den wachsamen Blicken ihrer Eltern begleitet, an der Wasserkante. Aber es lag über allem die Ruhe und Trägheit der Mittagshitze. Sie dämpfte die Geräusche und verlangsamte die Bewegungen.

Silke war schon völlig verschwitzt, obwohl sie gerade erst zehn Minuten gelaufen war. Aber sie fühlte sich großartig. Voller Leben und Energie. Eine sanfte Brise kühlte die heiße Haut und verursachte leichte Gänsehaut. Hier am Watt roch das Meer noch würziger, bildete Silke sich ein und nahm einen tiefen Zug davon durch die Nase. Es war die richtige Entscheidung gewesen, die Großstadt zu verlassen und hierherzukommen, hier, wo andere Leute ihren Urlaub verbrachten, auf der Trauminsel der Deutschen (neben Mallorca natürlich). Hier würde ihr neues Leben beginnen. Voller Energie lief Silke mit federndem Schritt auf dem Bohlenweg entlang der Wasserlinie. Sie atmete tief und gelöst, und sie wusste in ihrem Herzen, dass sie auf Sylt glücklich werden würde.

Eine Viertelstunde später, ihre Schritte waren nun weniger federnd und der Atem ziemlich abgehackt, verließ Silke den hölzernen Weg und schlug sich nach links in die Heidelandschaft. Ein Trampelpfad führte durch einen lila blühenden, leicht gewellten Blütenteppich. Kaninchen hoppelten links und rechts des Weges, sogar einen Fasan hatte Silke bereits entdeckt. Sie hoffte, dass sie schnell einen Bogen Richtung Horssum machen konnte, denn mit ihrer räumlichen Orientierung war es nicht weit her, und sie war weder willens noch in der Lage, mehr als zwanzig Minuten weiterzujoggen.

Gerade überlegte Silke, ob sie nicht lieber umkehren sollte, als sich in der Pampa zu verirren, als sie auf einen hohen Metallzaun stieß. Der Trampelpfad gabelte sich und führte links und rechts daran entlang. Silke nahm den Abzweig in Richtung Süden, zurück zum Ort, wie sie hoffte. Ein paar Meter weiter war ein großes Schild am Zaun angebracht: »Militärisches Sperrgebiet. Betreten verboten. Eltern haften für ihre Kinder«, stand in verwitterten Buchstaben darauf. Nicht mehr ganz aktuell, wie sie wusste, denn es schien sich hier um den stillgelegten Hubschrauberlandeplatz zu handeln, von dem Jens Bendixen erzählt hatte. Der Horssumer Zankapfel, Objekt vieler Begierden. Und geiler Bike-Cross-Parcours, wie Paul ihr heute Vormittag geschildert hatte. Irgendwo auf dem Gelände trieb sich also ihr Sohn gerade herum, mutmaßte Silke, während sie japsend immer langsamer wurde. Die Beine waren schwer wie Blei, sie fühlte sich, als wäre sie seit Stunden unterwegs, dabei konnten es nicht mehr als dreißig Minuten sein. Ihre feinen braunen Haare klebten an Stirn und Gesicht, die Kehle war ausgetrocknet, und der Schweiß lief in Bächen an ihr herab. Dusche, dachte Silke, während sie tapfer versuchte weiterzulaufen. Wasser, war der andere, alles beherrschende Gedanke. Jetzt sah sie in der Ferne die ersten Reetdächer, und der Gedanke an Dusche und Wasser, Dusche, Wasser, Dusche, Wasser ließ sie tatsächlich einen kleinen Zacken zulegen.

»Mama!«, hörte sie plötzlich, und den Bruchteil einer Sekunde lang dachte Silke, dass sie bereits halluzinierte. Aber als sie den Kopf nach rechts wandte, von wo der Ruf erschollen war, sah sie tatsächlich ihren Sohn, der ihr mit einem Arm zuwinkte. Den anderen Arm konnte er anscheinend nicht bewegen, denn dieser befand sich im eisernen Griff eines Mannes. Eines großen Mannes, der Silke nur zu bekannt vorkam. Vor allem aber kannte sie den Wagen des Mannes, der ihren Sohn festhielt, den schwarzen Audi Q3. Silke wich alarmiert von ihrer Route ab und lief auf Paul und Lars Holm zu, so schnell sie es vermochte.

»Lassen Sie auf der Stelle meinen Sohn in Frieden!«, rief sie schon von weitem. Tatsächlich ließ Holm sofort den Arm des Jungen los.

»Hey, hey, ist ja schon gut«, wollte er beschwichtigen, aber Silke ließ ihn nicht zu Wort kommen.

»Was machen Sie da? Was gibt Ihnen das Recht, meinen Sohn zu bedrohen?« Schützend schob sie sich zwischen Holm und Paulchen.

»Von Bedrohung kann gar keine Rede sein«, sagte Lars Holm irritiert und musterte Silke von oben bis unten. Dann verzog er einen Mundwinkel zu dem spöttischen Lächeln, das sie bereits von ihm kannte.

»Ach, und wie nennen Sie das, wenn Sie ihn gegen seinen Willen am Arm festhalten?« Silke ignorierte geflissentlich Holms amüsierte Miene, obwohl ihr bewusst war, in welch aufgelöstem Zustand sie ihm gegenübergetreten war.

»Mama, das war nicht …«, rührte sich Paul hinter ihrem Rücken.

Silke drehte sich um. »Schon gut, Paul. Ich regle das. Schwing dich aufs Rad und zisch ab nach Hause.«

»Aber …«, setzte ihr Sohn erneut an.

»Keine Widerrede«, schnitt Silke ihm resolut das Wort ab. Paul schob die Unterlippe nach vorne, schwang sich auf das kleine Cross-Bike und stob durch die Heide davon.

Lars Holm hatte die Arme vor der Brust verschränkt und lächelte die Pastorin süffisant an. Die Sonne spiegelte sich in seiner

Pilotenbrille, die er sich auf die graumelierte Haartolle geschoben hatte.

»Warum treiben Sie eigentlich Sport, wenn er Ihnen nicht guttut?«, kam er Silkes empörter Predigt zuvor.

»Was?« Silke war aus dem Konzept geraten. »Wieso …?«

»Weil Sie heute noch fertiger aussehen als gestern«, antwortete Holm. Dann zückte er einen Autoschlüssel, entriegelte lässig über die Schulter per Fernbedienung die Tür, schob sich seine Sonnenbrille auf die Nase und schlenderte entspannt zu seinem SUV. Bevor er einstieg, wandte er sich noch einmal an die mundtot gemachte Pastorin.

»Ich hab Ihrem Sohn nur gesagt, dass er auf dem Platz vorsichtig sein soll. Ist nicht ganz ungefährlich. Es gibt geeignetere Orte, an denen sich Jungs austoben können. Das war alles.« Dann stieg er ein, schlug die Tür hinter sich zu und fuhr in schnellem Rückwärtsgang durch die Heide.

Während Silke dem schweren Wagen beim Wendemanöver zusah, wiederholte sie patzig Holms Worte. »Das ist alles, das ist alles … Lass bloß die Finger von meinem Sohn, du Angeber, sonst bekommst du es mit mir zu tun.«

Mit diesem ganz und gar unchristlichen Gedanken machte sich die verschwitzte Pastorin Silke Denneler auf den Weg zurück ins Pfarrhaus und merkte beim Laufen, dass ihr »Dusche-Wasser-Mantra« von einem anderen abgelöst worden war. »Lars Holm, Lars Holm«, echote es nun wütend in ihrem Kopf im Rhythmus ihrer Schritte.

4.

Die letzten Meter war Silke langsam gegangen und hatte noch ein paar Dehnübungen gemacht, so dass sie fast eine Viertelstunde nach Paul im Pfarrhaus ankam. Schon in der Tür schlug ihr der Duft von frischem Tee entgegen, und als sie die Tür zur Küche öffnete, fiel ihr erster Blick auf eine zarte Weißhaarige in geblümter Kittelschürze. Kein Zweifel: das musste Oma Grete sein. Sie war um einiges zerbrechlicher, als Silke dies von einer Pfarrhaushälterin, die vom Bauernhof kam, erwartet hatte. Ihr von feinen Fältchen durchzogenes Gesicht war schmal und damenhaft. Ihre Augen waren groß und freundlich, die Haare klassisch zu einem Dutt auf dem Hinterkopf zusammengebunden. Jetzt lachte die alte Frau, und damit verflüchtigte sich der damenhafte Eindruck sofort – denn Oma Grete hatte nicht mehr viele Zähne im Mund.

Sie sagte etwas völlig Unverständliches, und mit viel Phantasie meinte Silke so etwas wie »meen Deern« herausgehört zu haben. Das kann ja heiter werden, dachte sie. Wenn ich kein Wort von dem verstehe, was Oma Grete spricht.

Die kleine alte Frau schien geahnt zu haben, dass Silke sie nicht verstanden hatte, oder Silkes Gesicht hatte Bände gesprochen, jedenfalls schob sie in einwandfreiem Deutsch nach: »Da ist sie ja, unser Mädchen! Herzlich willkommen auf unserer schönen Insel Sylt!«

Silke atmete erleichtert auf, ging um den Tisch herum und schüttelte ihrer zukünftigen Haushälterin die Hand. Die sich als weniger zerbrechlich erwies, als sie aussah.

»Vielen Dank«, gab Silke zurück, »aber das mit dem Mädchen – na ja, ist lange vorbei.«

Oma Grete musterte sie kritisch von oben bis unten, und unter ihrem strengen Blick kam sich Silke plötzlich doch vor, als wäre sie zwölf. Außerdem wirkte sie im Moment, mit ihren schlabbrigen und durchgeschwitzten Joggingklamotten, nicht wie eine Autoritätsperson.

Zu dem Schluss schien Oma Grete ebenfalls gekommen zu sein.

»Bloß man gut, dass Pastor Schievel immer seinen Talar getragen hat. Den hätt ich so nicht sehen mögen«, kommentierte sie spitz. Dabei lächelte sie Silke ganz freundlich an.

Oha, dachte Silke, aufgepasst. Laut sagte sie: »Im Übrigen danke ich Ihnen ganz herzlich für die Besorgungen. Das wäre nicht nötig gewesen!« Dabei bemühte sie sich um einen zuckersüßen Tonfall.

»Nu ja«, die alte Dame lächelte immer noch fein und wuschelte Paul dabei ganz vertraut durch die Haare, wie Silke irritiert bemerkte, »ich wusste ja nicht, wie gut Sie organisiert sind. Es ist das erste Mal, dass ich für eine Frau den Haushalt mache …«

Diese Anspielung kam bei Silke deutlich an. Im Klartext hieß das: Mal sehen, wer hier die bessere Hausfrau ist. Vermutlich hatte Oma Grete Befürchtungen, dass Silke ihr ihren Job streitig machen wollte. Es war schließlich etwas anderes, ob man einen alleinstehenden älteren Herrn versorgte oder eine Frau, die es gewohnt war, ihren Haushalt samt der Kinder alleine zu managen. Da Silke Oma Grete diese Befürchtungen gleich nehmen wollte, schob sie sofort noch ein Kompliment hinterher.

»Und diese Zettelchen im ganzen Haus, das war sehr hilfreich.«

»Aber wohl nicht deutlich genug«, bemerkte Oma Grete. »Das Schloss von der Toilettentür hat vorher nur geklemmt, jetzt ist es kaputt. Da muss doch einer mit Gewalt rangegangen sein.«

Dabei sah die alte Dame Paul prüfend in die Augen, der nur mit den Schultern zuckte und sich einen weiteren Keks in den Mund stopfte. Dazu schlürfte er ein Getränk, welches verdächtig nach Kamillentee roch. Das konnte nun aber wirklich nicht sein, dachte Silke, von Kamillentee (oder Salbei- oder Lindenblüten, kurz: von allem, was gesund war) wandte Paul sich stets mit Grauen ab.

Jetzt erinnerte Silke sich schuldbewusst, dass sie gestern Abend ihre Wut an der Toilettentür ausgelassen hatte. Zu guter Letzt hatte sie mit dem Schraubenzieher in dem uralten verrosteten Schloss herumgefuhrwerkt und dabei innen etwas abgebrochen. Sie beschloss, darüber dezent zu schweigen.

»Was war denn das für eine Sprache gerade?«, schaltete sich nun Paul in die Diskussion ein.

Oma Grete lachte ein zahnloses Lachen. »Das war Sölring«, erläuterte sie. »Die Sprache von uns Syltern. Ein friesischer Dialekt. Auf Amrum wird Öömrang gesprochen, auf Föhr Fering.«

»Ist ja geil. Das will ich lernen.«

Erst jetzt nahm Silke wahr, dass auf dem Tisch ein Brett »Mensch ärgere Dich nicht« lag. Wehmütig dachte Silke daran, wie lange die gemeinsamen Spieleabende mit den Kindern her waren. Früher hatten sie jedes Wochenende ein großes Spiel gespielt, alle zusammen. Es waren schöne Abende gewesen, gemütlich und innig. Wenn sie heute vorschlug, ein Spiel zu spielen anstelle des ewigen Fernsehens, rollten ihre Kinder nur angewidert die Augen nach oben. Und mit so etwas Lahmem wie einem über hundert Jahre alten Brettspiel durfte sie schon gar nicht kommen. Aber die Oma hatte es anscheinend innerhalb kürzester Zeit geschafft, Paul herumzukriegen.

»Wir haben uns schon bekannt gemacht«, erwiderte Oma Grete.

»Und er hat für Sie seinen Nintendo liegen lassen? Das wundert mich aber.«

Paul und Grete grinsten sich an. Verschwörerisch, wie es Silke schien. Kamillentee, Brettspiel, sogar Haarewuscheln war erlaubt – hatte diese kleine Alte etwa Zauberkräfte, die ihr bis jetzt verborgen waren? Silke sah etwas befremdet, wie vertraut diese Oma mit ihrem Sohn war, obwohl dieser doch kaum mehr als zehn Minuten vor ihr eingetroffen sein konnte.

»Du trinkst Kamillentee?«, wandte sie sich an ihren Sprössling und konnte ihre Irritation darüber nicht verbergen.

»Ja, ist ganz okay«, gab Paul zurück und grinste sie schief an.

»Das ist ja auch die Kamille aus dem Pfarrgarten«, kommentierte Oma Grete, »und nicht aus irgendeinem Beutel.«

Immerhin aus dem Bioladen, fügte Silke säuerlich in Gedanken hinzu, behielt diese Bemerkung aber wohlweislich für sich. Sie ärgerte sich, dass sie sich von der alten Frau so angegriffen fühlte – was war nur los mit ihr? Sie war in letzter Zeit verdammt dünnhäutig geworden. Sie beschloss, sich in Demut zu versuchen und Oma Grete ihre bislang unangefochtene Vormachtstellung im Pfarrhaushalt nicht streitig zu machen.

»Wenn du willst, min Jong, dann bring ich dir gerne bisschen Sölring bei«, sagte diese gerade. Dann fing sie an zu deklamieren: *»Kumt Riin, Kumt Senenskiin, Kum junk of lekelk Tiren, Tö Söl' wü hual' Aural; Wü bliiv truu Söl'ring Liren!«*

Paul kicherte, sogar Silke musste lächeln. Natürlich hatten sie außer »Regen« und »Sonnenschein« kein Wort verstanden, aber es hatte sich gut angehört, nicht zuletzt, weil Oma Grete die Zeilen mit heiligem Ernst vorgetragen hatte.

»Kommt Regen, kommt Sonnenschein, kommen dunkle oder glückliche Zeiten, zu Sylt immer halten wir. Wir bleiben treue Sylter Leute«, übersetzte sie nun.

Silke bat um Entschuldigung, aber sie wollte schnell unter die Dusche schlüpfen, damit sie im Anschluss alles Nötige mit Oma Grete besprechen konnte, die in der Zwischenzeit ihre Partie mit Paul beenden wollte.

»Dann haben Sie den wichtigsten Mann ja schon kennengelernt«, kommentierte Oma Grete die Schilderung Silkes von Lars Holm und verschränkte die Arme vor der Brust. Sie saßen nun schon bald zwei Stunden zusammen, und Silke brummte der Schädel. Sie hatte sich Notizen über Notizen gemacht, Oma Grete hatte sie mit mehr neuem Wissen versorgt, als sie aufnehmen konnte. Sie war nun informiert über alle anstehenden Pflichten und Aufgaben. Der alte Pastor hatte sich, so hatte es jedenfalls den Anschein, rührig um seine Schäfchen gekümmert, allerdings eher um den älteren Teil der Gläubigen. Es gab einen Klöppelkreis der Sylter Bauersfrauen, einen Kirchenchor, der sich nicht nur aus den Horssumern, sondern auch aus Mitgliedern anderer Gemeinden zusammensetzte, die Babykrabbelrunde, die zweimal wöchentlich in Horssum stattfand, und eine Teestube für die Jugendlichen. Letztere wurde allerdings laut Oma Grete nicht stark frequentiert.

»Die Jugend, das macht unser Lars«, ließ Grete dazu verlauten.

»Na, das hab ich ja gesehen«, kommentierte Silke spöttisch.

Oma Grete zog eine Augenbraue hoch. »Das nennt sich Menschenkenntnis, jo?!«

Silke wollte das nicht auf sich sitzen lassen und erläuterte rasch, dass dies nicht die erste Begegnung mit Holm war. Sie schilderte, wie der schwarze SUV sie gemeingefährlich überholt hatte, wie sie ihn durch ein Unglück auf dem Autoreisezug angerumst hatte und wie sich Holm ihr gegenüber verhalten hatte.

»Sie klingen fast wie Ommo.«

»Ommo?«

»Ommo Wilkes. Unser oberster Naturschützer. Der legt sich immer mit Lars an. Lässt kein gutes Haar an ihm, ganz egal, was der Lars gemacht hat – oder eben nicht.«

Oma Grete goss sich eine weitere Tasse ihres rabenschwarzen Tees ein. Sie bot Silke auch eine Tasse an, aber die hatte schon Herzrasen von dem starken Gebräu.

»Oder ist das einfach nur, weil er ein Mann ist?«, provozierte Oma Grete.

»Bitte?« Silke blieb fast die Luft weg.

»Nu jo«, erläuterte Oma Grete und lutschte hingebungsvoll an einem Brocken Kandis. »Man weiß ja, wie das so ist. Geschieden, die besten Jahre sind vorbei, alleinerziehend – da staut sich so manches auf ...«

Silke starrte die alte Frau an. Sie war kurz davor, zu explodieren ob dieser Unverfrorenheit, aber dann besann sie sich eines Besseren. Diese alte Kratzbürste wollte sie offensichtlich nur aus der Reserve locken, testen, wo ihre Grenzen waren.

Nun steckte auch Silke sich einen Brocken Kandis in den Mund, lutschte genüsslich daran herum und grinste Oma Grete seelenruhig an. »Und wie ist das so für Sie? Da haben sie Jahr für Jahr dem guten alten Pastor den Haushalt gemacht, waren sein Ein und Alles, seine Perle, hatten die Zügel fest in der Hand – und nun kommt eine daher, viel jünger als Sie, die ihren Haushalt und das ganze Drumherum selbst bewältigen kann – man weiß ja, wie das so ist ...« Silke ließ den Rest des Satzes in der Luft hängen und lehnte sich genüsslich zurück.

Die beiden Frauen lieferten sich ein Blickduell, bis sich in den Augenwinkeln der Älteren feine Lachfältchen bildeten.

Sie nickte Silke zu, stand auf, wischte sich die Hände an der Kittelschürze ab und sagte: »Eins zu eins. Unentschieden.«

Silke wollte ihre Bemerkung sofort zurücknehmen und setzte zu einer Entschuldigung an. »Ich habe es nicht so gemeint, aber ...«

»Schschsch!«, gebot Oma Grete ihr Einhalt und klopfte ihr auf den Arm. »Das lässt sich doch ganz gut an mit uns beiden.« Dazu zwinkerte sie verschmitzt und machte auf dem Absatz kehrt, um die Küche anzusteuern.

»Dann mach ich euch mal was Feines zum Abendessen.«

»Danke, nicht nötig!«, rief Silke ihr hinterher. »Ich wollte die Kinder zur Feier des Tages ins Restaurant einladen.«

Ihre Haushälterin blieb abrupt stehen, stemmte die Hände in die Hüften und kniff die Augen zusammen. »Ins Preestershus. Restaurant gibt's hier keins. Wenn Ihnen Saumagen schmeckt, dann sind Sie dort richtig.«

»Saumagen?«, echote Silke verständnislos.

»Hans und Lise kommen aus der Pfalz. Sie sind zwar schon 'ne halbe Ewigkeit hier, aber Hans kann es einfach nicht lassen, uns mit seinen ›Köstlichkeiten‹ zu beglücken.«

Pfälzer Saumagen war nicht unbedingt das, was Silke sich zur Krönung des Tages gewünscht hatte, dann eher noch Tiefkühlpizza, aber Oma Grete hatte einen Weg aus dem Dilemma.

»Ich habe heute Sylter Heringstopf gemacht. Für Knut und mich. Und zufällig noch ein paar Portionen mehr. Mit ein paar Bratkartoffeln …?«

»Herrlich!«, entfuhr es Silke, und Oma Grete grinste glücklich. Die Spannung zwischen den beiden Frauen war augenblicklich verschwunden.

Silke folgte der alten Frau in die Küche.

»Am Preestershus bin ich vorhin vorbeigekommen, das sieht aber ganz schön aus. Kann man da denn gar nicht hingehen?«

Während Oma Grete sich daranmachte, Kartoffeln zu schälen, dass die Schalen nur so zur Seite spritzten, entgegnete sie versöhnlich: »Doch, doch. Der Hans kocht ganz passabel. Auch Sachen von der Küste. Außerdem gibt es nichts anderes in Horssum, also triffst du sie dort alle. Ob reich, ob arm, ob Einheimischer oder Tourist, ob für den Flugplatz oder dagegen – hier sind sie versammelt. Außer mein Knutchen, der liegt abends schon in den Federn, der fleißige Junge.«

Es war der alten Frau anzusehen, wie stolz sie auf ihren Enkel war, und dem ersten Eindruck nach, den Silke von ihm gewonnen hatte, konnte sie es auch sein.

»Führt er den Hof ganz alleine? Was ist mit seinen Eltern?«

Die Miene der alten Frau verdüsterte sich. »Sie sind tot, alle beide. Fiete, mein Sohn, und seine Suna.«

»Das tut mir leid.« Silke nahm ebenfalls einen Sparschäler und ging ihrer Haushälterin zur Hand. Aber sie schwieg, denn sie spürte deutlich, dass Oma Grete nicht weiter über dieses Thema reden wollte.

»Dabei muss der Junge mal unter Leute. Wie soll er sonst eine Frau finden?« Oma Grete wiegte besorgt den Kopf. »Aber für Knut gibt es nur seine Arbeit und seine Kühe. Darf mir gar nicht ausdenken, was mal aus dem Hof werden soll.«

Silke überlegte, wie sie ihre Haushälterin aufheitern konnte, denn offensichtlich war ihr vorhin so heiteres Gespräch in ein trauriges Fahrwasser geraten.

»Wie alt ist Knut denn jetzt? Mitte zwanzig?«

Oma Grete nickte.

»Na, dann ist es noch viel zu früh, sich fest zu binden«, beruhigte Silke. »Das ist ja nicht mehr wie früher. Wenn die Ehe gut werden soll, ist es heute besser, er lässt sich noch ein bisschen Zeit. Glauben Sie mir, ich spreche aus Erfahrung.«

Jetzt setzte Oma Grete eine sehr strenge Miene auf. »Dass Sie geschieden sind … eine Pastorin … Also, das mag ja nicht jeder.«

Für Silke bestand kein Zweifel daran, dass mit »jeder« hauptsächlich Oma Grete selbst gemeint war, die eine ziemlich konservative Auffassung von Zusammenleben zu haben schien.

»Aber das kann sich ja noch alles ändern.« Die alte Frau wusch energisch die geschälten Kartoffeln in der Spüle. »Sie kommen schon wieder unter die Haube.«

Silke grinste unbeholfen. Das war das Letzte, was sie wollte. Die Großmutter fuhr unbekümmert fort. »Wenn mein Knutchen eine Frau findet, dann finden Sie auch einen Mann. Findet sich für alle was, dafür hat der liebe Gott schon gesorgt.«

Wenn der liebe Gott ihr auch Ansgar zugedacht hatte – für

was hatte er sie dann bestrafen wollen, dachte Silke belustigt. Aber nun war es höchste Zeit, das Gespräch in eine andere Richtung zu lenken, beschloss sie. Sie zeigte auf eine schmale Holztür, die vom Pfarrbüro wegführte. Es war die einzige Tür, die sie bei ihrem Rundgang noch nicht geöffnet hatten. »Wo geht es eigentlich da hin?«

Oma Grete stand plötzlich auf, ohne Silkes Frage zu beantworten. »Ich muss denn mal. Ist schon spät geworden. Morgen früh komm ich mit dem Organisten rüber. Der will um neun hier sein«, lenkte sie ab.

Vielleicht ist sie schwerhörig und ich habe es noch nicht bemerkt, wunderte sich Silke und wiederholte ihre Frage. »Die Tür dort«, sie zeigte noch einmal darauf, »wo führt die hin?«

»Och«, winkte Oma Grete ab, »das ist nur so ein kleines Kabuff. Nicht der Rede wert.«

»Okay.« Die Pastorin begleitete die alte Dame durch die Diele zum Windfang. »Und was befindet sich in dem Kabuff?«

Ihre Haushälterin wich ihrem Blick aus, guckte zu Boden und sagte dann so beiläufig wie möglich: »Nur alte Akten. Nichts Wichtiges.«

»Alte Akten? Das Kirchenarchiv?«, mutmaßte Silke, der jetzt aufgefallen war, dass sich im Büro zwar die Aktenordner gestapelt hatten, aber es hatte sich hauptsächlich um Briefe und Notizen der letzten Jahre gehandelt.

»Ja, auch«, nickte Oma Grete und hatte schon die Klinke in der Hand.

Aber Silke wollte sie nicht gehen lassen. Wenn es sich hier um Akten, Dokumente und Register aus der Geschichte der Kirche und der Gemeinde handelte, dann wollte sie sich die Sachen so schnell wie möglich ansehen. Sie hatte ein Faible für Historisches. In Köln hatte sie freiwillig bei der Rekonstruktion und Sicherung der Akten des Stadtarchivs geholfen, als dieses wegen des U-Bahn-Baus eingestürzt war, und auch während ihres Theologiestudiums war das Studium historischer Quellen ihre Lieblingsbeschäftigung gewesen. Der Grund, warum sie nun so insistierte, war aber weniger ihr geschichtliches Interesse, sondern vielmehr die Art, wie ihre Haushälterin herumdruckste und ihr partout keine Auskunft über das Kämmerchen und seinen Inhalt geben wollte.

»Wo ist denn der Schlüssel dazu?«, erkundigte sich Silke.

»Den habe ich«, beeilte sich Oma Grete zu sagen.

»Nur Sie? Eigentlich sollte der Pastor selbst den Zugang zum Archiv haben.« Jetzt nahm die Sache langsam kuriose Züge an.

Aber das Glück kam Oma Grete zu Hilfe. Vom Vorplatz war das Knattern eines Mopeds zu hören, das angefahren kam, anhielt und mit laufendem Motor stehen blieb. Kurz darauf kam Jana mit ihrer Badetasche gutgelaunt ans Gartentor. Sie grinste Oma Grete und ihre Mutter schief an und verschwand dann mit einem seligen Lächeln im Gesicht im Inneren des Hauses. Den Moment nutzte Oma Grete und tippelte eilig über den Gartenweg aus der Gefahrenzone.

Silke rief ihr noch nach, sie möge den Schlüssel für die Kammer am nächsten Tag unbedingt mitbringen, aber Oma Grete winkte nur leutselig und verschwand.

Seltsam, dachte Silke, während sie der kleinen Gestalt hinterhersah, warum macht sie so ein Gedöns um dieses Archiv?

Natürlich brachte Oma Grete auch am nächsten Tag den Schlüssel nicht mit zu dem Treffen mit Silke und dem Organisten. Sie brachte den Schlüssel auch nicht am übernächsten Tag oder am Sonntag zum Gottesdienst. Oma Grete hatte die Sache anscheinend vergessen und Silke ebenfalls. Sie hatte einfach zu viel um die Ohren. Bis spät in die Nacht hatte sie Umzugskisten ausgepackt, Lampen angebracht und Ikea-Regale aufgebaut. Die Kinder waren wie erwartet keine große Hilfe. Jana, weil sie plötzlich den ganzen Tag über und am Freitag auch abends außer Haus war. Auf Silkes dezente Nachfrage antwortete ihr Jana, sie hätte ein paar nette Leute kennengelernt, war aber nicht gewillt, sich Details aus der Nase ziehen zu lassen. Ihr seliges Lächeln und die ausgesprochen gute Laune sprachen allerdings Bände.

Paul dagegen gab sich durchaus große Mühe, Silke zur Hand zu gehen – im Rahmen seiner Möglichkeiten. Die Aufmerksamkeitsspanne eines zwölf Jahre alten Jungen war ungefähr die eines jungen Bobtails. Sehr, sehr kurz. Paul begann, eine Kiste in seinem Zimmer auszupacken, aber schon bei maximal einem Drittel ausgepackter Sachen fand er ein Buch, ein Spielzeug, eine CD, der er sich widmen musste und darüber das Auspacken der weiteren zehn Kisten ganz vergaß. Mit einem »Ooh, der Zauberwürfel« warf er sich aufs Bett und vertiefte sich darin, die bunten Mosaike zu drehen. Bis er die nächste hochinteressante Sache in der Umzugskiste entdeckte.

Silke war also mehr oder weniger auf sich gestellt, was sie aber nicht störte. Im Gegenteil. Sie spürte, wie wichtig es war, für jedes Teil den richtigen Ort zu finden. Sie packte ganz bewusst Dinge ihres alten Lebens aus und versuchte, diese in ihr neues Leben zu überführen. Denn dass sie hierbleiben wollte, hier in Horssum, das war für sie so sicher wie das Amen in der Kirche.

Bereits vor mehr als vier Monaten, als ihr Präses sie angerufen und ihr mitgeteilt hatte, dass eine ganz besonders schöne und begehrte Stelle auf Sylt frei geworden sei, und ihr den Link für die Website der Pfarrei gegeben hatte, hatte Silkes Herz beim Anblick der Bilder höher geschlagen. Sie war Hals über Kopf in den Zug gestiegen, um sich die Sache vor Ort anzusehen und mit den hiesigen Vertretern der evangelischen Kirche zu sprechen. Als sie in der Kirche gestanden hatte, vor dem Panoramafenster, hatte sie gewusst: Ja, hier gehöre ich hin. Hier findet meine Seele Ruhe. Dass sie die Stelle auch bekommen hatte, hatte sie der massiven Fürsprache ihres Präses zu verdanken. Er war ihr langjähriger Mentor und kannte ihre desaströse Scheidungssituation genau. Und seit sie am Mittwochabend mit ihren Liebsten auf den Hof gerollt war, hatte sich für Silke nur bestätigt, wie goldrichtig diese Entscheidung gewesen war. Die Sache auf dem Autoreisezug war Pech gewesen und kein schlechtes Omen. Silke war schließlich nicht abergläubisch. Und von dem Gerede Bendixens, es herrsche Krieg in Horssum, hatte sie bislang auch noch nicht viel gemerkt. Oma Grete war eine große Unterstützung, und ihr Enkel Knut Euter Larsen war die Güte selbst. Jeden Abend war er mit seinem großen Werkzeugkasten ins Pfarrhaus gekommen und hatte unter den strengen Augen seiner Großmutter gebohrt, geschraubt, gehoben und geräumt, wo die Kräfte der zwei Frauen nicht mehr ausgereicht hatten.

Jetzt war es Samstagabend, und Silke war stolz darauf, dass sie alles, was unbedingt wichtig war, ausgepackt hatte. Außerdem hatte sie es geschafft, die Küche, Pauls Zimmer und das Gästezimmer, welches Jana im Moment bewohnte, komplett einzurichten und gemütlich zu gestalten. Im Wohnzimmer, vor allem aber in ihrem Schlafzimmer stapelten sich noch die restlichen Kartons, aber damit ließ sich leben, das hatte keine Eile mehr.

Sogar die Predigt für den morgigen Gottesdienst hatte Silke fertig geschrieben, überarbeitet und mehrmals laut gelesen, nun gönnte sie sich ein bisschen Entspannung im Garten. Seit ihrer Ankunft auf der Insel vor drei Tagen hatte tagsüber die Sonne geschienen, war der Himmel klar blau gewesen. Ab und an waren Kumuluswolken vom nimmermüden Seewind über den Himmel getrieben worden. Stets hatte man einen traumhaften Sonnenuntergang beobachten können, und Silke war jeden Abend noch mit Balu zum Kliff gegangen, um zu bewundern, wie der feuerrote Sonnenball auf der anderen Seite der Insel im Meer versank.

Jetzt saß sie im Liegestuhl an der warmen Hauswand, eng in das weiche Wolltuch gewickelt, das sie sich selbst zum ersten Geburtstag als frisch Geschiedene geschenkt hatte. Links von ihr flackerte ein Windlicht, in dessen gelber Flamme sich bereits einige Insekten verirrt hatten. Daneben stand ein Glas Wein, von dem sie nur ab und zu einen winzigen Schluck nahm, um sich nicht zu benebeln. Balu lag auf ihren Füßen und schnarchte tiefenentspannt. Silke schloss die Augen und ließ den Tag Revue passieren.

Nach dem Frühstück hatte sie sich aufgemacht, den schwer lädierten Rudi zum Schrauber nach Hörnum zu bringen. Sie hatte ihrem Passat sehr gut zugeredet, bevor sie den Schlüssel ins Zündschloss gesteckt und umgedreht hatte, aber Rudi, der alte Haudegen, war allen Befürchtungen zum Trotz sofort angesprungen. Der Motor lief rund, dennoch befürchtete Silke, dass sie die Strecke nach Hörnum nicht schaffen würde, und kroch mit Tempo dreißig die Straße in Richtung Westerland hoch. Kurz hinter Horssum war ein schwarzer Punkt im Rückspiegel aufgetaucht und sehr schnell größer geworden. Den Bruchteil einer Sekunde später hatte der unvermeidliche Audi Q3 sie überholt und war dann ebenso plötzlich in der Ferne verschwunden, wie er hinter ihr aufgetaucht war. Woran liegt es nur, dass ich kein bisschen überrascht bin?, fragte sich Silke, als der schwere Wagen an ihr vorübergezogen war.

Eine halbe Stunde später hatte sie die Schrauberwerkstatt gefunden und rollte vorsichtig auf den Hof. Es war ein alter Dreiseitenbauernhof, wildromantisch zugewachsen und ein bisschen verwahrlost. Hund und Katzen balgten sich auf dem Kopfsteinpflaster und überall lagen und standen alte Fahrzeuge und Teile davon. Ein auf Hochglanz polierter Uralt-Traktor stand neben den verrosteten Überresten eines Motorrads mit Beiwagen. Ersatzteile, Werkzeugkästen, Autoreifen, ein VW Käfer und ein kleiner Bagger standen in einer offenen Scheune, die offensichtlich als Werkstatt diente. Als Rudi auf den Hof schnaufte, zog er sofort die Aufmerksamkeit zweier Männer auf sich, die im Hof standen und sich unterhielten. Der eine war ein junger Mann mit ölverschmierten Latzhosen, einer dunkelblauen Wollmütze, unter der Rastalocken hervorlugten, und einem riesigen Schraubenschlüssel in der Hand. Das konnte nur der Mechaniker sein. Bei Rudis Anblick verzog er den Mund zu einem Lächeln und nickte wissend. Das sah für Silke erst einmal verheißungsvoll aus. In jeder anderen Werkstatt hätten sie vermutlich sofort die Hände über dem Kopf zusammengeschlagen.

Silke machte den Motor aus. Sofort war der andere Mann, mit dem sich der Mechaniker unterhalten hatte, zur Stelle und öffnete ihr galant die Autotür. So etwas hatte Silke seit Jahren nicht erlebt. Verblüfft bedankte sie sich. Der Mann, ein durchtrainierter Blondgelockter mit wettergegerbtem Gesicht, in dem die erstaunlich grünen Augen sofort hervorstachen, war ungefähr ebenso groß wie sie und auch gleich alt. Er trug sportive Outdoor-Klamotten und unter dem kurzärmeligen T-Shirt spannten sich Bizeps und Oberarmmuskeln beeindruckend. Er hielt ihr die Hand hin und stellte sich vor.

»Ommo Wilkes. Freut mich. Sie müssen die neue Pastorin sein.«

»Oh«, gab Silkes überrumpelt zurück. »Eilt mir mein Ruf schon mit Donnerhall voraus?«

Der Mann, der vor ihr stand, grinste spitzbübisch. »Quatsch. Freddie hat mir nur erzählt, dass Sie heute Ihren Wagen vorbeibringen. Und dass Sie die Handbremse nicht angezogen haben, weiß die ganze Insel. Von Jürgen.«

Silke guckte verständnislos, so dass Ommo Wilkes sich bemüßigt fühlte hinterherzuschieben: »Das war der Polizist, der Ihnen den Tipp mit der Werkstatt gegeben hat. Freddies Schwager.«

»Aha.« Einen intelligenteren Kommentar brachte Silke nicht zustande. Sie war überrascht, was für ein Dorf Sylt zu sein schien, denn immerhin zählte die Insel über zwanzigtausend Einwohner. In Köln war es undenkbar, dass der ganze Kiez innerhalb von drei Tagen über einen Neuzugezogenen Bescheid wusste. Wenn man wollte, konnte man jahrzehntelang anonym bleiben.

Jetzt aber mischte sich der Freddie genannte Mechaniker in die Unterhaltung ein. Er begutachtete den Schaden, den Rudi davongetragen hatte, fachmännisch und ohne allzu viele Kommentare. Er schlug mit dem Schraubenschlüssel mal hierhin, mal dorthin, ging um Rudi herum, öffnete die Motorhaube, prüfte den laufenden Motor, legte sich unter den Wagen und nickte einfach nur zu allem, was er sah und was er tat.

Schließlich kam er unter Rudi wieder zum Vorschein und meinte noch im Liegen zu Silke: »Zehn Tage.«

Silke öffnete den Mund, um nach der Diagnose zu fragen, aber Ommo Wilkes grätschte dazwischen. »Ein Mann, ein Wort«, kommentierte er.

Den Kommentar ignorierend, wandte Silke sich an Freddie, der nun wieder in die Vertikale kam. »Und was hat er? Können Sie mir einen Kostenvoranschlag machen?«

Freddie sah sie amüsiert an. »Wenn ich Ihnen sage, was er hat, verstehen Sie es sowieso nicht. Und was es kostet, weiß ich erst nachher.« Der junge Mann mit den Rastalocken klopfte auf die lädierte Motorhaube des Passat. »Aber ich sag mal so. Woanders raten sie Ihnen, den alten Jungen auf den Schrott zu bringen. Ich mach Ihnen den wie neu und der lebt noch zehn Jahre. Locker.«

Silke sah erst Freddie, dann Rudi an. Das waren offene Worte. Und was spielte es für eine Rolle, was die Reparatur kostete, wenn die Alternative der Autofriedhof war?

»Also gut«, nickte sie. »Abgemacht.«

Freddie streckte ihr seine ölverschmierte Hand hin, und sie schlug ein. Dann wandte der Mechaniker seine Aufmerksamkeit wieder anderen Dingen zu, schlenderte zu einem alten Mercedes Diesel und schien sowohl Ommo Wilkes als auch Silke vergessen zu haben.

Der oberste Naturschützer der Insel, so hatte jedenfalls Oma

Grete ihn genannt, berührte leicht Silkes Schulter. »Leider kann ich Sie nicht nach Hause fahren, aber wenn Sie möchten, bringe ich Sie zur Bushaltestelle.«

Silke willigte ein und folgte Ommo Wilkes. Dieser schob ein Fahrrad neben sich her und erklärte Silke, dass er aus Überzeugung kein Auto besaß, er hielt das auf der Insel nicht für nötig. Automatisch regte sich bei ihr das schlechte Gewissen, denn in Köln hatte sie mehrfach schon überlegt, ob sie nicht auf einen Wagen verzichten und stattdessen mit Rad und öffentlichem Nahverkehr auskommen könnte. Aber letzten Endes war sie dafür viel zu faul. Paul zum Fußball bringen, mit Balu schnell ins Auslaufgebiet fahren, am Wochenende einen Ausflug zur Insel Hombroich machen – sie hatte immer ein Argument gehabt, warum sie doch nicht auf Rudi verzichten konnte.

Um vom Thema abzulenken, erzählte sie Ommo, dass ihr Sohn bereits den ehemaligen Hubschrauberlandeplatz erkundet hatte, aber auch dieses Thema schien vermintes Gebiet zu sein. Der Naturschützer war regelrecht empört, dass ihr Junge mit dem Fahrrad dort herumgekurvt war.

»Oh, oh«, sagte er und stieß mahnend einen Zeigefinger in die Luft. »Das ist aber gar nicht gut. Das schreckt die Tiere auf. Das können Sie ihm nicht erlauben. Leider.«

Obwohl Silke nicht glaubte, dass ein paar Vögel, Feldhasen oder Füchse von einem Zwölfjährigen auf dem Rad existentiell bedroht wurden, nickte sie pflichtschuldigst.

»Kann man denn einfach so auf das Gelände? Ich habe gesehen, dass das früher militärisches Sperrgebiet war.«

»Natürlich ist es das nicht mehr«, gab Ommo Wilkes zu. »Aber wir sind froh, dass die Schilder noch nicht abmontiert worden sind. Das schreckt die Leute ab. Vor allem spielende Kinder.«

»Aber es ist nicht verboten, dort zu spielen, oder?«, erkundigte sich Silke, die den Kommentar von Wilkes nicht besonders sympathisch fand.

»Nicht offiziell. Aber es ist, wie gesagt, von uns nicht erwünscht.« Ommo Wilkes' freundliches Gesicht hatte einen grimmigen Zug angenommen.

»Und wer ist ›wir‹?«, fragte Silke neugierig nach.

»Die Vereinigten Naturfreunde Sylt. Wir setzen uns dafür ein, dass das Gelände zum Naturschutzgebiet erklärt wird«, erläuterte Ommo, nun schon wieder freundlicher.

»Aha. Dann hat Lars Holm vermutlich nichts damit zu tun. Der hat Paul nämlich auch davor gewarnt, dort zu spielen.«

»Lars Holm.« Ommo Wilkes blieb abrupt stehen und griff mit der freien Hand Silkes Oberarm. »Lassen Sie sich bloß nicht mit dem ein. Der verfolgt nur seine eigenen Interessen. Und die sind rein kommerziell, versteht sich.«

Sie hatten die Bushaltestelle bereits erreicht, und zu Silkes Freude kam der Bus auch just in dieser Minute angefahren. Sie verabschiedete sich von dem Naturschützer, stieg ein und sah der kleiner werdenden Gestalt von Ommo Wilkes nach. Schade, dachte sie, dass er so ein Eiferer ist. Er sieht verdammt gut aus.

5.

Ihr Blick glitt über die vollbesetzte Kirche. Das Gotteshaus war zu fast zwei Dritteln gefüllt. Eine kleine Sensation. In ihrer Kölner Zeit kamen selten mehr als dreißig, vierzig Leute zum Gottesdienst. Wer in absehbarer Zeit konfirmiert werden sollte, Paare, die ein Baby erwarteten, und Heiratswillige kamen immer schubweise – um nach der Konfirmation, Taufe, Eheschließung gar nicht mehr aufzutauchen. Die Stellenbeschreibung von Pastoren sollte neben »Seelsorger«, einer Aufgabe, die Gott sei Dank noch immer den größten Raum einnahm, auch den »Entertainer« beinhalten, dachte Silke oft. Denn je attraktiver der Pastor oder die Pastorin die Gemeindearbeit gestaltete, desto mehr Zulauf hatte die Kirchengemeinde. Dazu zählten alle möglichen Veranstaltungen: Basare, Gesprächsrunden, Feste. Sommerfeste, Erntedankfeste, Frühlingsfeste, Neujahrsfeste, Feste für Senioren, Feste für Krabbelkinder, Feste für Jugendliche … Silke hatte eine gehörige Aversion gegen Feste entwickelt und war heilfroh gewesen, als sie im Programm der Gemeinde Horssum so harmlose Dinge wie Seniorencafé und Geschichtenkindergarten las. Sie würde in Horssum keine Predigt-Battle veranstalten müssen, wie sie unlängst in Berlin über die Bühne gegangen war.

Silke fokussierte sich wieder auf ihre Schäfchen und sang mit ihnen die letzten Takte des Chorals. Ihr Blick glitt über die Reihen. Ganz vorne saß Oma Grete im festlichen Sonntagsstaat: ein schwarzes Kleid mit weißem Spitzenkragen. Neben ihr saß Enkel Euter, ebenfalls festlich in einen schwarzen Anzug gekleidet – der ihm wie angegossen passte, wie Silke überrascht feststellte. Er war fast nicht wiederzuerkennen. Knut schien, ebenso wie seine Großmutter, ein eifriger Kirchgänger zu sein, die beiden sangen, ohne auch nur einmal einen Blick in ihre Gesangsbücher werfen zu müssen.

Ganz anders Bauunternehmer Lars Holm in der zweiten Reihe. Er öffnete den Mund kaum, sein Blick schweifte gelangweilt mal hierhin, mal dorthin, und Silke glaubte zu wissen, dass ihr Nachbar sich heute nur deshalb in die Kirche bequemt hatte, um zu überprüfen, ob sie wirklich Pastorin war und es ihr gelingen würde, einen kompletten Gottesdienst unfallfrei über die Bühne zu bringen. Er war in Begleitung einer Frau gekommen, die wesentlich jünger war als er, Silke tippte auf ungefähr zwanzig Jahre. Das war keine Überraschung, so virile Typen wie Holm suchten sich ja gerne mal etwas deutlich Jüngeres, überraschend daran war nur, dass die junge Frau – Holm hatte sie als Marina vorgestellt – so unscheinbar war. Sie war eine richtig graue Maus. Mittelbraunes glattes Haar, zu einem schlichten Pferdeschwanz gebunden, eine weiße Bluse und ein grauer Rock, der die Knie bedeckte. Flache Ballerinas, kaum Schmuck. Ob sie geschminkt war und wie sie aussah, konnte Silke nicht gut beurteilen, denn Marina hielt den Kopf gesenkt und blickte immer zu Boden. Sie hatte kein Wort über die Lippen gebracht, als Holm sie vorgestellt hatte, und Silke hatte für das Mädchen einfach nur Mitleid empfunden. Um Lars Holms Selbstbewusstsein schien es schlecht bestellt, wenn er es nötig hatte, sich mit so einem unterwürfigen Mäuschen zusammenzutun.

Auch Jens Bendixen war gekommen, er hatte Silke seine Gattin vorgestellt, als sie alle Besucher vor der Kirche persönlich mit ein paar Worten begrüßte. Eine überraschend schmale und patent wirkende Frau, die Silke auf Anhieb sympathisch war. Die Bendixens luden Silke gleich für das kommende Wochenende zum Abendessen ein, was sie als ausgesprochen nette Geste empfand. Noch bevor sie die Einladung annehmen konnte, grätschte ein Mann ins Gespräch, der Bendixen anscheinend in nichts nachstehen wollte: weder im Körperumfang noch in Sachen Gastfreundlichkeit. Er stellte sich als Hans Baluschek vor, der Wirt des Preestershus. Baluschek sprach breiten Pfälzer Dialekt, war dick und laut und zwang Silke dazu, am Abend ihren Besuch im Wirtshaus zuzusagen. »Und die Runde geht auf mich!«, bestätigte der Wirt so laut, dass es alle Umstehenden hören mussten – was gewiss seine Absicht war. Seine Frau Lise war nicht mit in die Kirche gekommen, weil sie im Restaurant unabkömmlich war. Aber sie ließ ausrichten, dass sie dafür am darauffolgenden Sonntag den Gottesdienst besuchen wollte.

In den Kirchenbänken konnte Silke den Wirt nun nicht mehr entdecken, aber ihre Kinder nahm sie scharf ins Visier. Es hatte sie gewundert, aber umso mehr gefreut, dass Jana und Paul heute hier erschienen waren. Jana war seit ihrer Konfirmation nicht mehr in die Kirche gegangen, jugendliche Opposition. Silke unterstellte ihrem Ex, die antikirchliche Haltung bei ihrer Tochter befeuert zu haben. Jana jedenfalls hatte laut verkündet, dass sie aus der Kirche austreten würde, sobald sie volljährig war. »Und du kannst gar nichts dagegen machen«, hatte sie an Silke gewandt triumphierend hinzugefügt. Dennoch war sie heute hier. Silkes Herz machte vor Freude einen kleinen Hüpfer. Als sie ihren Sohn betrachtete, hüpfte ihr Herz ebenfalls, aber nicht vor Freude. Zunächst dachte sie noch, Paul sei in das Gesangsbuch vertieft, aber jetzt erkannte sie, dass der nach unten hängende Kopf und die in den Schoß gelegten Hände etwas anderes bedeuten mussten: Er spielte! Er hatte allen Ernstes seinen Nintendo mit in den Gottesdienst genommen! Na warte, dachte Silke, auf dich wartet eine Extrapredigt, wenn wir wieder zu Hause sind.

In dieser Sekunde verstummten die letzten Töne des Chorals, und alle Augen richteten sich erwartungsvoll auf die Pastorin. »Liebe Gemeinde«, hub sie an, »willkommen in meiner Kirche.

Das wäre der richtige Einstieg in eine Sonntagspredigt, vor allem, wenn der Gottesdienst so gut besucht ist wie heute. Aber muss es nicht gerade umgekehrt sein? Herzlichen Dank, dass ihr mich willkommen heißt. In eurer Kirche! Das wäre am heutigen Sonntag vielleicht der bessere, der zutreffendere Anfang. Denn ihr habt mich aufgenommen in eure Gemeinde ...«

Silke spürte, kaum hatte sie die ersten Sätze gesprochen, wie sich in den Bänken Entspannung ausbreitete. Das wiederum übertrug sich auf sie. Beschwingt und beseelt hielt sie ihre Predigt. Sprach von sich und ihren Kindern, vom Umziehen, Weggehen und Verlassen, aber auch vom Ankommen und Aufgenommenwerden. Sie musste kaum in ihr Manuskript sehen, sie sprach frei, ohne den roten Faden zu verlieren. Das waren die Momente, in denen sie wusste, dass sie den richtigen Beruf gewählt hatte. Es gab eine kurze Irritation, als sich hinten, am anderen Ende des Ganges, die Kirchentür öffnete und eine Gestalt hereinschlüpfte, die dann in der letzten Bank Platz nahm. Eine Gestalt mit blondem Lockenhaar und ausgeprägtem Bizeps. Sieh an, freute sich Silke, auch Ommo Wilkes schien ein Mann des Glaubens zu sein.

Der weitere Gottesdienst ging reibungslos vonstatten, und nach einer guten Stunde entließ Silke ihre Schäfchen in den warmen Sylter Sommermorgen. Einige Gemeindemitglieder sprachen sie noch an, stellten sich vor oder erkundigten sich freundlich nach ihr. Silke war entspannt und blickte optimistisch nach vorn. Das ließ sich gut an in Horssum, und schon hatte sie die ersten Ideen, was man hier auf die Beine stellen konnte.

Als die Gemeinde die Kirche verlassen hatte, sah Silke, dass Lars Holm mit Jens Bendixen in einer Ecke des Friedhofs diskutierte. Der Gemeindevorsteher schien sich in der Defensive zu befinden, er wich vor Holm zurück, der sich drohend vor ihm aufgebaut hatte und ausgreifend gestikulierte. Die weiblichen Begleitungen der Männer waren nirgendwo zu sehen. Silke beschloss einzuschreiten. Sie war im Talar, der ihr vielleicht etwas mehr Autorität verlieh, wenn sie Holm in seine Schranken weisen wollte.

»Die Zeit läuft und läuft, Jens, und ihr guckt bloß zu«, hörte sie Lars Holm sagen. Er sprach sehr laut und war aufgebracht.

»Ich habe dir schon mal gesagt, dass ich das Verfahren nicht beschleunigen kann ...«, rechtfertigte sich Bendixen mit ängstlichem Unterton.

»Papperlapapp!«, Lars Holms Stimme überschlug sich fast. »Ich glaube, ihr blockiert das mit voller Absicht im Gemeinderat. Mensch, Jens, ich hab nicht mehr lange die Puste, um ...«

Jetzt hatte Lars Holm die Pastorin erblickt, die mit wehendem Ornat auf die beiden Männer zugelaufen kam.

»Ich muss wirklich bitten, Herr Holm.« Silke war ordentlich in Fahrt. »Sie befinden sich hier auf dem Friedhof! Wissen Sie nicht, was Totenruhe bedeutet?!«

Jetzt hatte sie Holm und Bendixen erreicht. Letzterer schien aufzuatmen, er war richtiggehend erleichtert, dass Silke dem Bauunternehmer Einhalt gebot. Ganz anders Lars Holm. Der wurde noch röter in seinem sonnengebräunten Gesicht, stemmte die Hände in die Seiten und wollte zu einer Entgegnung ansetzen. Aber dieses Mal kam Silke ihm zuvor.

»Nein! Ich möchte nichts von Ihnen hören. Ich möchte, dass Sie den Ort respektieren und Ihre Auseinandersetzung woanders fortsetzen. Vielen Dank.« Silke sah Holm resolut in die Augen und war entschlossen, den Blick nicht als Erste abzuwenden. Musste sie auch nicht. Holm blies die Backen auf, dann überlegte er es sich anders, ließ die Luft ab und drehte ohne ein Wort des Grußes ab. Er verließ mit energischen Schritten den Friedhof. Kaum war er außerhalb der Einfriedung, drehte er sich um und rief Bendixen zu: »Du hörst noch von mir, Jens.«

Dieser wischte sich den Schweiß von der Stirn. Er wartete, bis Holm in sein Auto gestiegen war, dann wandte er sich an die

Pastorin. »Vielen Dank, Frau Denneler. Das war mir wirklich unangenehm.«

»Ein ganz ungehobelter Zeitgenosse«, urteilte Silke und nickte mit dem Kopf in die Richtung, in welche Holm und sein SUV verschwunden waren.

Zu ihrem Erstaunen schüttelte Bendixen jetzt den Kopf. »Nein«, sagte er, »nein, das ist er eigentlich nicht. Sie haben vielleicht einen falschen Eindruck von Lars bekommen.« Nachdenklich sah der Gemeindevorstand dem Audi hinterher. »Er hat seine Gründe«, sagte er langsam, »wirklich.«

Dann verabschiedete er sich freundlich von der Pastorin, nicht ohne seine Einladung zum Essen wiederholt zu haben.

Silke glaubte kaum, dass sie einen falschen Eindruck von Holm gewonnen hatte, aber sie verschwendete auch keine weiteren Gedanken an den Menschen, denn nun wollte sie mit ihren Kinder den restlichen Sonntag genießen. Sie hatte eine kleine Inselerkundung auf Rädern geplant.

Aber daraus wurde nichts. Jana war schon gar nicht mehr im Haus, als Silke dort ankam. Und auf ihre Frage, wo seine Schwester hingegangen sei, zuckte Paul nur desinteressiert mit den Schultern. Genervt nahm Silke ihm den Nintendo weg, den er sehr schlecht unter seinem T-Shirt zu verbergen versuchte, und hielt ihm eine Standpauke, dass er es gewagt hatte, das Teil in den Gottesdienst mitzunehmen. »So wird das nichts mit der Konfirmation«, schloss sie ihre Schimpfkanonade ab, was zur logischen Folge hatte, dass Paul nur etwas von »Scheißkonfi, will ich eh nicht« murmelte und sich in sein Zimmer trollte.

In dem Moment, als sie es ausgesprochen hatte, war Silke bereits klar gewesen, dass es ein grundfalsches Argument gewesen war, um ihren Sohn zur Einsicht zu bringen, aber als sie auf die geschlossene Zimmertür ihres Sohnes starrte und hören musste, dass dieser sogar den Schlüssel herumdrehte und sich einschloss, war ihr sonnenklar, dass auch aus dem gemütlichen Familiensonntag nichts mehr werden würde.

Silke war wütend. Sie war wütend darüber, dass der Tag, der so gut angefangen hatte, eine ungute Wendung nahm. Daran war Lars Holm schuld, dachte sie trotzig. Wenn der nicht mit seinen *bad vibrations* auf dem Friedhof rumgebrüllt hätte … Außerdem war sie wütend auf sich selbst, dass sie Paul so unsachlich zusammengefaltet hatte. Sie war wütend auf ihre Tochter, die sich dem Familienverband entzog und Silke nicht mehr über jeden ihrer Schritte informierte.

Silke war wütend auf all das, am meisten auf sich selbst, aber tief in ihrem Inneren wusste sie natürlich, dass sie einfach nur traurig und enttäuscht war. Dass sich familiäre Idylle und Harmonie nicht mehr mit leichter Hand herstellen ließen wie früher. Da hatte man die Kleinen in einen Fahrradanhänger gepackt und war ins Grüne gefahren. Ohne Diskussionen. Oder später, als man noch mit am Ziel wartenden Tieren oder einem Eis zu Wandertouren motivieren konnte. Heute musste sie einen günstigen Moment abpassen und mit Engelszungen auf ihre Kinder einreden, um ihnen eine gemeinsame Unternehmung abzutrotzen. Und eine Radtour auf der Insel war alles andere als ein cooles Abenteuer.

Silke gab es auf, Paul durch die Tür gut zuzureden. Sie ging in die Küche, kochte sich einen Kaffee und streifte sich, während das Wasser kochte, den Talar ab und ihre Gartenklamotten über. Die Lust auf einen Ausflug war ihr vergangen. Vielleicht kam Paul ja später, von Hunger getrieben, aus seinem Zimmer heraus. Dann würde sie ihn abfangen und sich mit ihm versöhnen. Vielleicht war zumindest ein gemeinsames Hundegassi zum Kliff drin.

Jetzt zogen ein paar dicke Wolken am Himmel auf, ganz passend zu Silkes Seelenlage. Sie trug das Tablett mit Kaffee, Milch, Wasser und ein paar Keksen nach draußen zum Gartentisch. Sie hoffte, dass sie im Schuppen Gartenwerkzeug finden würde, ihr eigenes war noch in den übrigen Umzugskisten vergraben. Sie ging einmal um das Pfarrhaus herum und kam dabei an einem kleinen runden Fenster vorbei, welches zu dem Raum gehörte, in dem das Gemeinde- und Kirchenarchiv eingelagert war. Es war von Spinnweben verdeckt und fast blind, aber Silke strengte ihre Augen an. Sie sah Kisten und Regale. Verhältnismäßig ordentlich. Nichts sah nach etwas Geheimnisvollem aus, nichts deutete darauf hin, warum Oma Grete sich so sträubte, ihr den Schlüssel auszuliefern. Sie würde später noch einmal nachhaken.

Im Schuppen schließlich war Silke im Paradies. Ihr Vorgänger, der alte Pastor, hatte seine Gartenutensilien schwer in Schuss gehalten. Sicheln, Scheren, Harken – alles war frisch geschliffen und geölt und hing fein säuberlich an der Holzwand des Schuppens. Ein Spindelmäher war da, Siebe für den Kompost, Erde, Dünger, ein paar Ungeziefervernichtungsmittel, die Silke bestimmt nicht verwenden würde, und eine ansehnliche Sammlung von Samentütchen. Selbst gesammelt, eingetütet und beschriftet lagen sie alphabetisch geordnet in einer Holzkiste. Silke wurde es warm ums Herz. Sie selbst hatte sich immer vorgenommen, eine vorbildliche Gärtnerin zu sein und alle Pflanzen selbst zu ziehen und zu vermehren, vielleicht auf einer Samenbörse zu tauschen. Aber letztendlich hatte sie dafür weder Zeit noch Nerven gehabt, war jeden Frühling aufs Neue in den großen Baumarkt gestürmt und hatte ein Heidengeld für Samentütchen und Stauden und einjährige Sommerblumen ausgegeben. Aber damit war Schluss! Ein neuer Lebensabschnitt brach an, einer, in dem sie Zeit und Muße hatte. Sie nahm sich fest vor, die Sammlung des alten Pastors weiterzuführen.

Etwa drei Stunden später, der Himmel hatte sich bereits so verdunkelt, dass es in nicht allzu ferner Zeit einen Wolkenbruch geben würde, kam ihr Sohn in den Garten gewankt. Seine rechte

Backe war rot und verdrückt, seine Haare verschwitzt. Er schien in seinem selbstgewählten Gefängnis eingeschlafen zu sein. Paul kam ohne Worte auf Silke zu, die mit gekrümmtem Rücken versuchte, das Gemüsebeet vom Giersch zu befreien, und schlang seine mageren Arme um ihre Hüften. Silke umarmte ihn ebenfalls und drückte ihn fest an sich. Sie legte ihren Kopf auf seinen Scheitel und schloss die Augen. Sie genoss es, dass Paul manchmal eben doch noch ihr kleiner Junge war, verschmust und anlehnungsbedürftig.

»Keks?«, fragte sie nur, und Paul nickte stumm. Jetzt kamen auch schon die ersten dicken Tropfen, in der Ferne grollte es. Rasch räumten sie zusammen alle Gartengeräte in den Schuppen, trugen das Tablett ins Haus und machten es sich in der Küche gemütlich. Über eine Stunde saßen sie so zusammen, Mutter und Sohn, tranken Kakao und Tee, aßen Kekse und Brote und unterhielten sich.

Silke erfuhr von Paul, dass Jana offensichtlich einen Jungen kennengelernt hatte. Paul hatte beobachtet, wie Jana von einem Typen mit Mofa nach Hause gebracht und am nächsten Tag auch wieder abgeholt worden war. Mehr wusste er nicht, seine fünf Jahre ältere Schwester weihte ihn schon lange nicht mehr in ihre Geheimnisse ein. Silke beschloss verschwörerisch mit Paul, dass sie der Sache gemeinsam auf den Grund gehen würden.

Außerdem zog Silke ihrem Sohn aus der Nase, dass dieser sich große Sorgen machte, ob er auf der Insel Freunde finden würde. Die Schule, die er besuchte, war in Westerland. Er hatte Bammel, der einzige Neue zu sein. Alle anderen waren von Anfang an dabei, und vermutlich kannten sich auch die Eltern der Klassenkameraden schon seit Generationen. Schließlich gab es auf Sylt weniger Fluktuation als in Köln.

Silke nahm Pauls Sorgen sehr ernst. Auch sie hatte sich gefragt, ob es richtig war, dem Kleinen nach der Scheidung von Ansgar auch noch einen Wohnortwechsel zuzumuten und ihn seiner gewohnten Umgebung zu berauben. Andererseits war er gerade sitzengeblieben, und Silke hätte sich entscheiden müssen, ob er entweder eine Klasse wiederholte oder aber die Schule wechselte, weil das Gymnasium doch nicht die richtige Schulform für ihn war. Die Frage musste sie sich hier nicht stellen, er kam auf die Gesamtschule und konnte einen Neuanfang machen, ohne der »Sitzenbleiber« zu sein und zusehen zu müssen, wie die Freunde an ihm vorbeizogen.

»Vielleicht gibt's hier einen Fußballverein?«, überlegte Paul laut.

Bislang hatte er nicht in einen Verein gehen wollen, deshalb hatte Silke sich nicht darum gekümmert. Wenn er das nun von sich aus als Lösung vorschlug, musste die Verzweiflung schon groß sein. Silke nahm seine Hand, die noch klein und zart und die eines Kindes war, in ihre und streichelte sie.

»Ich kümmer mich drum, versprochen.«

Paul grinste und sprang auf. Er hatte es plötzlich eilig, wieder in sein Zimmer zu kommen. Die eine Stunde mit seiner Mama reichte wieder.

»Paul?«, hielt Silke ihn auf. »Der Nintendo …« Sie streckte die Hand danach aus.

Paul seufzte, er hatte wahrscheinlich gehofft, Silke würde das Gerät vergessen haben. Er holte es aus der Hosentasche und legte es vor Silke auf den Tisch.

»Noch eine Stunde ohne«, lenkte diese ein. »Dann kannst du ihn noch mal haben.«

Damit war er einverstanden, was Silke als pädagogischen Erfolg für sich verbuchte, und verschwand, nicht ohne ihr noch ein Küsschen zu geben.

Wenig später machte Silke einen Schlenker am Hof der Larsens vorbei. Sie war auf dem Weg ins Preestershus. Nicht, dass sie große Lust dazu verspürte, Paul war auch nicht zu bewegen mitzugehen, aber sie hatte es dem Wirt versprochen. Außerdem war es gut, wenn sie sich im Dorf zeigte und die Menschen in Horssum kennenlernte. Ein Pastor war nur dann ein guter Pastor, wenn er den Elfenbeinturm seiner Kirche verließ und sich unter seine Schäfchen mischte. Was ebenso für eine Pastorin galt.

Bei Knut Larsen und seiner Oma kam sie vorbei. Dort musste man offensichtlich nicht klingeln. Küche und gute Stube lagen mit den Fenstern direkt am Weg, und kaum hatte sich Silke auf fünf Meter genähert, stand Oma Grete schon in der Haustür. Sie bat Silke hinein, es regnete jetzt ohne Unterlass, aber diese lehnte ab. Sie war nur gekommen, um Oma Grete an den Schlüssel für das Archiv zu erinnern. Die alte Dame schürzte die Lippen und tat, als müsste sie scharf nachdenken.

»Der Schlüssel … ich weiß nu einfach nich, wo er ist«, schützte sie Vergesslichkeit vor.

Silke glaubte ihr kein Wort. Eigentlich wäre ihr der Schlüssel gar nicht wichtig gewesen, aber je mehr Theater ihre Haushälterin darum machte und je mehr sie sich weigerte, den Schlüssel herauszurücken, desto interessanter wurde dieser für Silke.

»Aber der hängt doch am Schlüsselbrett«, mischte sich Knut Euter ein, der nun hinter seiner Großmutter im Flur erschien. Er trug noch immer sein weißes Hemd, und zusammen mit den strahlenden Augen und dem breiten Lächeln auf dem sommersprossigen Gesicht sah er richtig gut aus.

Es war Oma Grete anzusehen, dass ihr der Enkel ordentlich in die Parade gefahren war. »Mal sehen, ob ich ihn finde«, sagte sie unwirsch und verabschiedete sich knapp von Silke, bevor sie ihr die Tür vor der Nase zumachte. Aber Silke hatte durchaus erkennen können, dass Knut ihr hinter dem Rücken von Grete verschwörerisch zugezwinkert hatte.

Im Preestershus war fast jeder Tisch besetzt. Die Horssumer schienen ausgehfreudig zu sein. Einige Touristen waren auch unter den Gästen. Kaum hatte Silke den Gastraum betreten, erhob sich bereits jemand von einem vollbesetzten Ecktisch. Es war Ommo Wilkes, der aber nicht dazu kam, das Wort an Silke zu richten, denn Hans, der Wirt, kam ihm zuvor.

»Keine Propaganda, Ommo! Sonst kriegst du hier kein Bier mehr«, rief er zu dem Ecktisch hinüber und schob seinen dicken Bauch zwischen Silke und die Leute, die dort saßen. Silke ließ sich überrumpelt von Baluschek in eine andere Ecke ziehen und warf noch einen Blick über die Schulter. Ommo lächelte und zuckte mit den Schultern. An seinem Tisch saßen ungefähr weitere sechs bis sieben Personen, die nun ebenfalls zu Silke guckten und grüßten. Auf dem Tisch lagen Unterlagen, Akten, Faltblätter – es sah eher nach Arbeit denn nach Vergnügen aus.

»Lassen Sie sich bloß nicht von dem bequatschen«, raunte der Wirt Silke zu, bevor er sie an einen gemütlichen Platz am Tresen platzierte. Hinter diesem stand eine dralle Dunkelhaarige mit hochgestecktem Haar, die Silke leutselig die Hand hinstreckte und sich vorstellte.

»Lise. Dem seine Frau.« Sie machte eine Kopfbewegung zu Hans und lachte, so dass ihr großer Busen wackelte. »Pilschen?«

Silke nickte und sah sich um. Das Preestershus war ein uriges Gasthaus. In der Mitte befand sich eine große Theke mit rundum laufendem Messinggriff und gemütlichen Barhockern, deren Sitze mit rotem Leder bezogen waren. Um den Tresen waren dunkle Holztische mit massiven Stühlen postiert, passend zu den niedrigen Deckenbalken aus dunklem Eichenholz. An der einen Seite des Tresens führte eine Tür mit Durchreiche in den Küchenbereich, an der anderen Seite war ein Durchgang in einen weiteren Gastraum, der anscheinend erst in jüngerer Zeit ausgebaut worden war. Dort war es insgesamt heller und luftiger. Und jünger, denn jetzt erkannte Silke, dass in dem angrenzenden Gastraum eine Gruppe Jugendlicher saß. Sie waren laut und hatten augenscheinlich ihren Spaß – und ihre Tochter war mittendrin. Silke guckte genauer hin und fing plötzlich Janas Blick auf, die nach einer kurzen Irritation so tat, als hätte sie ihre Mutter nicht bemerkt. Silke verstand den Wink mit dem Zaunpfahl und drehte sich wieder zum Tresen, wo bereits ein frisch gezapftes Pils auf sie wartete. Sie nahm einen Schluck, woraufhin Lise ihr freundlich zunickte und eine Karte hinschob. Passend zum Bier wählte Silke Sülzfleisch mit Bratkartoffeln und hausgemachter Remoulade. Nachdem sie bestellt hatte, musterte sie die anderen Gäste. Sie erkannte ein paar Gesichter, die sie auch heute Morgen in der Kirche gesehen hatte, und grüßte freundlich. An einem der Tische saß eine Gruppe Biker, daneben eine Damenriege. Während die Biker an ihrem sächselnden Zungenschlag eindeutig als Touristen zu erkennen waren, rätselte Silke, ob es sich bei der Frauengruppe ebenfalls um Urlauber oder aber um Einheimische handelte. Wortführerin war eine stimmgewaltige Blondine, die am Kopfende des Tisches saß und ununterbrochen redete. Ihr Akzent war unverkennbar norddeutsch, aber vielleicht waren die Damen einfach nur vom Festland angereist. Es war der einzige Tisch, an dem kein Bier getrunken wurde, die Endvierzigerinnen tranken aus Sektkelchen, und neben dem Tisch stand ein hochbeiniger Sektkühler, in welchem auf Eis und unter einer weißen Serviette eine Sektflasche hervorlugte. Oder war es Champagner? Der Kühler war jedenfalls völlig fehl am Platz, und Silke wunderte sich, dass im Preestershus, das durch und durch ein rustikales Gasthaus war, so etwas überhaupt zur Ausstattung gehörte.

Jetzt kam ein sonnenbankgebräunter junger Mann aus der Küche. Er trug ein enganliegendes weißes Hemd, das seinen definierten Body aufs Beste zur Geltung brachte, sowie nach hinten gegelte dunkle Haare. Plötzlich schien der Sektkühler am Damentisch weniger fehl am Platz zu sein, denn hier war der passende Kellner dazu. Als sich der junge Mann dem Tisch genähert hatte, hob die stimmgewaltige Blondine ihren Sektkelch und rief laut in den Gastraum: »Sveniiieee! Hol mal Nachschub von dem Zuckerwasser!«

Die anderen Frauen am Tisch gackerten angeschickert, woraufhin Sveniiieee tatsächlich auf dem Absatz umdrehte und wieder im Küchenbereich verschwand.

Lise Baluschek schien Silkes verwunderten Blick aufgefangen zu haben.

»Hillu Holm«, erklärte sie ungefragt und warf einen Blick zur Blondine.

Noch während Silke sich fragte, wie nun das Binnenverhältnis von Hillu zu Lars Holm war – Schwester, Ehefrau oder Ex –, fügte Lise, die anscheinend Gedanken lesen konnte, hinzu: »Seine Ex.«

Silke warf noch einmal einen verstohlenen Blick zu dem Tisch, an dem wieder rege gekichert und geplappert wurde. Hillu entsprach exakt dem Bild, das sie sich von einer Gattin des Bauunternehmers gemacht hätte. Ende vierzig, sehr blond, sehr straff im Gesicht, sehr dicke Lippe. Im doppelten Wortsinn. Ihre Stimme verriet jahrelangen Zigarettenmissbrauch und ihr zweifelsohne echter Schmuck einen guten Scheidungsanwalt. Hillu passte ins Bild, was man von Marina, der grauen Maus, mit der Holm heute früh in der Kirche erschienen war, nicht sagen konnte. Silke musste zugeben, dass es für Holm sprach, dass er sich nach der Sirene das totale Kontrastprogramm ins Haus geholt hatte.

Lise stellte einen großen Teller mit dem Sülzfleisch vor Silke, der augenblicklich das Wasser im Mund zusammenlief. Sie dachte kurz an ihren Neujahrsvorsatz: dass sie es in diesem Jahr schaffen würde, endlich fleischlos zu leben, dann nahm sie den ersten Bissen. Sie kaute noch mit vollem Mund, als sich Ommo Wilkes neben sie stellte. Er musste sich ein bisschen zwischen Silke und ihren Nebenmann drängeln, wodurch er Silke ziemlich nah kam. Irritiert bemerkte sie seinen Geruch nach Duschgel und ja was? Einfach nur Mann. Er roch nicht scharf oder aufdringlich, sondern nur nach ihm selbst, und Silke spürte, dass ein kleines Kribbeln ihre Wirbelsäule hochkroch.

»Darf ich?«, fragte Ommo und zeigte auf ihr leeres Pilsglas. Silke überlegte noch, da hatte Lise das Glas schon weggenommen und zapfte ein neues Bier. Ommo schob sich dicht an den Tresen, wobei sein Oberschenkel den von Silke berührte. Muskeln, dachte Silke und schob sich schnell eine Gabel voll Bratkartoffeln in den Mund, um ihre Verlegenheit zu überspielen. Haut, dachte sie. Wärme. Sie sah jetzt in sein Gesicht. Und oooh, so grüne Augen.

Ommo Wilkes lächelte sie an, in seinen Augenwinkeln bildeten sich Lachfalten. Er schien viel zu lachen, denn die tiefen Fältchen waren innen weiß und bildeten ein zartes Gespinst um die leuchtenden Augen herum.

»Schöne Predigt war das heute früh«, sagte er und guckte und lächelte noch immer.

»Oh, vielen Dank.« Sie war verlegen, und sein Kompliment machte es nicht besser. Silke fühlte sich wie eine alte Jungfer. Alles in ihr sträubte sich gegen Ommos Charme, sie wollte ihm nicht erliegen. Wann hatte sie das letzte Mal geflirtet? In einer Bar mit einem fremden Mann gesprochen? Es war Lichtjahre her. Vor Ansgar. Vor dem Antritt in ihr Amt. In einem ganz anderen Leben. Es machte sie hochnervös, dass Ommo Wilkes, den sie gar nicht richtig kannte, sich ihr so unverblümt näherte. Er versuchte gar nicht erst zu verbergen, dass er sich für sie interessierte.

»Sie gehen regelmäßig in die Kirche?«, fragte sie. Nur um überhaupt etwas zu sagen.

Ommo warf lachend den Kopf zurück. Seine lockigen, einen Tick zu langen Haare flogen ihm ins Gesicht, und er strich sie mit einer sehr männlichen und beiläufigen Geste zurück.

»Ich? Gott bewahre!« Er nahm einen großen Schluck von seinem Bier. »Nein. Niemals. Es war mein erster Besuch. Ich wollte

Sie sehen. Weil ich nicht glauben wollte, dass Sie Pastorin sind. So eine richtig echte.«

»Tja.« Ihr fiel aber auch rein gar nichts ein. Sie war doch sonst nicht auf den Mund gefallen. Silke suchte fieberhaft nach einer originellen Entgegnung, aber ihr Gehirn war vollkommen leer. Sie rückte mit ihrem Oberschenkel ein Stück von seinem ab.

»Aber vielleicht war es nicht mein letzter Besuch.« Ommo lächelte wieder und senkte seine Stimme. »Sie waren wirklich ...«

Hoffentlich sagt er jetzt nicht »sexy«, hoffte Silke, sonst falle ich in Ohnmacht.

»... beeindruckend«, schob der Naturschützer hinterher.

Da rettete Hans Baluschek Silke aus höchster Gefühlsnot.

Er lehnte sich von der anderen Seite auf den Tresen und stellte Silke das frische Bier hin.

»Geht aufs Haus. Wie das andere auch.« Damit warf er einen scharfen Blick auf Ommo, der sich augenblicklich aufgerichtet hatte. Der Charme war verflogen, die grünen Augen blickten den Wirt an, hart und auf Konfrontation gebürstet.

»Das übernehme ich«, sagte Ommo bestimmt.

»Kommt nicht in Frage. Kannst froh sein, dass du dein Bier hier trinken darfst.«

Die beiden Männer lieferten sich jetzt ein Blickduell, und Silke fragte sich, was ihr unangenehmer war: die eindeutige Anmache von Ommo oder die angespannte Stimmung der Männer neben ihr. Sie hatte das Gefühl, dass es nur eines falschen Wortes bedurfte und es würden die Fetzen fliegen.

Lise schien das ebenso zu empfinden und griff ihrem Mann beruhigend an den Oberarm. »Lass mal gut sein, Hans.« Zu Ommo gewandt sagte sie: »Ommo bitte. Mach keinen Stunk. Ihr könnt euer Bier trinken, aber Propaganda machst du woanders.«

Ommo Wilkes entspannte sich etwas. »Das ist keine Propaganda, Lise. Das ist ein ganz privates Gespräch mit unserer liebreizenden Pfarrerin.«

Hans Baluschek sah Silke an. »Wenn er versucht, Sie auf seine Seite zu ziehen, schmeiße ich ihn raus.«

Silke war verwirrt. »Nein. Ich weiß gar nicht, wovon hier die Rede ist, also ...« Sie deutete auf ihren Teller zum Zeichen, dass sie gerne in Ruhe weiteressen würde.

Hans zog sich vom Tresen zurück, grimmig nickend, und auch Ommo Wilkes nahm sein Bier, verabschiedete sich von Silke »auf später« und ging zurück zu seinem Tisch. Silke warf ihm einen Blick hinterher und hatte beim Anblick seines Hinterteils einen ganz und gar unchristlichen Gedanken. Um diesen wegzuspülen, nahm sie einen Schluck Pils und hoffte, dass sie nicht rot geworden war. Lise stand noch immer bei ihr am Tresen.

»Die beiden haben Streit?«, erkundigte sich Silke, obwohl sie eigentlich nicht wirklich wissen wollte, was zwischen Baluschek und Wilkes abging.

»Alle haben Streit«, bekräftigte Lise. »Sagen Sie bloß, Sie haben noch nichts davon gehört?«, fragte sie die Pastorin verwundert.

Silke zuckte mit den Schultern. Das war bestimmt wieder diese unselige Hubschrauberlandeplatzgeschichte.

»Der Hubschrauberlandeplatz«, sagte Lise und stöhnte. »Ommo und seine Naturschützer«, sie zeigte mit dem Kinn auf den Tisch, an dem Wilkes mit ein paar Gleichgesinnten saß, »die verzögern das Verfahren um jeden Preis.«

Obwohl Silke nicht weiterfragte, wurde die Wirtin nun leutselig und dröselte der Pastorin den Konflikt in allen Einzelheiten auf. Den Naturschützern war es offenbar nur recht, dass der Nachlassverwalter noch keinen Erben derer von Breckwoldt, dem ein Drittel der Fläche zustand, ausgemacht hatte. Nachlassverwalter war ein Hamburger Anwalt aus einer größeren Kanzlei, den niemand auf der Insel näher kannte. Keiner wusste, was unternommen worden war, um einen Erben zu finden, und das Verfahren zog sich bereits ein paar Jahre hin. Zur Freude der Leute um Ommo Wilkes. Denn über die Jahre wucherte das Gelände zu, Tiere und Pflanzen siedelten sich an und schufen Tatsachen. Letztens erst hatte Ommo Wilkes gegen die spätere Nutzung des Geländes eine Präventivklage eingereicht, weil er eine seltene Krötenart entdeckt hatte, die sich auf dem Gelände heimisch fühlte.

»Alles Quatsch mit Soße«, meinte Lise und wischte zum widerholten Male mit einem feuchten Lappen über den blitzsauberen Tresen. »Der will doch bloß nicht, dass Holm zum Zug kommt.«

Silke brauchte nur fragend zu gucken, da sprudelte es aus der Wirtin heraus. »Lars Holm«, sagte sie mit einem schwärmerischen Unterton, »will immer nur das Beste für Horssum!«

Das Beste, das erfuhr Silke nun, war ein Fun-Sport-Park. Der umtriebige Bauunternehmer plante auf dem Gelände unter anderem eine Kartbahn sowie einen Indoor-Spielplatz. Die Horssumer Gewerbetreibenden, so auch das Wirtsehepaar Baluschek, unterstützten ihn nach Kräften, denn Horssum war einer der wenigen Orte auf Sylt, die sich ihre Küste nicht durch den Tourismus hatten vergolden lassen.

»Wir alle wollen den Fun-Park«, schloss die Wirtin ihre Erzählung. »Außer denen da.« Sie zeigte zu Ommos Tisch.

»Schön und gut«, meinte Silke und schob Lise den halbleeren Teller über den Tresen, »aber das kann wohl niemand beeinflussen. Wenn der Erbe auftaucht, hat er ja auch noch ein Wörtchen mitzureden bei der Nutzung.«

Sie war pappsatt. Es war köstlich gewesen, aber zwei Pils, die Remoulade und die knusprigen Bratkartoffeln hatten sie so vollgestopft, dass sie das dringende Bedürfnis nach Bewegung hatte.

»*Wenn* er auftaucht …«, raunte Lise, »… besser wäre es allerdings, er bleibt, wo der Pfeffer wächst. Ich glaub sowieso nicht, dass es noch einen Erben gibt.«

»Seit wann sind diese … Breckwoldts?! … denn nicht mehr auf der Insel?«

»Keine Ahnung, war vor unserer Zeit.« Lise nahm den Teller entgegen und ging in Richtung Küche.

In dem Moment löste sich die Gruppe Jugendlicher im Nebenraum auf, und ein Teil zog hinter Silke vorbei in Richtung Ausgang. Unter anderem ihre Tochter. Silke wollte ihr etwas zurufen, besann sich dann aber eines Besseren. Jana schien bester Dinge zu sein, sie lachte und warf ihre Haare zurück, so dass der junge Mann neben ihr, den Silke nur von hinten sehen konnte, Janas Hals zu sehen bekam. Körpersprachespezialist Samy Molcho hätte seine helle Freude daran gehabt.

Silke musste mit dem Aufbruch also noch warten, bis ihre Tochter aus der Gefahrenzone war, und ließ sich von Hans noch einen Klaren aufschwatzen. Es war erst halb neun abends, aber Silke fühlte sich wie nach einer ausgiebigen Party: zu viel gegessen, zu viel getrunken und vollgequatscht. Sie sehnte sich nach ihrem Bett und verfluchte die Tatsache, dass sie noch mindestens eine Stunde würde warten müssen, bis sie darin liegen konnte: Balu musste noch sein Abendgassi bekommen.

Nach zehnminütigem Anstandswarten bedankte sie sich bei den Wirtsleuten für die Einladung, versicherte, dass sie von nun an öfter zu Gast im Preestershus sein würde – wobei Hans es sich nicht nehmen ließ, gleich eine Palette von Witzen bezüglich »Priester« und »Preestershus« zu machen –, und rutschte lahm von ihrem Barhocker hinunter. Als sie am Tisch der Damenriege vorbeikam, stellte sie fest, dass diese sich von Sekt zum kleinen Likörchen vorbeigearbeitetet hatte, maßgeblich unterstützt von Sveniiieee, der die Kurzen gleich in einem Halbmetermaß an den Tisch brachte. Bei Ommo Wilkes blieb Silke kurz stehen, um sich zu verabschieden. Die gemischte Gruppe der Naturfreunde Sylt begrüßte und entließ sie gleichzeitig, wobei eine Frau, die sich als Monika vorgestellt hatte, Silke sofort einige Flyer, die auf dem Tisch lagen, in die Hand drückte. Silke bedankte sich artig und wollte das Wirtshaus verlassen, als Ommo Wilkes aufstand und darauf bestand, sie noch ein Stück zu begleiten.

Draußen war es noch hell, wofür Silke sehr dankbar war. An der Seite des attraktiven Ommo unter dem Sternenzelt nach Hause zu wanken, wäre für sie über ein ertragbares Maß hinausgegangen. Aber es hatte aufgehört zu regnen, es tropfte noch nass von den Bäumen, und die untergehende Sonne spiegelte sich in den Pfützen auf dem Weg. Der Himmel nahm bereits wieder eine rötliche Färbung an, es würde sich auch heute wieder ein phantastischer Sonnenuntergang präsentieren.

»Wie gut kennen Sie die Insel?«, erkundigte sich Wilkes.

»Gar nicht«, musste Silke eingestehen. Sie wusste, was jetzt kam. Sonst hätte er nicht gefragt.

»Prima«, sagte Ommo dann auch planmäßig, »dann kann ich mich als Fremdenführer anbieten. Sie haben doch bestimmt ein Rad?«

Silke nickte. Mit einer Mischung aus Freude und Beklommenheit. Da ist doch nichts dabei, beruhigte sie sich im gleichen Moment. Ein netter Nachbar, der mir die Insel zeigt.

»Dann melde ich mich demnächst, und wir machen eine Rundfahrt«, sagte Ommo begeistert. Sie standen vor dem Gartentor zum Pfarrhaus, und Silke hoffte inständig, dass ihre Kinder sie jetzt nicht von drinnen beobachteten. Sie nickte und streckte Ommo die Hand hin. Er ergriff sie mit beiden Händen. Sie spürte den sanften Druck und die Wärme, die durch sie strömte.

»Da wäre nur noch eins«, sagte der Naturschützer, ohne ihre Hand loszulassen.

»Ja?!«, erwiderte Silke. Sie hatte es jetzt eilig, nach drinnen zu kommen, sich der Situation zu entziehen. Es war ja eigentlich unverfänglich, aber sie spürte, dass Ommos rustikaler Charme bei ihr Wirkung zeigte, sie fühlte sich überaus hingezogen zu ihm. Und je länger sie hier in der Abendröte mit ihm stand, Hand in Hand, desto schlimmer wurde es.

»Wir duzen uns hier alle.«

Silke lächelte. »Klar. Silke heiß ich.«

Wilkes grinste. Diese Lachfältchen! »Und ich bin Ommo.«

Damit zog er sie an sich und gab ihr einen leichten Abschiedskuss auf die Wange. Silke drehte sich rasch um und wollte durchs Gartentor stürmen. Leider klemmte es aber, und sie rumpelte kräftig dagegen, fast wäre sie darübergefallen. Ommo griff beherzt an das Tor und drückte es für sie auf. Silke war vor Scham kaum in der Lage, sich zu bedanken. Sie fummelte den Haustürschlüssel aus ihrer Hosentasche, sperrte die Tür auf und war in Sicherheit.

Kaum hatte sie die Tür hinter sich geschlossen, atmete sie ein paarmal tief durch. Was war eigentlich los mit ihr? Hatte es sie Knall auf Fall erwischt? Dieser Ommo Wilkes hatte ja eine fatale Wirkung auf sie! Es war, als spiele jede Faser ihres Körpers verrückt, kaum dass er in der Nähe war. Silke wusste, dass sie die Landpartie mit ihm so lange wie möglich hinausschieben musste. Eine Affäre, und noch dazu so schnell, war absolut undenkbar. Das war nicht gut – weder für ihr Seelenleben noch den Kindern gegenüber, und was sollte ihre Gemeinde sagen, wenn sie, die frisch geschiedene Pastorin, sich nach ein paar Tagen auf der Insel gleich einen Neuen anlachte? Ommo Wilkes durfte auf keinen Fall weiteren Zugang zu ihrem Herzen finden, sagte sich Silke entschlossen.

Jetzt erst fiel ihr auf, dass es erstaunlich ruhig war. Niemand hatte sie begrüßt, also war es den Kindern offensichtlich nicht aufgefallen, dass sie nach Hause gekommen war. Der Fernseher lief auch nicht.

»Paul? Jana? Seid ihr zu Hause?«

Silke lief in Richtung Wohnzimmer und sah schon, dass die Tür zum Archiv offen stand. Also hatte Oma Grete endlich mal den Schlüssel abgeliefert. Nun erklang auch Janas Stimme aus dem kleinen Raum.

»Wir sind hier, Mama! Komm mal gucken!«

In dem Zimmer, in dem das Kirchenarchiv untergebracht war, standen ihre Kinder einträchtig beieinander und stöberten in dem Archivmaterial. Sie hatten ein paar Kisten geöffnet und blätterten in alten Unterlagen.

»Guck mal hier«, sagte Jana und zeigte auf eine Kiste. »Nachlass Breckwoldt«, war diese ordentlich beschriftet. Jana hatte ein altes Fotoalbum, welches sie mit großem Interesse ansah. »Kennst du den?«

Sie zeigte mit dem Finger auf ein altes Schwarzweißporträt, das aus den Jahren zwischen den beiden Weltkriegen stammen musste. Das Gesicht des Porträtierten war Silke aber nur allzu gut bekannt. Es dauerte ein paar Sekunden, aber dann wusste sie, dass sie auf Oma Gretes größtes Geheimnis gestoßen waren.

6.

Fünfundzwanzig Jahre zuvor

Als Fiete Larsen kurz vor fünf Uhr morgens den Stall öffnete, wusste er, dass etwas passiert sein musste. Seit dreißig Jahren ging er direkt nach dem Aufstehen zu den Kühen. Seit dreißig Jahren öffnete er stets das große hölzerne Tor und wunderte sich über die Ruhe, die die achtzig Rindviecher ausstrahlten, dicht an dicht stehend und in Erwartung ihres Frühstücks. Erst wenn die frische Luft und im Sommer etwas Licht in den Stall strömten, erwachten die Kühe und wurden lebendig. Sie begannen eine nach der anderen tief zu schnauben und mit den Schwänzen zu schlagen. Es war immer eine sanftmütige Begrüßung für den Milchbauern Fiete, der gelernt hatte, die Zeichen zu lesen. Es gab Ausnahmen von der Regel: Eine Kuh war krank oder sie kalbte vorzeitig. Einmal hatte sich ein streunender Hund in den Stall verirrt, und manchmal machte das Wetter die Kühe unruhig. Aber heute war es etwas anderes. Im Nachhinein behauptete Fiete stets, er habe gespürt, dass seine Rinder ihm etwas mitteilen wollten, dass sie ganz begierig darauf waren, ihm von den Ereignissen zu erzählen. Dann schüttelte Suna, seine Frau, missbilligend den Kopf, gab ihrem Fiete einen Klaps auf den fast kahlen Schädel und murmelte: »Du und deine Dönnekes …«

Tatsächlich war es aber genau das, was Fiete an diesem Morgen empfand, als er in der geöffneten Stalltür stand. Die Kühe stampften unruhig auf, sie schnaubten, und Liese, die ganz hinten in der linken Reihe stand, hob den imposanten Schädel und muhte. Herzzerreißend, wie es Fiete vorkam. Er schnappte sich die Heugabel von der linken Stallwand und schlurfte mit den großen schwarzen Gummistiefeln den langen Gang bis zu ihr. Liese zog an ihrer Kette, ging, so weit es diese zuließ, ein paar Schritte zurück und schlug wild mit dem Schwanz.

Fiete beschleunigte seine Schritte. Beruhigend sprach er zu seinen Kühen und tätschelte ihnen sanft die ausladenden Hinterteile. Aber die Unruhe nahm zu. Katinka, Lotte und Heidi muhten jetzt auch laut. Fiete stolperte mit wachsendem Unwohlsein auf das Ende des Ganges zu und behielt seine Liese im Auge. Von ihr da hinten ging die Unruhe aus, das war für Fiete Larsen so sicher wie das Amen in der Kirche. Liese musste krank sein, im Moment hatte er keine trächtige Kuh, und das Wetter war schön. Es konnte an einem Junitag nicht besser sein.

Endlich hatte Fiete seine Liese erreicht und legte ihr beruhigend die Hand auf den Rücken. Liese stampfte und schnaubte nun wie von Sinnen und riss an der Kette, so dass Fiete die Heugabel achtlos neben sich warf und nun mit beiden Händen den Rücken der Schwarzbunten streichelte. Er redete leise auf sie ein, ging um sie herum und kraulte sie liebevoll unter dem Maul. Dabei musterte er mit raschem Blick Lieses Box. Dort war alles in Ordnung, kein störender Stein, kein bissiges Tier, nichts, was die Kuh hätte beunruhigen können. Fieber hatte Liese auch nicht, also blieb nur eine Kolik. Fiete warf einen kritischen Blick auf das Heu in Lieses Trog, vielleicht war es zu feucht oder schimmlig.

Und da sah er es. Nicht direkt in Lieses Trog, sondern rechts davon, in der großen Box mit dem Heuhaufen. Sein Herz machte einen Sprung, und als hätte die Kuh gemerkt, dass Fiete Larsen das Ungeheuerliche entdeckt hatte, schnaubte sie einmal tief und leckte dann mit der breiten Zunge seine Hand, als könnte sie den Schock, der ihm in die Glieder gefahren war, dadurch mildern.

Im Heu lag ein Bündel. Ein kleines, in ein weißes Baumwolltuch gewickeltes Bündel wie die allerkleinste Matrjoschka. Es gab keinen Zweifel, was sich in dem Bündel verbarg, und Fiete Larsen bekam sofort Gewissheit, als er mit zitternden Händen ein Stückchen des hellen Stoffes beiseiteschob. Das rote, verschrumpelte Gesicht des Neugeborenen war so friedlich, dass Fiete im ersten Moment dachte, dass das Kind nicht mehr lebte. Aber als er sich darüberbeugte und seinen schwieligen Zeigefinger an die winzige Backe legte, öffnete das Wesen die Lider und sah ihn mit verschleierten blauen Augen an, die es sofort wieder zuklappte.

Die Welt um Milchbauer Fiete Larsen stand still. Später würde er erzählen, dass auch die achtzig Rindviecher keinen Mucks mehr machten, dass sie andächtig schwiegen und stillgestanden hatten.

Aber dann kam Leben in Fiete. Er packte das Bündel und rannte den ganzen langen Gang im Schweinsgalopp zurück, hinaus aus dem hölzernen Tor in die ersten frühen Sonnenstrahlen. Er überquerte das Katzenkopfpflaster des Hofes, wäre um ein Haar über die Hühner gestolpert und hielt auf den hölzernen weißen Windfang des Hauptgebäudes zu. Suna musste ihn durch das Küchenfenster gesehen haben, denn noch bevor Fiete den Eingang erreichte, stand sie schon in der Tür und wischte sich verwundert die Hände an der Schürze ab. Als er bei ihr ankam, streckte Fiete ihr einfach nur das Bündel hin, er war außerstande, auch nur ein Wort über die Lippen zu bringen.

Suna nahm das Bündel in ihre Arme, und obwohl sie in den fünfunddreißig Jahren ihres bisherigen Lebens noch kein einziges Mal das Glück gehabt hatte, ein eigenes Kind in den Armen zu halten, und sich, ebenso wie ihr Mann, damit fast abgefunden hatte, dass sie dieses Glück niemals mehr erleben würde, hielt sie es, als hätte sie ihr Lebtag nichts anderes getan. Sie strich liebevoll über die rotschrumpelige Wange des Neugeborenen, das erneut seine Augen öffnete und, so schien es Suna in dem Moment, sie mit einem seligen und liebenden Blick bedachte. Suna konnte nicht anders als das Kindchen auf die Stirn küssen. Dann sah sie ihrem Mann fest ins Auge und sagte: »Knut soll er heißen.«

7.

Oma Grete machte keinen Hehl daraus, dass sie Bescheid wusste.

»Ja, mein Knutchen ist ein von Breckwoldt.« Dabei scheuerte sie die Spüle von Silkes Küche mit solcher Hingabe und Inbrunst, als gäbe es im Moment nichts Wichtigeres. Gleichzeitig schüttelte sie fortwährend missbilligend den Kopf. »Dass ihr vom Festland euch aber auch in alles einmischen müsst! Hätt ich man bloß mit dem Pastor auch aufgehört mit der Arbeit hier. Aber nee …«

Silke hätte es lieber gehabt, wenn ihre Haushälterin sich in Ruhe an den Tisch gesetzt hätte, als sie um ein Gespräch bat, aber Oma Grete sprang immer wieder auf und suchte sich Arbeit – sie tat alles, um der Pastorin nicht ins Gesicht blicken zu müssen.

»Und warum durfte ich das nicht wissen? Warum durfte das niemand wissen?«, erkundigte sich Silke, die den Sinn dieser Scharade nicht verstand.

Nun drehte sich Oma Grete endlich zu ihr um. »Weil es meinem Knut das Herz brechen würde. Deshalb.« Jetzt zog sie an den quietschgelben Gummihandschuhen, die mit einem Seufzen nachgaben und in der Spüle landeten. »Für Knut sind Fiete und Suna seine Eltern. Er hat sie so geliebt! Sie waren alles für ihn – bis zu ihrem Tod. Er war fünfzehn, als sie starben. Alle beide. Auf einen Schlag hatte er alles verloren.«

Die kleine Weißhaarige ließ sich seufzend auf einen Stuhl nieder. Silke konnte ihr ansehen, wie schwer es ihr fiel, über diese Tragödie zu sprechen. Aber nach und nach kam die ganze Geschichte ans Licht. Wie Fiete den kleinen Knut im Stall gefunden hatte. Wie sie ihn als ihr Kind ausgegeben hatten, weil sie keine Kinder bekommen konnten. Wie der Pfarrer und der Arzt mitgemacht hatten – um zu verhindern, dass das Baby in ein Heim kam. Wie glücklich Knut bei der Familie Larsen aufwuchs. Bis der Blitzschlag kam, im wahrsten Sinn des Wortes.

»Nu waren Knut und ich allein«, schloss Oma Grete die Geschichte. »Hätte ich ihm dann noch das nehmen sollen, was ihm am meisten bedeutete? Seine Eltern?!«

Silke sah die zierliche Frau an und musste ihr in einem ersten Impuls recht geben. Sicher war das damals eine Ausnahmesituation und sie selbst hätte sich vermutlich nicht anders entschieden. Dennoch …

»Aber Knut würde erben. Ein Grundstück. Das ist doch ein Wert.«

»Was ist denn schon Geld?!«, fuhr Oma Grete auf. »Gegen eine Familie. Eltern, die einen lieben. Geld bedeutet Knut nichts. Er hat seinen Hof. Die Felder. Auch uns Larsens gehört schließlich was. Wir kommen über die Runden. Knut braucht das Deichgrafen-Grundstück nicht.« Sie blickte bockig auf die Tischdecke und bewegte den runzligen Finger entlang des Musters darauf.

Silke wagte noch einen Vorstoß. »Aber jetzt ist Knut erwachsen. Der Tod von Fiete und Suna liegt zehn Jahre zurück, vielleicht würde er es verstehen …«

Heftiges Kopfschütteln war die Reaktion auf ihren Einwand.

»Niemals«, sagte Oma Grete mit bebender Stimme. »Niemals darf er das erfahren. Seine Welt würde zusammenbrechen. Das hatte ich mit Pastor Schievel so besprochen. Ich kann dem Jungen doch nicht sagen, dass sein Vater unbekannt ist und seine Mutter eine Adlige, die ihn nicht wollte.«

Jetzt kam das Gespräch auf einen weiteren wichtigen Punkt.

Wer waren denn die wahren Eltern von Knut Larsen? Und vor allem: Warum erkannte das niemand?

»Weil Knut nicht aussieht wie seine Mutter«, beantwortete Oma Grete die Frage. »Das war die kleine Marion. Marion war ein bisschen, nu ich sag mal, zurückgeblieben. Sie muss schon an die vierzig gewesen sein, als sie Knut bekam, sie war ein spätes Mädchen. Sie lebte im Gutshaus, anfangs noch mit der Mutter. Als die gestorben ist, irgendwann in den Siebzigern, war sie mit ihrem Bruder allein. Bis der dann irgendwann nach Amerika abhaute.«

Silke erkundigte sich danach, ob Grete Larsen die Familie gut gekannt hatte, und erfuhr, dass diese, bevor sie Pfarrhaushälterin war, den von Breckwoldts den Haushalt geführt hatte. Darum wusste sie auch so gut Bescheid. Marion war alleine von den Breckwoldts übrig geblieben, vom Verbleib des Bruders war nichts bekannt. Grete vermutete, dass dieser einen anderen Namen angenommen hatte, er wurde wegen Betruges gesucht und war in Südamerika untergetaucht.

Einen Mann hatte Marion nicht gefunden. Sie war dick und unansehnlich gewesen, dazu ein bisschen »minderbemittelt«, wie Grete sich ausdrückte, und allein wegen des Geldes wollte die kleine Breckwoldt keiner nehmen. Überdies hatte Marions Bruder das Vermögen der Familie durchgebracht, ganz Sylt nahm an, dass die von Breckwoldts nichts mehr besaßen. Dass ihnen noch der Grund gehörte, auf dem sich ein Teil des Militärgeländes befand, hatte niemand gewusst. Marion von Breckwoldt war also keine gute Partie gewesen. Dennoch schien sie einen Liebhaber gehabt zu haben, aber Oma Grete, die sonst über alles und jeden Bescheid wusste, versicherte hoch und heilig, dass sie nichts darüber wusste.

»Aber dann kann man doch gar nicht wissen, ob das Findelkind aus dem Stall wirklich der Sohn von Marion von Breckwoldt ist?«, hakte Silke skeptisch nach.

»Sie verschwand, als das Kind auftauchte, von der Insel. Niemand hat sie mehr gesehen.« Oma Grete seufzte schwer. »Wenn Sie mich fragen, ich glaube, sie ist in die See gegangen. Hat sich vom Kliff gestürzt. Und die See hat sie zu sich genommen und nie wieder hergegeben.«

Sie schwiegen nun beide und dachten über das traurige Schicksal der Deichgrafen-Erbin nach. Dennoch war Silkes Frage unbeantwortet geblieben. Als könnte sie Gedanken lesen, fuhr Oma Grete nun fort. »Anfangs waren wir auch nicht sicher. Aber als Knut größer wurde, konnte man es nicht mehr leugnen. Er gleicht seinem Großvater aufs Haar.« Sie tippte auf das Schwarzweißporträt aus dem Album, das mitten auf dem Küchentisch lag. »So kommt jede Lüge ans Licht.«

»Aber wenn man es Knut so deutlich ansieht, sogar meine Kinder und ich haben es sofort erkannt, wieso wissen das dann nicht alle im Dorf?«, wunderte Silke sich.

»Der alte Friedrich ist schon so lange tot. 1958. Den kennen nur noch die ganz Alten. So wie ich. Die Jüngeren haben ihn nie gesehen oder sie waren noch zu lütt, um sich zu erinnern.«

Beide Frauen blickten nun auf das Bild.

Der Mann darauf trug einen altmodischen Dreiteiler mit Hut. Er wirkte, als versuchte er, streng und unnahbar auszusehen, aber man konnte nicht umhin, den Schalk in seinen Augen zu bemerken. Er sah gutmütig und freundlich aus – genau wie sein Enkel Knut.

»Ich verstehe nicht, dass mein Vorgänger da mitgespielt hat«, wunderte sich Silke.

Grete zierte sich ein bisschen. »Nu ja«, gab sie schließlich zu, »er hat immer gesagt: Solang mich niemand fragt, bleibt mein Mund versiegelt.«

»Und wenn ihn jemand gefragt hätte?«, hakte Silke nach.

»Gelogen hätte er nie im Leben. Auch nicht für Knut«, gestand Oma Grete.

Silke sah auf die Uhr. Es war Zeit, dass sie sich auf den Weg machte. Sie hatte mehrere Termine außerhalb, ein Treffen mit den anderen Pfarrern sowie Kirchenvorständen. Es behagte ihr nicht, dass sie diese Sache ungeklärt lassen musste, aber sie sah im Moment keinen anderen Weg. Sie musste genau überlegen, bevor sie eine Entscheidung darüber traf, wie sie sich verhalten sollte.

»Ich weiß noch nicht, was ich tun werde«, sagte Silke und stand auf. »Ich muss darüber schlafen. Aber ich finde durchaus, dass Knut ein Recht auf die Wahrheit hat.«

Oma Grete schloss die Augen und schien ein stilles Gebet zum Himmel zu schicken. Dann stand auch sie auf und ging mit der Pastorin aus dem Haus. Sie wollte bei sich drüben Kuchen backen für die Seniorenteestunde am Nachmittag, zu der auch Silke wieder in Horssum sein würde. Als die beiden Frauen sich am Gartentor verabschiedeten, knatterte ein Mofa um die Ecke. Der Fahrer, ein schwarzgelockter Jüngling, grüßte Oma Grete heiter, bevor er kurz vor Silkes Füßen zu stehen kam. Er schwang sich von seinem Gefährt und streckte der Pastorin leutselig die Hand hin.

»Hi! Ich bin Lukas. Ist Jana da?«

Silke nickte. Das war also der Grund für Janas beseeltes Strahlen. Kein Wunder. Der junge Mann war auf den ersten Blick eine sympathische Erscheinung. Cool, lässig, sportlich und offenbar mit einem sonnigen Gemüt gesegnet. Jedenfalls trat er so auf, als könnte ihn in seiner Freundlichkeit nichts erschüttern.

»Sie ist drin. Geh einfach rein.«

»Alles klar!« Und schon war Lukas im kleinen Pfarrhaus verschwunden. Silke konnte ihre Neugier kaum zügeln. Sie hätte zu gerne gewusst, wer Lukas war und woher er kam. Ein Tourist? Einheimischer? Aus Horssum oder anderswo? Gehörte er zu einer Familie, die sie kannte?

Aber Silke musste diese Fragen jetzt zurückstellen, sie war

schon spät dran. Da Rudi noch in der Werkstatt weilte, musste sie ihre Termine mit dem Fahrrad wahrnehmen, was ihr guttat und bei dem Wetter auch kein Problem war. Sie liebte es, über die traumhafte Insel zu radeln und nicht wie ihr Nachbar Holm jeden Meter im Auto zurückzulegen. Außerdem gab ihr das Radfahren die Gelegenheit, ihre Gedanken schweifen zu lassen, und das hatte sie nach dem Gespräch mit Oma Grete dringend nötig. Enthusiastisch trat Silke Denneler in die Pedale. Sie war überzeugt, sie würde auch diesen gordischen Knoten lösen.

Als sie am Nachmittag erschöpft von ihren Terminen zurückkam, warteten bereits die Senioren auf sie. Zwei Stunden widmete sich Silke den älteren Herrschaften, die nicht nur aus Horssum, sondern aus allen Dörfern der Insel kamen, trank Tee, aß viel zu viel von Oma Gretes herrlichem Kirschstreusel und beantwortete die neugierigen Fragen zu ihrer Person. Es war bereits kurz vor sechs, als sie den letzten Senior aus dem Pfarrhaus begleitete und in die Küche zurückkehrte, um das Abendbrot vorzubereiten. Oma Grete war gleich mit den Senioren verschwunden, wahrscheinlich wollte sie jedem weiteren Gespräch über ihren Enkel Knut aus dem Weg gehen. Silke war das ganz recht so, denn der Tag hatte ihr keine Minute gelassen, weiter darüber nachzudenken.

Paul trug eine total gelangweilte Miene zur Schau. Er zupfte an der Salami auf seinem Brot herum und brachte kaum ein Wort raus.

»Ist dir eine Laus über die Leber gelaufen?«, erkundigte sich Silke, sortierte aber im Geiste schon die Aufgaben, die heute noch vor ihr lagen. Sie würde gleich noch ein paar Stunden im Büro verbringen, um den Papierkram aufzuarbeiten, der sich angestaut hatte.

»Mir ist langweilig«, murrte ihr Sohn.

»In zwei Wochen geht die Schule los«, versuchte Silke einen

Tröstungsversuch. »Dann hat der Tag wieder eine Struktur, und du findest bestimmt gleich ein paar Kumpels.«

»Na super …« Paul verdrehte die Augen über so viel Motivationsgeschick seiner Mutter. Er ließ sein angebissenes Brot auf dem Teller liegen und trollte sich. An der Tür drehte er sich noch einmal um. »Hast du was wegen Fußball rausgekriegt?«

Silke hätte sich ohrfeigen können! Das hatte sie natürlich vergessen. Seit Tagen schon. Wie konnte sie nur? Schließlich hatte sie Paul versprochen, sich darum zu kümmern.

»Sorry! Ich hatte so viel um die Ohren. Gleich morgen, ich versprech's.«

Aber Paul hatte mitten im Satz schon abgedreht und war kommentarlos in sein Zimmer gegangen.

Stattdessen kam Jana in die Küche. Sie sah großartig aus in ihren knappen Shorts und dem Tanktop. Silke bewunderte den schlanken und trainierten Körper ihrer Tochter und dachte daran, dass auch sie mit siebzehn so ausgesehen hatte. Instinktiv schob sie das Glas Rotwein, das sie sich soeben eingegossen hatte, ein Stück weiter weg und nahm sich vor, morgen in aller Herrgottsfrühe laufen zu gehen.

»Was hat er?«, erkundigte sich Jana, setzte sich auf Pauls Stuhl, legte die Beine auf einen anderen und verleibte sich gutgelaunt die Stulle des kleinen Bruders ein.

»Ihm fällt die Decke auf den Kopf. Und ich habe vergessen, mich drum zu kümmern, ob es hier einen Fußballverein gibt.«

Jana zuckte unbeeindruckt mit den Schultern.

»Ich frag mal Lukas. Der weiß das bestimmt. Kommt ja von hier.«

Erfreut nahm Silke den Köder, den Jana ihr zugeworfen hatte, auf. »Lukas? Der mir heute Mittag über den Weg gelaufen ist?«

Ihre Tochter strahlte über beide Ohren, ja sie wurde sogar ein bisschen rot.

»Mmh.« Jana grinste. »Sieht super aus, oder?«

Silke lachte. »Ist er von hier?«

Jana nickte. Bevor Silke weiterfragen konnte, sprang sie schon wieder auf. »Lukas holt mich gleich ab. Wir gehen noch zum Strand, Feuer machen und so. Sind noch ein paar andere dabei. Warte nicht auf mich, okay?!«

Und schon war sie aus der Küche verschwunden. Nein, dachte Silke bei sich, ich schlafe bestimmt schon wie ein Murmeltier, wenn du nach Hause kommst.

Das war nicht immer so gewesen. Seit sie fünfzehn war, durfte Jana abends mit Freunden um die Häuser ziehen. Das Mädchen war nie unvernünftig gewesen oder hatte den Rahmen, den Silke ihr vorgegeben hatte, überzogen, aber trotzdem war es vorgekommen, dass Silke unruhig in der Wohnung umhergetigert war, wenn es auf Mitternacht zuging. Aber nie war etwas passiert, und hier, auf Sylt, mit einer netten Clique, war Silke mehr als überzeugt, dass sie sich keine Sorgen zu machen brauchte.

Aber dieser Gedanke verlor sich sofort beim Anblick des Papierstapels auf ihrem Schreibtisch. Silke setzte sich seufzend und machte sich daran, die diversen Schreiben auf ihrem Tisch zu sortieren, abzulegen oder gleich zu beantworten. Auch das war neu für Silke Denneler: In Köln hatte sie sich mit zwei anderen Pfarrern eine Sekretärin geleistet, die alles, was im Büro auflief, bearbeitet und vorsortiert hatte. Hier würde sie alles alleine machen müssen. Sie schob sich die Lesebrille auf die Nase, zögerte kurz, ging dann doch noch in die Küche, um sich das Glas Rotwein zu holen, und tauchte ein in den Berg Papierkram.

Der Dienstag brachte erneut strahlenden Sonnenschein. Silke war verwundert, wie mild das Wetter auf der Insel seit ihrer Ankunft war. Zwar gab es durchaus windige Tage, auch hatte es mehrmals geregnet, aber dadurch, dass die Luft immer in Bewegung war, wechselte das Wetter schnell. Kaum kam die Sonne hinter den Wolken zum Vorschein, wurde es richtig warm, wenn nicht gar stechend heiß. Silke stellte sich dann vor, wie unerträglich es jetzt im Süden sein musste, und war gottfroh, dass die Temperaturen hier wenigstens in der Nacht abkühlten.

Sie joggte um sieben Uhr mit Balu in die Richtung, die sie noch nicht kannte. Nicht zum Hubschrauberlandeplatz und zum Strand, sondern ins Innere der Insel. Es war angenehm frisch, die Bäume und Gräser waren feucht, und Frauchen und Hund genossen den Sylter Morgen. Nach dreißig Minuten erreichte Silke in einem schönen Bogen wieder das Dorf. Schon von weitem erkannte sie das reetgedeckte Dach des Larsenhofes und fasste einen spontanen Entschluss.

Euter Larsen war gerade damit beschäftigt, den Kuhstall auszumisten. Aber er freute sich bis über seine beiden abstehenden Ohren über den Besuch der verschwitzten Silke. Balu setzte sich schnell ab, er hatte in einer Ecke des großen Hofes ein paar Hühner entdeckt, die dringend seiner Aufmerksamkeit bedurften.

»Das ist ja mal 'ne Überraschung!« Knut wischte sich seine Hände an der Arbeitshose ab und hielt eine davon der Pastorin hin. Obwohl es auf dem Hof gerade übel roch – Knut fuhr den Stallmist mit einer Schubkarre zu einem großen Misthaufen hinter dem Kuhstall –, war es Silke plötzlich unangenehm, dass sie hier so verschwitzt aufgetaucht war. Sie schüttelte Knuts Hand dennoch und musterte ihn. Er trug ein blütenweißes T-Shirt und schien auch sonst frisch aus der Dusche zu kommen, so sauber und rosig wirkte er. Im Gegensatz zu ihr. Erwartungsvoll strahlte Knut sie an, sicher wunderte er sich, weshalb sie morgens vor ihrer Arbeit unangemeldet bei ihm erschien.

»Ich bin zufällig hier vorbeigekommen«, Silke zeigte an sich herab, »und dachte, gucke ich mal, was Knut so macht.«

»Nu denn«, lachte der junge Bauer und hob wieder die Griffe seiner Schubkarre an, »was soll ich machen? Meine Arbeit natürlich. Wie jeden Tag.«

Silke fand ihre Bemerkung selber dämlich, aber wie sonst hätte sie unverfänglich ins Gespräch kommen sollen? Sie wusste ohnehin nicht, was sie konkret von Knut Larsen wissen wollte, aber sie konnte ihn schlecht geradeheraus fragen, ob er lieber wissen wollte, dass er der uneheliche Sohn von Marion von Breckwoldt war, die ihn ausgesetzt hatte, oder das geliebte Findelkind seiner vermeintlichen Eltern.

Aber Knut schien ihr Auftauchen und ihr vorgeschobenes Anliegen in keiner Weise seltsam zu finden und plauderte redselig drauflos.

»Gemolken habe ich meine Damen natürlich schon«, erklärte er stolz und führte Silke in den Stall. Er stellte ihr ein paar seiner Milchkühe vor (»Das ist Hanni; Hanni, das ist die Frau Pastor«) und zeigte ihr eine hochmoderne Melkanlage.

»Das ist bestimmt eine ziemliche Investition gewesen?«, erkundigte sich Silke.

Knut nickte und für den Bruchteil einer Sekunde huschte ein Schatten über sein Gesicht. »Wir mussten einen Kredit dafür aufnehmen«, gestand er ein, »aber ohne Hightech geht das nicht mehr mit der Milchwirtschaft. Es rechnet sich ja so kaum.«

»Viel wirft der Hof nicht ab, oder?«

Jetzt lachte Knut wieder. »Nee, das können Se mal glauben! Aber Omma und ich, wir kommen über die Runden. Wir brauchen ja nichts. Eier, Milch, Kartoffeln, das Gemüse, das die Omma anbaut – mehr is nich, aber mehr muss auch nich.«

Jetzt stiefelte Knut wieder aus dem Stall hinaus, packte die Schubkarre erneut und fuhr die Ladung Mist zum Haufen hinter den Stall. Silke folgte ihm, versank dabei aber mit einem ihrer hellblauen Joggingschuhe bis zum Knöchel in einem frischen Haufen Kuhmist.

»Aber würdest du dir nicht wünschen, dass du mal Urlaub machen kannst? Oder dir einen Wunsch erfüllen?«

Euter guckte die Pastorin verdattert an. »Urlaub? Ich kann

doch nicht weg hier, Omma und die Tiere alleine lassen!« Er zuckte fröhlich mit den Schultern. »Und das will ich auch gar nicht. Ein Wunsch? Na, vielleicht mal ein neuer Trecker. Der alte schnauft schon ganz schön und muss zum Doktor. Aber das ist nicht drin im Budget.« Schwungvoll schaufelte Knut nun mit der Mistgabel den Dreck aus der Schubkarre auf den stinkenden Haufen.

Silke bewunderte Knuts Einstellung. Etwas mehr davon hätte jedem gutgetan. Und predigte sie nicht selbst Sonntag für Sonntag mehr Demut und Zufriedenheit mit dem, was man hatte, anstatt noch mehr von dem anzuhäufen, was man nicht brauchte?! Trotzdem ließ sie nicht locker. Es konnte doch wohl kaum sein, dass Knut keine weiteren Bedürfnisse hatte, als auf seinem Bauernhof herumzuarbeiten bis ans Ende seiner Tage.

»Wenn du aber Geld hättest, sagen wir mal, beim Lotto gewonnen oder so, was würdest du damit machen?«

Knut stützte sich nun auf die Mistgabel und sah nachdenklich über Silkes Schulter auf seinen Acker hinaus. »Mal abgesehen davon, dass ich nicht Lotto spiele und die Omma auch nicht – das, was ich gerne hätte, das gibt's für Geld nicht zu kaufen.« Er wandte seine himmelblauen Scheinwerferaugen auf Silke. »Ich wünsche mir eine Familie. So eine, wie ich sie mit Mama und Papa hatte.«

Dann packte er die Forke engagiert mit beiden Händen und schwang sie in einem großen Bogen in Richtung Misthaufen. Silke erschrak und wich ein paar Schritte zurück. Dabei spürte sie noch, wie sie mit den Waden gegen etwas stieß, wodurch sie das Gleichgewicht verlor. Sie ruderte mit den Armen, aber vergeblich. Sie kippte nach hinten über, geradewegs in die alte Badewanne, die den Tieren auf dem Hof als Tränke diente.

Knut hatte die Augen aufgerissen, die Forke weggeschmissen und war mit einem Hechtsprung bei ihr. Beherzt zog er die tropfnasse Silke aus dem Trog mit Wasser.

Silke bedankte sich matt und sah an sich herab: Das Wasser rann an ihr hinunter, und ihre Joggingklamotten waren völlig durchtränkt. Sie musste nun ganz schnell nach Hause, wollte sie sich keine Erkältung holen. Knut entschuldigte sich währenddessen wortreich, aber Silke nahm die Schuld ganz auf sich. Sie war und blieb ein motorischer Super-GAU.

Knut bestand darauf, dass sie sich wenigstens notdürftig abtrocknen sollte. Er zog sein sauberes weißes T-Shirt über den Kopf und hielt es Silke hin. Silke, die nicht umhinkonnte, die perfekt definierte Oberkörpermuskulatur des jungen Bauern zu bemerken, tupfte sich dankbar damit ab und rief dann ihren Bobtail, damit sie rasch den Rückzug antreten konnte. Balu kam ausnahmsweise auf den ersten Ruf und schnüffelte interessiert an seinem Frauchen – so prima hatte die noch nie gerochen!

Euter Larsen begleitete die beiden zur Straße, und als er Silke überholte, um das Tor zu öffnen, erblickte Silke seinen Rücken. Über die gesamte Schulterpartie wand sich ein aufwendiges Tattoo: »Suna und Fiete forever«, stand darauf in schnörkeliger Schrift, und Silke war spätestens nach dieser Offenbarung klar, dass sie Oma Grete nur zustimmen konnte: Man durfte Knut auf keinen Fall seine Eltern nehmen. Für den jungen Mann wäre es eine Katastrophe zu erfahren, woher er eigentlich stammte – Geld hin oder her.

Sie verabschiedete sich und lief, so schnell sie konnte, die wenigen Meter zum Pfarrhaus. Nie zuvor hatte sie sich so nach einer langen Dusche gesehnt wie in dem Moment. Da hatte es gerade noch gefehlt, dass ihr Nachbar Lars Holm just in dieser Sekunde aus seiner Einfahrt fuhr. Er ließ die Scheibe herunter und musterte die tropfnasse Silke von oben bis unten. Er grinste und öffnete den Mund, aber Silke kam ihm zuvor.

»Kein Kommentar!«, blaffte sie ihn an und öffnete ihr Gartentor.

Lars Holm nickte wissend und streckte den Daumen hoch, bevor er mit Vollgas vom Hof rollte.

Silke schlüpfte schon auf der Schwelle aus ihren Schuhen, zog die Socken aus und stürmte dann ins Bad. Das Ganze war mal wieder eine typische Denneler-Aktion gewesen, dachte sie verstimmt. Bloß gut, dass Euter von so gutartigem Wesen war, er würde die Episode mit der Pfarrerin im Wassertrog bestimmt nicht herumerzählen. Dafür gelobte sie, über seine wahre Herkunft zu schweigen.

8.

Silke stand auf der Uwe-Düne und ließ sich den Wind um die Nase wehen. Sie breitete die Arme aus, schloss die Augen und genoss den Geruch der Nordsee, die Sonne, die ihr Gesicht wärmte, und den Wind, der mit ihren Haaren spielte. Es war Samstag, früher Nachmittag, und sie hatte bereits einige Kilometer auf dem Fahrrad von Horssum bis hierher zurückgelegt. Ihr Hintern tat ihr weh, das Fahrrad, das sie fuhr, war nicht gemacht für große Touren, es war ein Dreigang-City-Bike, das Richtige für kurze Einkaufstouren in Köln. Außerdem hatte Ommo Wilkes, der ein passionierter Radfahrer und durchtrainierter Sportler war, ein atemberaubendes Tempo vorgelegt.

Sie waren am Morgen um zehn Uhr am Pfarrhaus gestartet, Ommo hatte sie abgeholt – kritisch beäugt von Paul, der es seinerseits abgelehnt hatte, die Erwachsenen bei ihrer Tour über die Insel zu begleiten –, mit einem vielversprechenden Picknick in seinen Radtaschen.

Bei heftigem Seitenwind waren sie immer am Watt entlang bis Braderup gestrampelt. Eine zauberhafte Strecke, rechts das Watt mit dem schmalen weißen Sandstreifen, zur Linken dehnten sich Felder, Salzwiesen und Heidelandschaft aus, ab und an unterbrochen von kleinen Wäldchen. Friedlich grasende Schafe oder Hochlandrinder rundeten das klassische Bild vom idyllischen Nordfriesland perfekt ab. Silkes Landschaftsgenuss war allerdings getrübt, denn sie musste sich mächtig ins Zeug legen, um den vorausfahrenden Naturschützer nicht aus den Augen zu verlieren.

Ommo gab sich größte Mühe, der rheinländischen Städterin seine Heimat nahezubringen, tat allerdings etwas zu viel des Guten. Er war so vertraut mit seiner Insel, dass er unentwegt redete, Silke alles erklärte und seine Ausführungen mit Fachwissen spickte. Er sprach ohne Pause von Bodenerosion und der Ausbeutung des Nationalparks Wattenmeer, dem Flächennutzungsplan und den EU-Vorgaben für Naturschutzgebiete, so dass Silke nach einer knappen Stunde anstrengender Tretarbeit beschloss, einfach nicht mehr hinzuhören. Sie kämpfte verbissen gegen den Wind an, der nach der Linkskurve hinter Braderup zum Gegenwind wurde, und bemühte sich, möglichst viele Bilder der herrlichen Landschaft in sich aufzunehmen. Ommo Wilkes' zweifelsohne interessante, aber viel zu detaillierte Ausführungen würde sie sich ohnehin nicht merken können. Als sie die Uwe-Düne schließlich erreicht hatten und Ommo ihr sagte, dass sie die Räder stehen lassen und durch die Heide laufen müssten, war Silke folglich sehr erleichtert. Und nun, nachdem sie die hölzernen Stufen zum höchsten Punkt der Insel erklommen hatten, genoss sie die sagenhafte Aussicht. Es war, als würde der kräftige Wind alles von ihr wegfegen, was sie bis dahin mit sich herumgeschleppt hatte. Sie fühlte sich durch und durch »gelüftet« und spürte hier oben, mit Blick über die traumhafte Insel, wie gut ihr Sylt tat und wie viel neue Kraft sie gewonnen hatte, seit sie hierhergezogen war.

Die vergangenen Tage waren zwar anstrengend, aber unspektakulär gewesen. Sie hatte sich mit Oma Grete darauf geeinigt, dass sie es halten würde wie ihr Vorgänger: Sie würde von sich aus über die wahre Herkunft von Knut Larsen schweigen. Aber wenn jemand käme und fragte, würde sie nicht lügen können. Damit war ihre Haushälterin durchaus zufrieden, und dann sprachen sie nicht weiter darüber. Silke packte die Kiste mit dem Nachlass von Breckwoldt unter einen großen Stapel Akten, so dass ein möglicher Besucher des Archivs nicht sofort darauf gestoßen würde. Dann versperrte sie das Archiv sorgfältig und bewahrte den Schlüssel in der ebenfalls sorgsam verschlossenen Gemeindekasse auf. Sie wollte Oma Grete nichts unterstellen, aber sie mutmaßte, dass die alte Dame den Schlüssel »ganz aus Versehen« wieder mit zu sich nach Hause nehmen könnte.

Ihre Tochter hatte sie nur wenig gesehen – diese war dauernd unterwegs mit Lukas und seiner Clique. An einem Abend aber war sie früh nach Hause gekommen und dieses Mal nicht von dieser überbordenden Fröhlichkeit junger Verliebter gewesen, sondern angespannt und mit düsterem Blick. Sie hatte sich sogar zu ihrer Mutter aufs Sofa gesellt und mit ihr zusammen eine Tier-Doku angeguckt. Silke wusste, dass sie nie von sich aus das Gespräch über mögliche Probleme beginnen durfte. Deshalb hatte sie geduldig gewartet, bis Jana es nicht mehr ausgehalten und von sich aus erzählt hatte, was sie bedrückte. Lukas war an dem Tag bereits mittags mit seinem Vater nach Hamburg gefahren, er würde dort in wenigen Wochen ein Studium als Mediendesigner beginnen. Jana war daraufhin schlagartig klargeworden, was sie in den letzten zwei Wochen erfolgreich verdrängt hatte: dass ihre Urlaubsliebe zu Lukas endlich war. Dass sie selbst noch eine gute Woche auf der Insel verbringen und dann nach Köln abreisen würde, wo sie auf den Bescheid für ihren Tiermedizinstudienplatz warten würde. Sie würden beide ihrer Wege gehen, sie und der junge Sylter, getrennt voneinander. Silke tröstete Jana, so gut sie es vermochte, aber bereits am nächsten Tag, als draußen um die Mittagszeit das Mofa knatterte, hatte Jana fröhlich und bester Laune die Tür aufgerissen und sich dem jungen Mann in die Arme gestürzt. Silke wusste, dass dies nicht der letzte Liebeskummer ihrer Tochter sein und irgendwann einer neuen Verliebtheit weichen würde.

Sie dagegen konnte sich nicht mehr einfach so in ein Abenteuer stürzen, die Wunden, die das Leben geschlagen hatte, insbesondere ihre gescheiterte Ehe mit Ansgar, waren einfach zu tief.

Sie hatte auch mit sich gehadert, ob sie die Einladung zur Inselerkundung annehmen sollte, als Ommo Wilkes anrief und sie einlud. Aber dann hatte ihre Neugier gesiegt, und Silke hatte sich gesagt, dass sie sich vielleicht auch nur einbildete, dass Wilkes amouröse Absichten hatte. Vermutlich war alles ganz harmlos und sie brächte sich um einen wunderschönen Tag, wenn sie die Einladung ablehnte.

Bis jetzt deutete auch nichts darauf hin, dass dieser Ausflug verfänglich werden könnte. Ommo war freundlich, aber Silke hatte stets den Eindruck, dass es ihm wichtiger war, sein Wissen und seine Interessen als Naturschützer an den Mann beziehungsweise die Frau zu bringen, als mit ihr zu flirten. Jetzt stellte er sich neben sie und zeigte ihr, was genau sie von hier oben sehen konnte.

»Direkt vor uns ist das berühmte rote Kliff. Da laufen wir gleich mal hin, bevor wir weiterfahren. Da hinten, im Norden, endet die Insel im Lister Ellenbogen – dem nördlichsten Punkt Deutschlands. Dem Ziel unserer Tour.«

Silke kniff die Augen zusammen und blickte kritisch in die Richtung von Ommos ausgetrecktem Arm. Einem gut gebräunten und muskulösen Arm.

Der Naturschützer schien zu ahnen, was Silke überlegte. »Keine Bange. Wir haben den Wind von der Seite und bei der Heimfahrt wunderbar im Rücken.«

Silke nickte beklommen. »Und wie viel Kilometer sind das?«, erkundigte sie sich noch.

»Knapp fünfzehn. Ein Katzensprung.«

Obwohl Silke diese Einschätzung nicht unbedingt teilte, lächelte sie Ommo an. Sie wollte sich nur ungern als Ausdauerniete zu erkennen geben – auch wenn sie in Ommo nur einen Freund sah.

Fünfzehn Kilometer mit Seitenwind und das Ganze wieder zurück – vor acht Uhr abends würde sie ihr Pfarrhaus wohl nicht wiedersehen. Zwar hatte sie die Predigt für den morgigen Tag schon geschrieben, aber sie hätte gerne noch einmal hineingesehen, um sich besser zu fühlen.

»Ich hoffe, du hast eine ordentliche Stärkung vorbereitet, wenn ich weiterhin mit dir in dem Tempo mithalten soll«, sagte sie scherzhaft. Natürlich war es ihr vollster Ernst, der Magen hing ihr bereits in den Kniekehlen, das Milchbrötchen, das sie morgens beim Bäcker geholt hatte und mit frischer Küstenbutter und Honig hinuntergeschlungen hatte, war zwar eine Kalorienbombe gewesen, hatte aber den Sättigungswert einer Handvoll Kirschen.

»Ein bisschen musst du noch durchhalten«, antwortete Ommo und zwinkerte Silke zu. Dann nahm er sie an der Hand und zog sie hinter sich die hölzernen Treppen von der Uwe-Düne hinunter.

Das Kliff war beeindruckend. Schnurgerade streckte sich die rote Bruchkante von Wenningstedt nach Kampen, unten säumte der strahlend weiße Sand das Ufer. Ommo erzählte anschaulich und kenntnisreich von den Sturmfluten, die das Kliff gefährdeten, und wie man versuchte, diese Attraktion Sylts vor den Naturgewalten zu schützen. Silke wäre gerne nach unten an den Strand gegangen und hätte die Zehen in die Brandung gesteckt, aber Ommo warf einen Blick auf seine Uhr. Er gab zu bedenken, dass die Tour gerade mal angefangen hatte, und wenn sie beabsichtigten, noch im Hellen nach Hause zu kommen, müssten sie jetzt schleunigst in die Pedale treten.

Als sie wieder bei den Fahrrädern ankamen, spürte Silke, dass ihre Beine leicht zitterten. Tapfer schwang sie sich auf den Sattel, aber schon nach den ersten Metern brach ihr der Schweiß aus. Sie war unterzuckert, die Symptome kannte sie ganz genau. Ommo war schon wieder einige Radlängen vor ihr, und sie versuchte, ihn auf sich aufmerksam zu machen. Tatsächlich drehte er sich nach ihr um und bremste ab.

»Ich muss was essen«, keuchte Silke, als sie ihn erreicht hatte, »ich bin unterzuckert.«

Ommo musterte sie und grinste. »Die halbe Stunde wirst du noch durchhalten. Hast ja ein paar Reserven.«

Dann trat er wieder in die Pedale und machte ihr ein Handzeichen, dass sie zu ihm aufschließen solle. Silke blieb stehen und sah ihm fassungslos hinterher. Hatte er das eben wirklich gesagt? Sie konnte sich nur verhört haben!

Der sportlich-drahtige Naturschützer vor ihr drosselte sein Tempo auch nicht, obwohl er bemerken musste, dass sie nicht zu ihm aufschloss. Silke bebte vor Empörung, was sich aufs trefflichste mit den Symptomen der Unterzuckerung verband. Dann erblickte sie ein paar Meter weiter auf der linken Seite einen Wegweiser. »La Grande Plage«, stand darauf und die rettenden Worte »Restaurant« sowie »200 Meter«.

Dieses Ziel vor Augen, sattelte Silke tapfer auf und bog, ohne sich um Ommo zu kümmern, in den Sandweg ein. Schon von weitem sah sie viele Räder, Sonnenschirme und schließlich das Dach eines hölzernen Baus – das La Grande Plage. Das Lokal schien ein beliebtes Ausflugsziel zu sein, überall wuselten Leute herum, kleine Kinder spielten unterhalb des Stelzenbaus im Sand, und Kellner trugen ganze Wagenladungen voll Getränke, Kuchen und anderer Köstlichkeiten nach draußen. Silke sperrte gerade ihr Fahrrad ab, als Ommo hinter ihr auftauchte.

»Silke! Was machst du denn, wir wollten doch …«

»Moment!«, gebot Silke ihm Einhalt. Wenn sie nicht sofort etwas zwischen die Kiemen bekam, würde sie rotsehen. Und diese provozierend schlanke Sportskanone vor ihr war schuld daran. Das würde sie ihm jetzt zurückgeben.

»Du wolltest weiterfahren. Du wolltest irgendwo anders Picknick machen. Ich wurde gar nicht gefragt. Mir hängt der Magen in den Kniekehlen. Ich habe Hunger, ich habe Durst, und ich werde jetzt hier rasten. Mit dir oder ohne dich. Ciao!«

Damit drehte sie ihm den Rücken zu und stapfte auf das einladende Restaurant zu.

»Warte!«

Silke schenkte Ommo einen gnädigen Blick über die Schulter und sah zu ihrer Freude, dass dieser sein Rad an ihres stellte und sich anschickte, es ebenfalls abzusperren. Dann folgte er ihr, nicht ohne vor sich hinzugrummeln. Dass das die letzte Touristenklitsche sei, völlig überteuert und überhaupt … Sie grinste und ignorierte seine Einwände geflissentlich.

Obwohl jeder Tisch besetzt war, war das Glück (oder der liebe Gott, wie der Atheist Wilkes süffisant anmerkte), Silke hold. Gerade als sie die hölzerne Terrasse betraten, standen andere Gäste auf – ein Tisch direkt an der Balustrade mit traumhaftem Blick über Strand und Meer wurde frei.

Triumphierend nahm Silke Platz und bestellte sich ein Clubsandwich mit großer Apfelschorle. Ommo dagegen orderte missmutig ein stilles Wasser.

Kaum hatte Silke sich die ersten Bissen ihres Sandwiches einverleibt, wich die angespannte Stimmung zwischen ihnen. Silke war rundum zufrieden und versöhnt. Das wiederum übertrug sich auf Ommo, der sich entschuldigte, dass er die Pastorin mit seinem ehrgeizigen Programm vielleicht etwas überfordert hatte. Bevor er wieder anfangen konnte, über die Flora und Fauna zu dozieren, lenkte Silke das Gespräch in private Bahnen. Es war Ommo sichtlich unangenehmer, über sich zu reden als über Kröten, Vögel und Bodenerosion, aber Silke erfuhr immerhin, dass er niemals verheiratet gewesen war – und dies auch nicht vorhatte. Er hatte keine Kinder, ja er lehnte es aus politischen Gründen ab. Das wiederum befremdete Silke sehr, denn dem Argument, dass die Welt zu schlecht war, um Kindern ein Leben darin zuzumuten, hatte sie entgegenzusetzen, dass künftige

Generationen die Welt auch zum Besseren verändern konnten – wer sonst sollte das tun?

Aber bevor sie diese Diskussion vertiefen konnten, ertönte eine rauchig-heisere Stimme, die Silke nicht sofort zuordnen konnte, Ommo aber offenbar schon.

»Na, das ist ja mal eine Überraschung«, tönte es in Silkes Rücken, die sah, wie der attraktiv gebräunte Teint von Ommo immer heller wurde.

Silke fiel gerade ein, wo sie die Stimme schon einmal gehört hatte, da schob sich eine platinblonde Erscheinung an den Tisch, wuschelte Ommo liebevoll durchs Haar und begrüßte Silke lächelnd mit: »Die Frau Pastor, sieh an, sieh an …«

Es war Hillu Holm, die Geschiedene ihres unerträglichen Nachbarn, die Silke bereits mit der Damenrunde im Preestershus erlebt hatte. Sie grüßte zurück, freundlich, aber verhalten.

Hillu Holm, in eine türkisfarbene Tunika mit Goldfäden gehüllt, die ihr Dekolleté großzügig freilegte und andere Rundungen gnädig verhüllte, blieb leutselig am Tisch stehen.

»Was führt dich bloß hierher, mein Süßer?«, fragte sie Ommo Wilkes. »Ist ja eigentlich nicht dein Terrain.« Dann lachte sie wieder ihr kehliges Raucherlachen.

»Ich zeige Frau Denneler die Insel«, gab Ommo Wilkes sehr förmlich zurück. Ihm war die Anwesenheit der Blondine offenbar unangenehm.

»So, so.« Hillu musterte Silke. Allerdings keineswegs kritisch, eher wohlwollend. Oder lag eine Spur Mitgefühl in ihrem Blick?

»Sie kommen aus Köln, wie man hört?«

Silke nickte und wollte noch etwas sagen, aber Hillu ließ sie gar nicht zu Wort kommen.

»Armes Großstadtkindchen. Na, da haben Sie sich ja gleich den richtigen Inselführer ausgesucht. Der kann Ihnen einiges zeigen.«

Silke war die eindeutige Zweideutigkeit nicht entgangen, und Hillu lachte selbst über ihre gelungene Anspielung.

»Apropos zeigen: Die haben eine wunderbare Sauna hier. Ich bin regelmäßig da. Können Sie gleich ins Meer springen und zur Krönung einen Prosecco. Herrlich!«

Mit diesen Worten schnappte sie sich kommentarlos ein Glas vom Tablett des vorbeieilenden Kellners. Dieser zuckte nicht einmal mit der Wimper, während Hillu Holm das Glas in ihrer Hand erst kritisch musterte – sie hatte Apfelsaft erwischt – und dann mit tödlicher Verachtung in einem Zug hinunterkippte.

Das leere Glas stellte sie auf Ommos und Silkes Tisch, was beide stumm registrierten. Dann sah Hillu Silke an, lächelte breit und forderte Silke auf, sich ihr mal anzuschließen, sie und ihre Mädels hätten immer viel Spaß an den Saunatagen. Silke versprach, darüber nachzudenken, dachte aber in Wirklichkeit daran, dass sie sich lieber nicht ausmalte, wie es bei Hillu und »ihren Mädels« beim Saunabesuch zuging. Unbeteiligte Saunagäste suchten bestimmt schnell das Weite.

Befriedigt verabschiedete sich Lars Holms Ex, wobei sie Ommo einen dicken Schmatz auf die Backe drückte. Zurück blieb ein schmieriger pinkfarbener Abdruck, was Silke schon wieder amüsierte.

»Was macht sie eigentlich den ganzen Tag?«, erkundigte sie sich nach der blonden Sirene.

»Society-Lady sein. Sie ist die Carmen Geiss von Sylt.« Ommos Laune war wieder in den Keller gesunken nach der skurrilen Begegnung. Bestimmt gibt er mir die Schuld daran, dachte Silke. Wäre ich tougher gewesen und nicht so lahm und verfressen, hätte wir Hillu Holm nicht getroffen.

»Und sie saugt ihren Exmann bis aufs Blut aus. Der muss das alles bezahlen.« Jetzt grinste Ommo plötzlich. »Aber das hat er ja so gewollt.«

»Lars Holm?«, erkundigte sich Silke. Völlig überflüssig, es war schon klar gewesen, wer gemeint war.

»Genau der. Lars Holm, Building Corp.«, gab Ommo Wilkes zurück, und seine Stimme nahm einen verächtlichen Tonfall an, der Silke gar nicht gefiel. »Aber vielleicht nicht mehr lange.«

Silke zog fragend die Brauen hoch. Das interessierte sie nun wirklich. Die Fehde zwischen Ommo und Lars schien tief verwurzelt zu sein.

»Der hat sich verspekuliert, der Herr Bauunternehmer. Ist Verpflichtungen eingegangen, weil er sich so verdammt sicher war, dass er das Gelände bekommt.« Ommos Augen glitzerten gefährlich. »Man wird sehen, wer zuletzt lacht.«

»Weil ihr die Kreuzkröte gefunden habt?«

Ommo winkte ab. »Auf die kommt es eigentlich nicht an. Aber ich spiele auf Zeit. Den Erben gibt es nicht, also wird das Verfahren vielleicht in einem halben Jahr abgeschlossen. Dann entscheidet die Gemeinde. Und da hat sich der Wind gedreht. Vor fünf Jahren, als das Gelände vom Bund zurückgegeben wurde, waren noch alle Gemeinderatsmitglieder für den Sportpark. Aber mittlerweile …« Er grinste breit.

»… ist Naturschutz in. Verstehe.« Silke war ein großer Tierfreund, spendete regelmäßig für Naturschutzprogramme oder Tierrettungen. Sie hielt sich für ökologisch bewusst und wünschte sich nichts sehnlicher, als dass die Menschheit aufhörte, den blauen Planeten zu zerstören. Warum wehte sie also Ommos Freude über die Niederlage des Bauunternehmers so seltsam an?

»Ist das, was Holm da vorhat, denn tatsächlich so schrecklich?«, erkundigte sie sich neugierig.

Ommo Wilkes zuckte mit den Schultern. »Darum geht es letztendlich nicht. Er braucht einfach mal einen Dämpfer. Er denkt, er kann auf der Insel tun und lassen, was er will. Alles bauen, egal wo. Dabei geht es um die Gemeinschaft. Dass alle was davon haben.«

»Von einem Sportpark profitieren doch aber alle. Von einem Naturschutzgebiet natürlich ebenso, aber nur mittelbar, oder?«, warf Silke ein. Sie war nicht parteiisch, aber sie wollte gerne verstehen, warum der Konflikt um das ehemalige Militärgelände so eskaliert war. Und Ommos Argumente kamen nicht sehr sachlich rüber.

»Lars Holm ist ein Großkotz. Kein Fußbreit den Spekulanten! Er darf das Gelände nicht bekommen. Und wenn er pleitegeht – ich bin der Letzte, der Mitleid hat.«

Damit erhob sich Ommo bestimmt, legte zwei Euro für sein Wasser auf den Tisch und hatte das Signal für den Aufbruch gegeben. Silke blickte nachdenklich auf die Münze. Sie mochte Lars Holm kein bisschen. Aber die Überheblichkeit von Ommo Wilkes war auch nicht sympathischer.

Der weitere Ausflug verlief dann aber so, dass sie weder einen Gedanken an Holm verschwendete noch sich über Ommo Wilkes ärgern musste.

Die Tour über den Lister Ellenbogen war einfach ein Traum. Die sanft-wellige Dünenlandschaft, der weite Blick übers Meer, die vielen Tiere, die sich das Naturschutzgebiet erobert hatten – Silke war wie verzaubert. Sie vergaß sogar ihre Schmerzen im Gesäß und ließ sich dankbar vom Rückenwind über den Radweg treiben. Außerdem hatte Ommo Wilkes sich wirklich ein zauberhaftes Plätzchen für sein Picknick ausgesucht, und die köstlichen kleinen Häppchen, die er auf der Decke ausbreitete, versöhnten Silke mit seinem vorher so kratzbürstigen Verhalten. Auch Wilkes hatte sich entspannt, er hatte ihr zuliebe sein Tempo gedrosselt, und sie waren gemütlich nebeneinanderher geradelt.

Um zu verhindern, dass Ommo zu sehr ins Dozieren geriet, und natürlich auch aus echtem Interesse fragte Silke den Naturschützer ein bisschen nach seiner Herkunft und seinem Werdegang aus. Es war überaus fesselnd, was Ommo zu erzählen hatte. Er war irgendwann Mitte der achtziger Jahre losgetrampt und hatte fast die ganze Welt bereist. Nachdem er als Backpacker sein Geld unter anderem in Australien auf einem Tauchboot verdient hatte, beschloss er, Meeresbiologie zu studieren, und ging dafür nach Kiel. Nach Engagements bei diversen Umweltorganisationen kehrte er mit Anfang dreißig nach Sylt zurück und engagierte sich nun auf seiner Heimatinsel für den Naturschutz. Er war fest angestellt beim Amt Sylt, hatte aber darüber hinaus mehrere Ehrenämter inne, unter anderem bei dem von ihm gegründeten Verein der Vereinigten Naturfreunde Sylt.

»Dann kennst du noch die Breckwoldts? Aus deiner Jugend?«

Silke wollte Ommo vorsichtig auf den Zahn fühlen. Die Zeit, als Knut geboren und von Marion von Breckwoldt in den Stall der Larsens gelegt wurde, konnte Ommo nicht mitbekommen haben, das hatte sie im Kopf bereits überschlagen. Zu dieser Zeit, 1989, Knuts Geburt, gondelte er vermutlich schon in der Weltgeschichte herum.

»Puh.« Ommo legte die Stirn in Falten und strich sich die blonden Locken hinters Ohr. »An sie kann ich mich erinnern. Marion. Sie war viel älter als wir. In unseren Augen eine ältere Frau. Aber vermutlich war sie damals erst Ende zwanzig.« Er zog nachdenklich die Brauen zusammen. »Sie wohnte allein in dem riesigen Gutshof.« Jetzt versank er plötzlich in Gedanken und zeichnete mit den Fingern Figuren in den Sand. »Wir haben sie öfter mal erschreckt. Wir waren eine Clique. Pubertäre Jungs. Die machen so was.« Entschuldigend sah er Silke an. »Wir haben uns nichts dabei gedacht, sind nachts eingestiegen oder um das Gebäude herumgeschlichen und haben irgendwas gerufen.« Er seufzte tief. »Heute tut es mir leid. Sie war eine arme Frau. Irgendwie.«

Sie schwiegen beide. Silke dachte an die Frau, alleingelassen von ihrer Familie, leicht zurückgeblieben und unansehnlich. Wie konnte es passiert sein, dass sich ihr ein Mann nähern konnte? Hatte er sich ihr Vertrauen erschlichen? Hatte sie ihn geliebt? Oder war jemand ins Gutshaus eingestiegen, der Marion von Breckwoldt nicht nur erschrecken wollte? Das würde erklären, warum die junge Frau ihr Baby einfach ausgesetzt hatte.

»War sie immer allein?«, bohrte Silke weiter. »War nie jemand bei ihr? Hatte sie Freunde, Vertraute, jemand, der sich um sie kümmerte?«

Ommo zuckte mit den Schultern. »Ich glaube nicht. Aber ich war so jung, uns hatte die Verrückte dort im Gutshaus nicht besonders interessiert – außer wenn wir sie ärgern konnten. Warum willst du das wissen?«

»Ich bin nur neugierig geworden. Wegen der Erbengeschichte. Ich interessiere mich schon von Berufs wegen für menschliche Schicksale.«

Ommo nickte. »Natürlich haben wir im Dorf alles hin und her gewälzt, als das mit dem Grundstück aufkam. Aber die, die sich erinnern müssten, wie Oma Grete oder der alte Pastor, tun es nicht oder sind schon tot. Und von den anderen … Niemand weiß, was aus Marion geworden ist. Und aus ihrem Bruder. Ob einer von den beiden noch lebt. Aber in einem Punkt bin ich mir ganz sicher: Kinder hat Marion von Breckwoldt sicher nicht gehabt! Nicht so wie die aussah!«

Damit stand er auf und klopfte sich den Sand von der Hose.

Silke kommentierte Ommos letzte Bemerkung nicht weiter und half, die Reste des Picknicks wieder in der Radtasche zu verstauen.

Der Rückweg vom Lister Ellenbogen führte durch die malerischen Dörfer Kampen, Braderup und Munkmarsch. Als Ommo Wilkes die Pastorin an ihrem Pfarrhaus verabschiedete, stand der Mond bereits hoch, und die Sterne funkelten am wolkenlosen Sylter Nachthimmel. Silke hatte schon vor Tagen beschlossen, sich eine Sternenkarte zu besorgen, denn so viele

Sternbilder wie hier auf der Insel hatte man in Köln nicht sehen können. Sie wollte Paul gerne zeigen, welche Sternbilder man identifizieren konnte, aber dafür musste sie selbst mehr kennen als nur den Großen Wagen.

Sie bedankte sich herzlich bei ihrem Guide und versicherte ihm, dass sie den Ausflug sehr genossen habe.

Ommo Wilkes nahm sanft ihre Hand in seine. »Uns fehlt noch die andere Hälfte der Insel. Die Südspitze. Vielleicht an einem der nächsten Samstage?« Er sah ihr direkt in die Augen. Selbst in der Dunkelheit, beim funzeligen gelben Licht der Gaslaterne neben dem Pfarrhaus, strahlten seine Augen leuchtend grün.

Silke beugte sich zu Ommo und hauchte ihm einen Kuss auf die Wange. »Gerne«, gab sie zurück und verschwand schnell durchs Gartentor, bevor die Situation brenzlig werden konnte.

9.

»Was soll das?« Das Gesicht von Lars Holm war zornesrot, aber mehr noch als der wütende Mann machte Silke Angst, was dieser ihr vors Gesicht hielt. Sie wich einen Schritt von der Tür zurück, hatte aber nicht die Absicht, ihren Nachbarn ins Haus zu lassen. Jedenfalls nicht in dieser Verfassung.

Lars Holm rückte das Bild, das er in der Hand hielt, noch näher vor das Gesicht der Pastorin. Aber Silke hatte schon auf den ersten Blick erkannt, dass es das Bild von Friedrich von Breckwoldt war, Knuts mutmaßlichem Großvater.

»Wo haben Sie das her?«, fragte sie.

»Das spielt gar keine Rolle!« Lars Holm ließ den Arm sinken. Er sah erschöpft aus. »Sie wissen, wer das ist. Wie lange schon? Und von wem? Und bedeutet es das, was ich vermute?«, fragte er.

Silke zögerte einen Moment, aber als sie ihren Nachbarn vor sich sah, seine Wut wie weggeblasen, tat er ihr leid. Sie überwand sich und bat ihn doch herein. »Kommen Sie. Drinnen redet es sich besser.«

Sie trat einen Schritt zur Seite, ließ Holm durchgehen und zeigte in die Küche, wo sie es sich mit einer Kerze und einem Glas Wein gemütlich gemacht hatte. Sie war gerade dabei, Johannisbeergelee einzukochen.

Es war Sonntagabend. Sie hatte einen Muskelkater, der sich von der Achillesferse bis in die Gesäßmuskeln zog. Nach dem Gottesdienst hatte sie noch einen Termin mit dem Pfarrer einer anderen Gemeinde gehabt, um das bevorstehende ökumenische Sommerfest zu planen, und sie war heilfroh gewesen, dass der Kollege zu ihr kam. Sie hätte sich für kein Geld der Welt wieder auf ihr Fahrrad setzen mögen.

Anschließend hatte sie gegammelt, war mit Paul und Balu baden gegangen und hatte Johannisbeeren geerntet. Alles in allem ein ruhiger Sonntag – bis es geklingelt hatte.

Lars Holm war sofort laut geworden, sie hatte noch nicht einmal »Guten Abend« sagen können.

Aber nun schien er sich beruhigt zu haben. Er saß am Küchentisch und nahm dankbar das Glas Rotwein entgegen, das Silke ihm eingoss. Er wischte sich den Schweiß von der Stirn. »Entschuldigen Sie bitte. Ich hab mich total im Ton vergriffen.«

Silke war überrascht, solche Töne von Großkotz Holm zu hören.

»Darf ich fragen, was so schlimm daran ist?« Sie zeigte auf das Foto.

Holm sah überrascht zu ihr auf. »Das ist Friedrich von Breckwoldt.«

»Ja«, gab Silke zu.

Sie sah Lars Holm an. Lars Holm sah Silke Denneler an. Es war ein paar Sekunden lang ganz still in der Küche.

»Er sieht aus wie Euter«, sagte Lars Holm in die Stille hinein. Er wandte den Blick nicht von Silke ab.

»Ja«, sagte Silke erneut. Etwas Besseres fiel ihr nicht ein.

»Wenn das wahr ist, was ich jetzt denke …«, sagte der Mann am Küchentisch nun gedehnt, »… dann wäre das vermutlich die Lösung für all meine Probleme.«

Silke presste die Lippen aufeinander. Wie sollte sie sich nun verhalten? Sie hatte Oma Grete versprochen, dass sie schweigen würde. Und sie hatte sich selbst überzeugen können, dass Knut Larsen mit all seinem Herzblut an seinen vermeintlich leiblichen Eltern hing. Sie war zu der Gewissheit gelangt, dass es für Knut das Beste wäre, nicht zu erfahren, wer seine eigentliche Mutter war. Auch um den Preis des Grundstücks. Aber sie hatte auch geschworen, dass sie nicht lügen würde. Und Lars Holm saß nun vor ihr und wollte wissen, ob sein Verdacht richtig war.

»Darf ich jetzt erfahren, woher Sie das Bild haben?«, machte sie einen erneuten Vorstoß und unternahm damit einen Versuch, Zeit zu gewissen.

»Von meinem Sohn.«

Silke öffnete verwundert den Mund, brachte aber keinen Ton heraus.

»Der das Bild von Ihrer Tochter hat.«

Jana. Lukas. Dann war Lukas also … nicht zu fassen. Silke brauchte ein paar Sekunden, um diese Information zu verdauen. Ihre Tochter hatte sich in den Sohn des Bauunternehmers und der Sylter Society-Lady verliebt! Ausgerechnet! Silke fand, dass Lukas einen ganz unprätentiösen und natürlichen Eindruck machte. Sie wäre nie darauf gekommen, dass er so einem … snobistischen Haushalt entstammte. Ihr zweiter Gedanke war, dass sie einen Fehler gemacht hatte, indem sie Jana damals nicht eingeweiht hatte. Als die Kinder das Fotoalbum gefunden hatten, wollte Silke die beiden nicht unnötig in die Geschichte um die Erbensuche einweihen, weil sie gedacht hatte, dass die Gefahr, dass die Kinder sich verplapperten, zu groß war. Nun war das Kind aber trotzdem in den Brunnen gefallen – Jana hatte das Foto Lukas gezeigt und sich nichts dabei gedacht. Und sie, Silke, war nun schuld daran, dass das Geheimnis kein Geheimnis mehr war.

Sie entschied sich für die Flucht nach vorne und setzte sich Lars Holm gegenüber an den Tisch. »Letzte Woche haben meine beiden Kinder eine Kiste mit Dokumenten aus dem Nachlass der Familie von Breckwoldt entdeckt …«, hub sie an und erzählte ihm alles, was sie wusste. Von ihrem Gespräch mit Oma Grete, von ihrem Besuch bei Knut im Stall und davon, dass er nicht wusste, dass er ein Findelkind war. Ja, dass er es auch niemals erfahren sollte.

Lars Holm hörte zu. Er sagte kein Wort, aber als Silke davon sprach, dass Marion von Breckwoldt das Neugeborene im Kuhstall der Larsens abgelegt hatte und danach nie wieder gesehen worden war, atmete er hörbar aus.

Als Silke fertig war mit ihrer Erzählung, schwieg Lars Holm und starrte in sein Weinglas.

»Ausgerechnet Knut«, sagte er schließlich und trank den letzten Schluck seines Rotweins aus.

»Was werden Sie jetzt tun?«, erkundigte sich Silke. Nach allem, was sie bislang mitbekommen hatte, war Holm darauf angewiesen, dass sich sehr schnell eine Lösung für das Grundstück fand. Aber konkret wusste sie nicht, warum ihm so daran gelegen war, den Erben zu finden.

Aber das würde sie auch jetzt nicht herausfinden, denn Holm war aufgestanden und hatte vor, sich zu verabschieden. Das Bild ließ er auf dem Tisch liegen.

»Es würde Knut das Herz brechen«, gab Silke noch zu bedenken, als sie ihren Nachbarn zur Tür begleitete.

Lars Holm, der schon mit einem Schritt zur Tür hinaus war, drehte sich zu Silke um. Er sah blass und erschöpft aus.

»Es hängt hier mehr dran als ein gebrochenes Herz«, sagte er matt. Dann verschwand er in der Dunkelheit.

Silke sah ihm nachdenklich hinterher, bevor sie die Tür schloss. Die Nacht war feucht und kühler als sonst, außerdem war der Mond nicht zu sehen. Vielleicht würde es morgen einen bedeckten Himmel geben, dachte Silke noch, als sie die ersten dicken Regentropfen auf die Bäume fallen hörte.

Der Montag bot ein Wetter, wie Silke es auf Sylt bislang noch nicht erlebt hatte. Es war schwülwarm, aber der Himmel war von schweren grauen Wolken bedeckt, und es regnete fast ohne

Unterbrechung. Zwar fegte ein ordentlicher Wind die Regenwolken in Richtung Festland, aber der Nachschub vom Meer riss nicht ab. Wenn sich allerdings ein Loch in der Wolkendecke zeigte, strahlte die Sonne mit unverminderter Kraft hindurch.

Am Morgen holte Silke Rudi aus der Werkstatt. Sie war mit dem Bus nach Hörnum gefahren und den Weg, den sie das letzte Mal in Begleitung von Ommo Wilkes gegangen war, in die entgegengesetzte Richtung gelaufen. Als sie auf den Hof der Schrauberwerkstatt einbog, hüpfte ihr Herz ein kleines bisschen, denn Rudi stand mit einwandfreier Fronthaube auf dem Parkplatz und machte den Eindruck, als warte er auf Abholung. Der von Silke so sehr gefürchtete Moment des Bezahlens war weniger schlimm als angenommen – Freddie hatte ihr einen durchaus moderaten Preis gemacht. Bei ihrer Kölner Werkstatt wäre sie locker das Doppelte losgeworden.

Außerdem hatte der junge Mann einige Kleinigkeiten instand gesetzt, die er vorher mit ihr nicht besprochen hatte, wie ein defektes Glühbirnchen der Innenbeleuchtung, den Griff des Handschuhfaches und noch ein paar Kinkerlitzchen, die Silke immer schon mal reparieren lassen wollte – allerdings hätte sie es bis zum Sankt-Nimmerleins-Tag hinausgeschoben.

Beim Ausparken riss sie vor lauter Freude das Steuer dann so gewagt herum, dass sie mit dem rechten Kotflügel um ein Haar die Mauer gestreift hätte. Peinlich berührt sah sie im Rückspiegel, wie der junge Mechaniker mit den Dreadlocks schmerzhaft das Gesicht verzog.

Rudi schnurrte wie ein Kätzchen auf der Landstraße in Richtung Westerland dahin, als Silke im strömenden Regen eine einsame Gestalt auf dem Gehweg erblickte. Sie hatte keinen Regenschirm, aber eine dünne Regenjacke, deren Kapuze sie tief in die Stirn gezogen hatte. Trotzdem erkannte Silke beim Vorbeifahren Marina, die Freundin von Lars Holm. Ohne nachzudenken, bremste Silke ab und wartete, bis die völlig durchnässte junge Frau den Wagen erreicht hatte. Sie öffnete die Tür der Beifahrerseite und bedeutete Marina, dass sie einsteigen solle. Diese beugte sich skeptisch herunter, um zu sehen, wer am Steuer saß, aber als sie die Pastorin erkannte, stieg sie rasch ein. Silke sah, dass Marinas kleine Ballerinas sich mit Wasser vollgesogen hatten, ebenso ihr Rock, der von der Jacke nicht geschützt war. Die junge Frau streifte ihre Kapuze ab.

»Bus verpasst«, sagte sie bedauernd und zuckte dabei mit den Achseln. Sie hatte einen starken osteuropäischen Akzent.

»Wie gut, dass ich Sie entdeckt habe! Wo darf ich Sie absetzen?«, erkundigte sich Silke und ertappte sich im Geiste dabei, dass sie den Schluss gezogen hatte, dass Marina und Lars Holm noch nicht zusammenwohnten.

»In Firma«, gab Marina scheu zurück. »Westerland, danke.«

»Das trifft sich gut, ich muss auch nach Westerland«, sagte Silke. »Sie müssen mir dann nur sagen, wie ich zu Ihrer Firma finde, ich kenne mich noch nicht so gut aus.«

»Kein Problem. Ich zeige Weg.«

Marina strahlte nun ebenfalls. Sie hatte ein schönes, gleichmäßiges Gesicht. Aber ihre Attraktivität war nicht augenfällig. Sie war zu unscheinbar, man würde sie eher übersehen als in ihr die schöne Frau erkennen. Was Lars Holm erstaunlicherweise getan hatte. Ein Wunder, wenn man sie mit Hillu Holm verglich.

Silke nickte. »Darf ich fragen, woher Sie kommen? Sie haben so einen netten Akzent.«

Die junge Frau auf dem Beifahrersitz schlug schamhaft die Augen nieder. »Danke. Ich komme Bulgarien.«

Das interessierte Silke, und sie horchte Marina ein bisschen aus. Sie erfuhr Einiges aus der Kindheitsgeschichte der jungen Frau, aber als das Thema auf Lars Holm kam und richtig spannend zu werden versprach, waren sie bereits vor dem Bürogebäude angekommen. Die Firma von Holm befand sich im ersten

Stock eines modernen Stahl-Glas-Kubus und hatte nichts von der Hier-schaffen-noch-echte-Malocher-Ausstrahlung, die Silke sich so naiv vorgestellt hatte. Marina bedankte sich erneut sehr herzlich dafür, dass die Pastorin sie aufgepickt hatte, und verließ den Wagen. Silke blickte ihr nach, bis die zarte, unscheinbare Frau in dem protzigen Bürogebäude verschwunden war.

Dann setzte sie ihre Fahrt zum Schulzentrum fort, wo sie einen Termin mit Pauls künftiger Klassenlehrerin hatte. Sie hatte nicht viel darüber erfahren, inwiefern das Grundstück für Lars Holm so wichtig war, aber Marina hatte doch einen Satz gesagt, der Silke hatte aufhorchen lassen: »Lars ist guter Mensch, er hat nicht verdient zu scheitern.«

Silke bewegte die Äußerung in ihrem Herzen hin und her, während sie versuchte, sich in Sylts größtem Ort zu orientieren, musste aber zugeben, dass sie Lars Holm nicht gerade als »guten Menschen« erlebt hatte. Er hatte sich ihr gegenüber als schadenfroh, zynisch, aufbrausend und rechthaberisch gezeigt. Und gestern ein bisschen frustriert.

Silke fragte sich, wie einer wie Lars Holm mit der neuen Information über Knut Larsen umgehen würde. Vermutlich ohne zu zögern das tun, was ihm am meisten nutzte: den Nachlassverwalter benachrichtigen. Silke seufzte. Sie hätte sich Knut zuliebe gewünscht, dass alles unter dem Deckel blieb.

Sie war so in Gedanken, dass sie zuerst die Abzweigung zum Schulzentrum verpasste und schließlich den Schlüssel im Zündschloss stecken ließ, kaum war sie aus dem Auto gestiegen. Als sie von dem Gespräch mit Pauls zukünftiger Klassenlehrerin zurückkam, suchte sie hektisch überall nach dem Schlüssel, machte das Sekretariat und das Lehrerzimmer verrückt – um dann zu bemerken, dass der Schlüssel friedlich im Schloss steckte. Rudi war nicht geklaut worden, was in seinem Alter auch kein Wunder war.

Die Woche verlief weitgehend ereignislos, wenngleich nicht besonders erfreulich. Zwar besserte sich das Wetter, und der Regen wich wieder strahlendem Sonnenschein, aber Silke hatte kaum etwas davon. Sie war terminlich voll eingespannt und saß am Abend über dem Versicherungskrempel wegen des Unfalls auf dem Hindenburgdamm. Die von ihr Geschädigten hatten teilweise so absurd hohe Werkstattrechnungen geltend gemacht, dass sowohl Silke als auch der Mann von der Versicherung davon ausgingen, dass diese sich auf ihre Kosten sanieren wollten. Erstaunlicherweise kam von der Seite Lars Holms noch die geringste Forderung.

Silkes Arbeitspensum hatte zur Folge, dass sie sich kaum um Paul kümmern konnte. Das tat ihr schrecklich leid, weil der Junge zwar manchmal mit Rad und Hund draußen herumstromerte, aber meistens gelangweilt wieder zurückkam und sich mit seinem Nintendo in sein Zimmer verzog.

Eines Abends, als Paul mit seinem Vater telefoniert hatte, bat Ansgar noch darum, mit Silke ein paar Worte wechseln zu dürfen. Er machte ihr Vorhaltungen wegen des Umzugs. Er höre seinem Sohn deutlich an, wie wenig sich dieser auf Sylt einlebe. Auch dass Silke sich keinen Urlaub genommen hatte, um sich die ersten drei Wochen mit den Kindern einzuleben, warf er ihr vor und hängte noch eine Suada an Vorhaltungen an. Silke versuchte, auf Durchzug zu schalten, aber nach dem Telefonat war der Abend für sie gelaufen. Er wurde auch nicht mehr dadurch gerettet, dass Ommo ihr ein schönes Foto ihres Ausflugs an ihre private Facebook-Seite postete. »Es war ein wunderbarer Tag mit Dir«, schrieb er dazu, und Silke ertappte sich dabei, dass sie sich gar nicht freuen konnte, sondern sich stattdessen sofort in Grund und Boden schämte. Sie befürchtete, dass alle ihre Facebook-»Freunde« (es waren ohnehin nicht mehr als vierzig) den Satz falsch interpretieren würden und dachten, sie hätte sich nach so kurzer Zeit in der neuen Heimat schon einen

Mann angelacht. Also löschte sie Ommos Beitrag, erklärte ihm umständlich, warum sie das tat, weshalb sie sich aber trotzdem gefreut hatte, und fühlte sich miserabel. Zu allem Überfluss war während ihres Gespräches auch noch Jana in die Küche gekommen, mit einem breiten Grinsen auf dem Gesicht. Sie hatte Ommos Foto noch gesehen, bevor Silke es löschen konnte.

»Hm, Mama … Wer ist denn dieser Ommo?«

»Ein Bekannter. Gar nichts weiter. Er hat mir ein bisschen die Insel gezeigt.« Silke merkte, wie verkrampft sie wurde, was sie noch mehr ärgerte. Sie hätte doch wohl als Geschiedene Mitte vierzig lässig dazu stehen können, dass sie mit einem Mann einen Radausflug gemacht hatte! Was war denn bloß los mit ihr?!

»Hab mal das Profil von dem angeklickt. Gutaussehender Typ.«

»Er ist der Landschaftsschutzbeauftragte. Da ist man eben viel draußen«, gab Silke knapp zurück und wollte das Gespräch beenden. »Ich lerne ja in meiner Arbeit die verschiedensten Leute kennen.«

Jana sagte nichts mehr, sie guckte nur. »Übrigens«, brach sie nach einer langen Minute das Schweigen, »ich kann am Montag bei Starbucks anfangen.«

Silke war überrascht. Die amerikanische Kaffeefiliale war in den letzten drei Jahren ein rotes Tuch für ihre Tochter gewesen. Es wurde allen in der Familie verboten, dort zu kaufen, aus Protest gegen die gewerkschaftsfeindliche Haltung des Konzerns. Und nun würde sich ihre Tochter freiwillig in die ausbeuterische Beschäftigung begeben?

»Ich weiß, was du jetzt sagen willst«, baute Jana auch sofort vor. »Aber die anderen Jobs haben alle nicht geklappt. Und irgendwie muss ich ja Geld verdienen.«

»Klar.« Silke nahm Janas Hand und drückte sie.

Ein Schatten fiel über das Gesicht ihrer Tochter. »Freitag muss ich schon weg«, sagte sie mit gebrochener Stimme. »Und von

Köln nach Sylt, das ist arschweit weg. Das geht gar nicht übers Wochenende.«

»Aber Lukas studiert doch dann in Hamburg«, versuchte Silke zu trösten. »Das geht ja mit dem Zug. Oder?«

Jana zuckte mit den Schultern, ließ den Kopf noch tiefer hängen und verschwand ohne Worte wieder im Gästezimmer. Silke wusste, dass Jana wusste, was sie alle insgeheim dachten: Das mit Lukas war nichts weiter als ein Ferienflirt.

Als sie am Freitag ihre Tochter zum Bahnhof brachte, mit Paul und Balu im Schlepptau, sprach keiner von ihnen mehr als das Nötigste. Jana war untröstlich, jedes Wort wäre das falsche gewesen. Silke beobachtete ihre Tochter, wie diese schlank, muskulös und nun auch gebräunt in den Zug stieg, und reichte ihr das Gepäck nach. Sie war stolz auf Jana. Aber auch traurig, denn nichts mehr würde so werden, wie es war. Der Abschied hier in Westerland war für Silke so schmerzhaft, weil ihr bewusst geworden war, dass es gleichzeitig der Abschied ihrer Großen aus dem Elternhaus war. Ab sofort wohnten sie nicht mehr unter einem Dach. Solange Jana noch auf ihren Studienplatzbescheid wartete, der sie wer weiß wohin verschlagen würde, wohnte Jana noch bei Ansgar in Köln. Aber das war nur der Übergang. Sie würde in eine fremde Stadt gehen, in eine WG ziehen – und nur noch mit ihren Eltern telefonieren, wenn sie Sorgen hatte oder etwas brauchte.

Silke bekam einen Kloß im Hals und hielt den Arm ihrer Tochter viel länger fest als nötig. Sie betrachtete die feinen blonden Härchen auf dem Unterarm und dachte daran, wie Jana als Kleinkind gewesen war. Wie sie beim Vorlesen ihrer Tochter immer und immer wieder mit den Fingerspitzen den Unterarm kraulen musste – hoch und runter, hoch und runter. Und nun …

»Mama!« Amüsiert entzog Jana ihr den Arm. Sie stand schon in der Tür des kleinen Bummelzuges.

Es gelang Silke nicht, sich gegen die Tränen zu wehren. Sie

kamen so heftig und mit Macht, dass sie sie nicht zurückhalten konnte. Sie stand auf dem Bahnsteig und weinte haltlos.

Jana stieg die eisernen Stufen des Zuges herunter und nahm ihre schluchzende Mutter in den Arm. »Ist doch gut, Mama. Mensch, ich fahr doch nur nach Köln …« Nun zitterte auch Janas Stimme. Silke versuchte zu nicken, aber sie vergrub ihren Kopf nun noch tiefer in der Halsbeuge ihrer Großen. Ihre Tochter klammerte sich nun ihrerseits an Mama fest und begann zu weinen. So standen sie fast eine Minute lang auf dem Bahnsteig: Mutter und Tochter, in Tränen vereint.

Als Silke sich einigermaßen beruhigt hatte und die Augen aufschlug, sah sie, dass Paul ein paar Schritte Abstand genommen hatte und sich peinlich berührt umsah. Die Heulerei der beiden Frauen war ihm zutiefst unangenehm. Jana löste sich aus der Umarmung, lächelte gequält und streichelte tröstend Silkes Oberarm. »Wird schon, Mami.«

Jana wollte wieder einsteigen, aber dann sah sie etwas in Silkes Rücken. In Sekundenbruchteilen verzog sich ihr trauriges Gesicht zu einem glücklichen Lächeln.

»O Gott, meine Mascara«, murmelte sie noch und versuchte hektisch, die schwarzen Schlieren unter ihren Augen wegzuwischen, da lag sie schon dem jungen Mann in den Armen, der in letzter Sekunde angerannt gekommen war. Es war Lukas, und nun küsste sich das junge Paar so hingebungsvoll, dass Silke taktvoll ein paar Schritte Abstand nahm und sich zu Sohn und Hund gesellte.

Schließlich ertönte das Signal des Zugführers, und Jana löste sich schweren Herzens vom jungen Holm. Sie wechselte in ihr Abteil und hängte sich weit aus dem Zugfenster. Alle schüttelten ihr noch ein letztes Mal die Hände. Die von Paul hielt Jana besonders lang fest.

»Halt die Ohren steif, Kleiner. Sylt ist doch ganz cool«, gab sie ihrem jüngeren Bruder mit auf den Weg.

Silke war gerührt. Die Geschwister taten ja gerne mal so, als läge ihnen nicht besonders viel aneinander, aber wenn es hart auf hart kam, dann passte kein Blatt zwischen die beiden.

Lukas zog Paul vom abfahrenden Zug zurück und legte ihm einen Arm um die Schulter.

»Keine Sorge«, rief er der abfahrenden Jana zu. »Ich kümmer mich um ihn.«

Daraufhin strahlte Paul und Jana auch, und Silke fragte sich erneut, ob nicht Lukas Holm zufällig ebenfalls ein Findelkind war. So sehr schien er ihr aus der Art geschlagen.

10.

Silke konnte sich nur mit äußerster Mühe konzentrieren. Dabei war dies eine Aufgabe, die ein höchstes Maß an Fingerspitzengefühl und Professionalität erforderte. Es war ihre erste Beerdigung in dem neuen Amt. Der Vater von Jens Bendixen wurde zu Grabe getragen. Er war bereits über achtzig gewesen, und sein Tod war erwartet worden, aber die Trauer der Angehörigen schmälerte dies kein bisschen.

Lasse Bendixen hatte zwei Söhne gehabt, Jens, den Gemeindevorsteher, und Jan. Beide hatten ihrerseits jeweils drei Söhne und Töchter, von denen bereits wieder einige schon Eltern waren. Dazu kamen Cousins und Cousinen jeden möglichen Grades, eine jüngere Schwester des Verstorbenen mitsamt großem Anhang – Silke hatte sehr schnell den Überblick verloren und sie hatte das starke Gefühl, dass ein Viertel der Sylter aus dem Geschlecht der Bendixens stammen musste. Die Trauergemeinde, die sich hier auf dem kleinen Horssumer Friedhof versammelt hatte und sich nun in Sichtweite um das Grab drängelte, war nahezu unüberschaubar.

Aber nicht die Menschenmenge war es, die Silke Sorgen bereitete.

Bisher war ja auch alles gutgegangen, die Feier in der Aussegnungshalle verlief reibungslos, sogar der Gang über den Friedhof. Aber hier, am offenen Grab, während sie sprach, war Silke zutiefst beunruhigt. Einerseits war da der Kranzständer, der so ungünstig an einer Ecke des Grabes stand und dazu einlud, dass man über ihn stolperte. Es war aber vor allem die Kombination aus dem hohen Alter einiger Trauernder, den Uniformen, in die sich diese gezwängt hatten, und dem heißesten Tag des Jahres. Sie war immer wieder abgelenkt und bei ihrer Rede nicht hundert Prozent bei der Sache.

Der gute alte Lasse Bendixen war zeit seines Lebens bei der freiwilligen Feuerwehr gewesen, wie auch seine beiden Söhne Jens und Jan. Er war zwanzig Jahre lang Hauptmann der Feuerwehr, und einige der alten Kameraden hielten ihm die Treue bis in den Tod. Das hieß, dass vier von ihnen, hochbetagt und im vollen Ornat, es sich nicht hatten nehmen lassen, als Sargträger zu fungieren. Sie wollten Lasse ihr letztes Geleit geben und gemeinsam mit den Söhnen den Sarg zu Grabe tragen. Nun hatte Silke den Verstorbenen nicht gekannt und hoffte, dass er zum Zeitpunkt seines Todes nicht den Umfang seiner Söhne gehabt hatte, aber allein der Sarg musste viele Kilo wiegen, weswegen sie vergeblich versucht hatte, die alten Herrschaften von ihrem Vorhaben abzubringen. Aber sie war, im wahrsten Sinne des Wortes, auf taube Ohren gestoßen.

Und so hatte sie mit ansehen müssen, wie die vier alten Männer, alle um die achtzig, in die Festtagsuniform der Feuerwehr dick eingepackt, den Sarg bei knapp über dreißig Grad Hitze Tippelschritt für Tippelschritt über den schattenlosen Friedhof schleppten. Alle, die im Trauerzug mitmarschierten, kämpften mit der Hitze, die schwarzen Kleider begünstigten Hitzestau und Kreislaufschwäche, aber niemand schien annähernd so gefährdet wie die vier alten Recken.

Silke rann unter ihrem Talar das Wasser in Strömen herab, aber das war nun ihre geringste Sorge. Sie stand am geöffneten Grab und blickte auf den aufgebockten Sarg. Die Familie hatte Silke gebeten, noch vor dem Kondolenzreigen ein paar Worte zu sagen, bevor der Sarg hinabgelassen wurde. Jens Bendixen und sein Bruder hatten eine Stelle aus der Bibel herausgesucht, die Silke nun versuchte ohne nennenswerte Zwischenfälle zu rezitieren und in einige wenige persönliche Worte zu kleiden.

Sie sprach über den Toten, hörte die Schluchzer der Schwiegertöchter und schielte mit einem Auge auf die sechs Männer, die jeweils zu dritt das Grab flankierten.

Jens und Jan Bendixen hatten aufgrund ihres Übergewichts hochrote schweißtriefende Köpfe, aber Silke ging davon aus, dass diese beiden die Schwitztortur ohne größeren Schaden überleben würden. Nicht so sicher dagegen war sie bei dem alten Herrn zu ihrer Rechten. Er war ein feingliedriger Mann, dessen fast haarloser Schädel bereits eine bedenklich flammend rote Farbe angenommen hatte. Sein Gesicht allerdings war schlohweiß. Immer wieder schloss er erschöpft seine Augen und schwankte leicht. Er war am Arm seiner Tochter zur Beerdigung gekommen, in der freien Hand hatte er einen Gehstock gehalten, und Silke wünschte, er wäre so vernünftig gewesen und hätte diesen wieder zu Hilfe genommen, nachdem der Sarg abgesetzt worden war.

Gerade als sie die Worte »Er gibt ihnen, dass sie sicher seien und eine Stütze haben; und seine Augen sind über ihren Wegen …« sprach, bemerkte sie, wie ihr Nachbar endgültig den Halt zu verlieren schien. Seine Knie knickten ein, und sein Oberkörper neigte sich nach vorne, auf den Sarg zu. Ohne zu zögern, tat Silke einen großen Ausfallschritt quer über die Grube, auf den Mann zu, um ihn zu stützen. Tatsächlich erwischte sie auch seinen Oberarm, blieb dabei aber im vermaledeiten Kranzgestell hängen und verlor das Gleichgewicht. Sie ruderte, mit gegrätschten Beinen über dem geöffneten Grab stehend, mit dem freien Arm und hörte, wie sie einen spitzen Schrei des Erschreckens ausstieß.

Im Bruchteil einer Sekunde spürte sie, wie sie fiel – in den Schlitz zwischen Sarg und Grabrand –, aber da packten sie schon kräftige Hände und zogen sie mit einem Ruck auf die Wiese zurück. Als Silke vornüber auf die Knie fiel, hörte sie, wie ein Stöhnen durch die Menge der Trauernden ging. Sie öffnete die Augen, die sie in der Panik fest zugekniffen hatte, und sah, dass der ältere Herr ebenfalls zu Boden gegangen war, allerdings saß er glücklich auf seinem Hintern. Lars Holm und Knut Larsen standen direkt neben ihr – offensichtlich waren es die beiden gewesen, die sie vor dem Sturz in die Grube bewahrt hatten.

Silke wollte vor Scham im Boden versinken. Knut beugte sich fürsorglich zu ihr herunter, aber Silke winkte ab. Sie hatte lediglich einen Schreck bekommen und wollte kein großes Aufhebens um ihre Person machen. Die ganze Sache war schon peinlich genug.

Sie stand auf, klopfte sich die Erde vom Talar und gerade als sie sich bei den Angehörigen entschuldigen wollte, hörte sie, wie ein paar kleine Mädchen, die sich in die erste Reihe vorgedrängelt hatten, anfingen zu giggeln und auf sie zeigten. Auch andere Trauergäste, die hautnah miterleben durften, wie Silke um ein Haar ins Grab geplumpst wäre, fingen an, hinter vorgehaltener Hand zu kichern. Silke fing den Blick von Jens Bendixen auf, dessen fetter Bauch bereits verdächtig wackelte. Er grinste breit unter seinem Klobrillenbart und nahm die Pastorin und den alten Feuerwehrkameraden, der noch immer am Boden saß, ins Visier.

»Auf den Schreck gibt's nachher 'nen Klaren«, dröhnte seine Stimme über den Friedhof, und nun löste sich die Anspannung der Trauergemeinde. Vereinzelte humorvolle Kommentare wurden gerufen, und Jan Bendixen ergänzte seinen Bruder.

»Machen Sie sich nichts draus, Frau Pastor. Das hätte Vadder gefallen. Der hatte es nich gern so steif …«

Silke lächelte dankbar, und nachdem sie sich versichert hatte, dass es dem alten Feuerwehrmann am Boden gutging, setzte sie ihre Rede fort.

Der Sarg wurde unter den schiefen Tönen der Feuerwehrkapelle in die Grube hinuntergelassen, und nachdem die Familie dem Toten die letzte Ehre erwiesen hatte, kondolierte die große Trauergemeinde.

Das dauerte eine gute Dreiviertelstunde, und alle, die der Familie ihr Beileid ausgedrückt hatten, zogen in einem gleichmäßigen Strom über den Friedhof, hinaus auf die Hauptstraße, am Bäcker und dem Blumengeschäft vorbei direkt ins Preestershus. Dort hatten Lise und Hans Baluschek den gesamten Garten für die Trauergemeinde reserviert.

An der Längsseite des schönen eingewachsenen Gartens stand eine lange Reihe Tische mit weißen Decken. Alte Obstbäume warfen ihren Schatten darauf, so dass die Speisen auf den Tischen vor der Sonne gut geschützt waren. Die Köche des Preestershus hatten ein reichhaltiges Büfett angerichtet, das im Moment noch von Kuchenspezialitäten dominiert wurde. Butterkuchen, Apfel- und Kirschstreusel, Windbeutel und natürlich Sylter Friesenpai mit Pflaumenmus.

Silke, der der Schreck noch immer in den Knochen steckte, wollte sich eigentlich ein ruhiges Eckchen suchen, wurde aber an den Tisch der Familie gebeten, direkt zwischen die zwei dicken Brüder.

Jens Bendixen ließ es sich nicht ausreden, Silke einen Pharisäer aufzudrängen. Nachdem sie einige wenige Schlucke von der hochprozentigen Kaffeespezialität getrunken hatte, spürte sie, wie ihr Kreislauf Purzelbäume schlug. Zwar hatte sie sich bereits des Talars entledigt, aber sie war noch immer viel zu warm angezogen. Dem Anlass entsprechend trug sie ihren dunklen Hosenanzug, todschick, aber etwas eng um die Hüften. Nach dem zweiten Stück Kuchen, das ihr irgendjemand unbemerkt auf den Teller gelegt haben musste, knöpfte sie sich nicht nur die Jacke auf, unter der sie nur ein kleines Top trug, sondern öffnete heimlich auch den Hosenknopf – sie ahnte, dass er sonst früher oder später abspringen würde.

Den zweiten Pharisäer aber, den ihr nun der andere Bendixen hingeschoben hatte, ließ sie unangetastet stehen und griff zum Wasser.

Mittlerweile ging es hoch her im Preestershus-Garten. Die Männer der Kapelle – auch sie hatten ihre Uniformjacken abgelegt – fanden sich immer wieder bereit, ein Lied zum Besten zu geben. Sie hatten nicht nur die üblichen Shantys im Repertoire, sondern auch Dixieland, laut seiner Söhne die Lieblingsmusik von Lasse Bendixen.

Nach einer guten Stunde war von gedämpfter Trauerstimmung keine Rede mehr, so wie es auf einem guten Leichenschmaus sein sollte. Die beiden Bendixen-Söhne gaben Anekdoten aus dem Leben ihres Vaters preis, der ein ziemlicher Hansdampf in allen Gassen gewesen sein musste und auf der Insel bekannt war wie ein bunter Hund. Auch die Kameraden von der Feuerwehr beteiligten sich an den Erzählungen, die Stimmen wurden lauter, und nach jeder Anekdote wurde auf das Wohl des Toten getrunken.

Silke, die es geschafft hatte, sich dezent vom Tisch der Familie zu stehlen, und auf einem Stuhl unter einem Pflaumenbaum etwas im Abseits saß, beobachtete amüsiert das Geschehen. Der braungebrannte Kellner Sven und ein paar Mädchen, die aushalfen, hatten alle Hände voll zu tun. Der Klare floss in Strömen, nicht nur die Männer sprachen ihm zu, auch einige Damen schienen recht trinkfest zu sein. Als das Kuchenbüfett, von dem ohnehin nicht mehr viel übrig war, abgeräumt wurde und den deftigen Spezialitäten Platz machte, begannen die Ersten, zu den schwungvollen Dixieklängen zu tanzen.

Besonders anrührend fand Silke Euter Larsen, der seine Oma aufgefordert hatte und mit dieser eine kesse Sohle auf den Rasen legte. Ohnehin schien fast ganz Horssum eingeladen zu sein. Lars Holm war da, allerdings ohne Marina, dafür war seine Ex Hillu anwesend. Der Arzt Tadde Brockhues und viele andere aus der Gemeinde. Dazu eine Horde kleiner Kinder, die begeistert zwischen den Beinen der Tanzenden umhersprangen. Die Jugend hatte sich allerdings schon längst verzogen. Jetzt fiel Silke auf, dass auch Ommo nicht anwesend war. Vermutlich verband ihn nicht viel mit der Familie Bendixen. Während sie einen wohlwollenden Blick auf ihre sich amüsierende Gemeinde warf, bemerkte sie gar nicht, dass plötzlich Knut direkt vor ihr stand.

»Tänzchen?«, fragte er.

Silke wehrte freundlich lachend ab, aber vergeblich. Der lange Lulatsch hatte sie schon auf die Tanzfläche gezogen, einen Arm fest um ihre Hüfte gelegt und schob Silke energisch herum. Sie musste zugeben, dass Knut Euter Larsen ein ausgesprochen begabter Tänzer war, wenn er es schaffte, sie nicht lächerlich aussehen zu lassen. Silke Denneler hasste es zu tanzen und fühlte sich total unbeholfen. Nun hasste sie nicht so sehr das Tanzen an sich, wenn sie zu Hause Musik hörte, konnte es schon mal vorkommen, dass sie vom Rhythmus der Musik derartig gepackt wurde, dass sie es wagte, sich dazu zu bewegen. Aber sie hasste es, dies vor Publikum zu tun. Sie hatte stets das Gefühl, alle beobachteten sie, was dazu führte, dass sie vor lauter Hemmungen steif und ungelenk wurde. Knut schien davon total unbeeindruckt zu sein. Er schob und zog und drehte sie mit Verve. Dabei grinste er glücklich und entspannt. Silke war schon fast so weit, dass sie sich ebenfalls entspannte und beinahe Freude daran empfand, als ihr einfiel, dass ihr Hosenknopf noch immer geöffnet und der Reißverschluss zur Hälfte hinuntergezogen war. Rasch entzog sie Knut ihre Hände, verbarg damit den geöffneten Hosenstall und huschte, eine Entschuldigung murmelnd, zu ihrem Platz zurück.

Neben ihrem Stuhl stand, lässig an den Pflaumenbaum gelehnt, Lars Holm. Er empfing Silke mit einem kleinen Grinsen in seinen Mundwinkeln, warf einen flüchtigen Blick auf den Hosenbund und machte nur »Ts, ts«.

Silke verfluchte ihn und war wütend über sich selbst, dass ihr schon wieder ein Missgeschick vor den Augen der Öffentlichkeit passiert war. Hörte das denn nie auf? Wie alt musste sie denn noch werden, dass sie sich nicht mehr vor den Augen aller zum Affen machte?

Am liebsten wäre sie jetzt sofort nach Hause verschwunden, aber nun begann einer der Musiker, auf dem Akkordeon die ersten Töne von »La Paloma« zu spielen. Sofort wurde es ganz still im Gastgarten, nur die beiden dicken Bendixens erhoben sich von ihren Stühlen, legten einander die fetten Arme um die Schultern und begannen zu singen. Silke blieb der Mund offen stehen. Jan und Jens, die beiden Söhne, hatten wunderbare Tenorstimmen. Sie intonierten den alten Hans-Albers-Schlager klar und mit Seele. Es war zum Heulen schön. Beim ersten Refrain stimmte dann auch der halbe Gastgarten mit ein.

Als die letzten Töne verklungen waren, herrschte eine Sekunde lang absolute Stille, bis irgendwer den Arm hochriss, »Auf Lasse!« rief und eine weitere Runde Schnaps ausgeschenkt wurde.

Auch in Köln konnte heftig getrunken werden, nicht nur, wenn Karneval war, aber Silke schien es, dass die Friesen noch eine Spur standfester waren. Auch hatte der Alkohol hier andere Auswirkungen. Im Rheinland wurde es mit zunehmendem Alkoholgenuss ausgelassener, die Friesen schienen eher sentimental zu werden. Die Kapelle jedenfalls spielte bis zum Abend Seemannslieder, traurige, aber auch schlüpfrige. Man sang, man trank, manch einer schlief ein.

Silke hatte bereits seit Stunden vorgehabt, nach Hause zu gehen, schließlich war am nächsten Morgen Gottesdienst und wie schon vergangenen Samstag war sie nicht ausreichend vorbereitet. Immerhin hatte sie außer dem Pharisäer kaum Alkohol getrunken, Schnaps sowieso schon nicht. Aber Hillu Holm war in der Dämmerung auf sie zugekommen und hatte ihr ein Glas Champagner aufgenötigt.

»Na, wie läuft's mit Ommo?«, hatte sie unverblümt und etwas angesäuselt gefragt.

Silke war indigniert. »Nichts läuft mit Herrn Wilkes. Absolut gar nichts. Ich weiß gar nicht ...«

»Ist ja schon gut, Süße.« Hillu ließ sich auf den Stuhl neben Silke plumpsen und tätschelte vertrauensselig das Bein der Pastorin. »Du hast ja keine Ahnung.«

Silke zog es vor zu schweigen. Auf dieses Niveau wollte sie sich gar nicht herablassen.

Aber Hillu schien entweder nicht zu bemerken, dass Silke keine Absicht hatte, mit ihr über Ommo Wilkes zu reden, oder es war ihr total egal. Vermutlich beides.

Hillu Holm jedenfalls legte elegant ein Bein über das andere, wobei der Saum ihres ohnehin schon recht freizügigen Sommerkleides weit nach oben rutschte und den Blick auf die üppigen, aber sehr gepflegten und unnatürlich gebräunten Beine freigab. Sie trug dazu ein Nichts von Pumps – hochhackige Sandalen mit schmalen goldenen Riemchen. Silke konnte ihren Blick nicht davon losreißen. Wie schaffte es Hillu nur, damit auf dem Rasen und den Kiesflächen damenhaft herumzustolzieren, ohne mit dem gesamten Absatz zu versinken?

»Ommo entkommt man nicht«, hörte Silke sie gerade mit etwas schleppender Zunge sagen. »Oder man büßt es auf ewig.«

Hillu hatte die Stimme etwas gesenkt und fixierte Silke mit dramatischem Blick. Sie hatte eindeutig getankt, befand Silke.

»Also, ich weiß nicht, Frau Holm, das ist vielleicht ein bisschen überspitzt ...«

»Nenn mich Hillu!«, unterbrach Lars Holms Exfrau Silke herrisch und stieß donnernd mit ihr an, so dass der Champagner überschwappte.

»Gerne.« Silke wünschte sich weit weg, wollte aber nicht unfreundlich sein. »Also, um noch mal auf Herrn Wilkes zu kommen. Ich bin frisch geschieden und denke gar nicht daran ...«

Wieder ging Hillu Holm temperamentvoll dazwischen. »Haha! Frisch geschieden! Als wenn das was hieße!« Sie kippte den Schampus auf ex. »Ich war auch schon mal frisch geschieden. Und glaub mir, Kindchen«, erneut tätschelte sie Silkes Bein, »das hält einen nun von gar nichts ab.«

Silke zog es vor, darauf nichts mehr zu entgegnen. Ihr schien, als duldete Hillu Holm prinzipiell keine Widerrede, und sie waren in ihren Auffassungen von Moral anscheinend so weit voneinander entfernt wie Sylt von den Seychellen.

»Aber ich sage dir, pass auf!« Hillu hatte nun statt des Sektglases ihren Zeigefinger mahnend erhoben, und Silke konnte gar nicht anders, als auf den extravagant manikürten Nagel zu starren. »Ommo ist nicht ohne. Und ich weiß, wovon ich rede.«

Noch bevor Silke über die tiefere Bedeutung von Hillus Anspielung nachdenken konnte, ging Kellner Sven an ihnen vorbei. Hillu machte einen Kussmund in seine Richtung und hob auffordernd ihr leeres Glas. Aber Sven schüttelte nur den Kopf. »Das reicht für heute, mein Schatz.«

Jetzt schmollte Hillu richtig, und Sven stellte sein Tablett ab, ging zu ihr und kniete sich neben den Stuhl. Er redete leise auf seine Liebste ein, sie flüsterte etwas zurück, und schon begann das ungleiche Paar, sich liebevoll zu küssen.

Eindeutiges Rückzugssignal, dachte Silke und machte, dass sie davonkam. Sie verabschiedete sich noch von den Bendixens, die sie natürlich nicht ziehen lassen wollten, und versuchte dann, möglichst unbemerkt zum Ausgang zu gelangen. Doch kurz vor dem Gartentor gab es ein Hindernis. Lars Holm stand hier, mächtig angetütert. Er schwankte schon und sah leicht derangiert aus. Das elegante weiße Hemd war aufgeknöpft und zerknittert, die Ärmel hochgekrempelt. Sakko und die obligatorische Sonnenbrille waren ihm irgendwo abhandengekommen, in der einen Hand hielt er eine Bierflasche, mit dem freien Arm hatte er sich Knut Larsen geangelt. Dieser sah etwas betreten aus der Wäsche, war allerdings dem Augenschein nach stocknüchtern. Von Oma Grete wusste Silke, dass Euter keinen Tropfen anrührte. Außerdem würde er in wenigen Stunden schon wieder im Stall stehen müssen.

»Lars, komm, ich bring dich heim«, sagte Knut gerade sanft zu dem Bauunternehmer, der daraufhin resolut den Kopf schüttelte.

»Niemals! Wir sind gerade so schön im Gespräch, du und ich.«

Knut warf Silke einen entschuldigenden Blick zu, und Silke bemerkte daraufhin, dass nicht Lars Holm Knut festhielt, sondern dieser versuchte, den Älteren zu stützen. Silke beschloss, Knut in dieser Situation beizustehen und ihm zu helfen, Lars Holm nach Hause zu bringen. Weniger aus dem edlen Motiv, dass sie Lars sicher im Bett wissen wollte, als vielmehr um zu verhindern, dass dieser nicht das große Geheimnis ausplauderte. Denn offensichtlich, so viel wusste sie von Oma Grete, hatte Lars Holm bislang noch nichts unternommen, um Knut darüber aufzuklären.

Sie nickte Knut zu und legte sich den Bierarm von Holm über die Schulter. Gemeinsam versuchten sie nun, den großen Mann gegen seinen Willen nach Hause zu verfrachten.

»Du bist doch für den Sportpark, oder, Euter?! Bist du doch?«, lallte Holm.

»Ach, Lars …« Knut versuchte, Lars Holm einigermaßen auf Kurs zu halten, was nicht ganz einfach war. Holm war schwer und schwankte. Außerdem blieb er immer wieder stehen und versuchte, mit Knut im Stehen zu kommunizieren – gehen *und* reden war in seinem Zustand wohl schwer zu koordinieren.

»Knutchen!« Lars Holm hatte seinen Arm von Silke, die er bislang nicht einmal bemerkt zu haben schien, heruntergenommen und packte gerade den Jungbauern am Revers seines dunklen Anzugs. Er zog Euters Gesicht ganz nah an seins.

»Wir ziehen das zusammen durch. Du und ich. Das ist 'n ganz großes Ding …«

Behutsam machte Euter sich frei. »Du weißt doch, dass mich euer Streit nichts angeht. Diese Grundstückssache da, das interessiert mich gar nicht«, sagte er milde.

Lars Holm schüttelte den Kopf. »Von wegen, mein Lieber, von wegen. Das geht dich mehr an, als du denkst …«

Holm schwankte bedenklich, und Silke sah Handlungsbedarf. Noch ein Wort mehr von Holm, und Knut Euter Larsen würde die schockierende Wahrheit über seine Herkunft erfahren. Sie hatte schon Luft geholt, um etwas zu sagen, als sie auf der dunklen Straße die kleine Figur sah, die ihnen entgegenkam. Besser gesagt, zwei kleine Figuren. Eine schmale und eine fellige. Paul und Balu. Der Junge hatte den Hund an der Leine und blieb nun auf dem Kopfsteinpflaster der Hauptstraße stehen.

»Mama?«, fragte er zaghaft.

»Paulchen!« Silke ließ Holm los und lief auf ihren Sohn zu. Sie nahm ihn in den Arm und zwangsläufig auch den Bobtail, der sich zwischen sie drängte.

»Ich wollte nur mal gucken, wo du bleibst. Du hast ja gesagt, du gehst nur noch kurz mit.«

»Aber ich habe dir doch eine SMS geschickt, dass du rüberkommen sollst, es gab tollen Kuchen und ganz viel zu essen?!«

Nun war es an ihrem Sohn, schuldbewusst zu Boden zu gucken.

»Ich hatte das Handy gar nicht an, sorry.«

Silke sagte nichts, sie wusste, dass Paul über dem Nintendo alles andere vergessen hatte. Andererseits hatte sie selbst ein schlechtes Gewissen, also waren sie quitt.

»Hallo, Euter, hallo, Herr Holm«, begrüßte Paul artig die beiden Männer.

Lars Holm versuchte sofort, eine aufrechte Position einzunehmen und die Bierflasche hinter seinem Rücken zu verstecken.

Silke fand, es ehrte ihn, dass es ihm vor dem kleinen Jungen peinlich war, so betrunken zu sein.

»Wir müssen Herrn Holm nach Hause bringen, hilfst du uns?«, fragte Knut und grinste.

Paul grinste zurück, Holm hielt beschämt den Mund, und so zog die seltsame Karawane ohne weitere Zwischenfälle durch das stille und dunkle Horssum bis zu Lars' Haus. Silke war heilfroh, dass das brisante Thema nicht mehr angeschnitten wurde, da wandte sich Lars Holm an seiner Haustür noch einmal an Knut.

»Du willst das Grundstück gar nicht haben, oder was?«, lallte er.

Knut lächelte nachsichtig. »Es gehört mir doch gar nicht, Lars. Und selbst wenn, was sollte ich damit?«

Lars Holm schien intensiv nachzudenken. Oder er schlief gerade im Stehen ein, so genau konnte man das in seinem Zustand nicht sagen. Knut holte einstweilen den Hausschlüssel der Holms unter einem Blumentopf hervor, als sei er hier zu Hause, und schloss die Tür auf. Im Flur war noch Licht.

»Was willst du dann?«, fing Holm wieder an. Im Inneren des Hauses regte sich etwas, aber Lars schien das nicht zu bemerken. Er war völlig konzentriert auf Knut. Nun erschien Lukas hinter seinem Vater. Er warf einen fragenden Blick in die Runde, aber als er seinen Vater ansah, zeichnete sich ein wissendes Lächeln auf seinem Gesicht ab.

»Komm rein, Papa«, sagte er und wollte Holm nach drinnen ziehen, aber dieser wehrte ab. Er sah seinen Sohn gar nicht an, nur Knut.

»Ich hab doch alles, was ich brauch. Den Hof, meine Oma, die Kühe …«, antwortete dieser.

»Ach komm«, Lars Holm beugte sich weit vorneüber, fast wäre er die Treppe wieder heruntergefallen, aber Lukas hielt ihn hinten am Hemd fest. »Jeder hat einen Traum. Jeder. Mein

Traum ist der Sportpark.« Er sprach nun erstaunlich klar. »Und deiner, Knut? Was ist dein Traum?«

Es war jetzt ganz still. Alle Geräusche der Nacht erstarben. Silke, Paul und Lukas waren etwas betreten von der Situation, aber Lars starrte Knut konzentriert an und wartete auf eine Antwort. Vorher würde er nicht schlafen gehen, das war auch Knut klar.

»Eine Frau«, flüsterte er schließlich, und seine Stimme war ein wenig zittrig. »Ich wünsche mir eine liebe Frau.«

11.

Die Woche darauf verlief völlig unspektakulär, wofür Silke sehr dankbar war. Pauls erstes Schuljahr auf der Insel begann, und Silke hatte sich gesorgt, ob er sich einleben würde. Aber Paul zerstreute ihre Bedenken schnell. Er kam nicht übermäßig begeistert aus der Schule nach Hause, aber er murrte morgens auch nicht, wenn er hinmusste.

Am ersten Schultag brachte er stolz einen neuen Fußball mit nach Hause: »Holm Building Corp.«, stand in großen silbernen Lettern darauf. Eine Werbeaktion ihres Nachbarn ohne Zweifel, er hatte die Bälle vor der Schule verteilt. Silke fand es zweifelhaft, dass die Schüler zu Werbezwecken missbraucht wurden, aber Paul war so begeistert, dass sie nicht als Miesepeter dastehen wollte und sich jeden Kommentar verkniff. Außerdem hatte es am Dienstagnachmittag an der Tür geklingelt, und Lukas war mit seiner alten Vespa vorgefahren. Er wollte Paul zum Fußballtraining abholen. Der Sohn von Holm hielt also sein Wort, wo sie als Mutter kläglich versagt hatte. Aber ihr Sohn verzichtete darauf, ihr das aufs Butterbrot zu schmieren; euphorisch schwang er sich bei dem Freund seiner Schwester auf die Vespa, und rasch knatterten die beiden davon.

Am Abend kam Paul mit rotem Kopf und schweißgebadet zurück. Er war Feuer und Flamme, kein Wort mehr davon, dass Fußball prollig war. Offensichtlich trainierte Lukas die D-Jugend, außerdem war die Hälfte der Jungs aus Pauls Klasse in dem Verein. Silke war erleichtert. Ihr schwieriger Junge schien

Anschluss zu finden und etwas weniger unter dem Umzug, dem Schulwechsel und der Demütigung, eine Klasse wiederholen zu müssen, zu leiden.

Überhaupt war die gesamte Woche ihrem Sohn gewidmet. Silke hatte keinen Abendtermin vereinbart, sie sah zu, dass sie möglichst viel Zeit mit Paul verbringen konnte, um ihm in der ersten Schulwoche beizustehen. Doch das war gar nicht nötig – Paul war schnell durchverabredet, düste an den Nachmittagen irgendwohin, um sich mit Kumpels zu treffen, und kam am Abend aufgeregt und glücklich wieder nach Hause. Anfangs hatte er den Nintendo noch dabei, Ende der Woche lag dieser schon unbeachtet in der Zimmerecke.

Die Abende verbrachten Mutter und Sohn gemeinsam vor dem Fernseher, einmal ließ sich Paul sogar herab, mit Silke und Oma Grete »Mensch ärgere Dich nicht« zu spielen. Silke genoss das Beisammensein mit Paul in vollen Zügen. Es war ungewohnt, dass nun nur noch sie beide übrig geblieben waren – noch vor einem Jahr waren sie eine vierköpfige Kölner Familie gewesen. Nun saß sie alleinerziehend mit Sohn auf Sylt.

Nichts im Leben war vorhersehbar. Und hätte ihr jemand prophezeit, dass es so kommen würde, Silke hätte ängstlich in die Zukunft geblickt. Aber nun, in ihrem gemütlichen Pfarrhäuschen, die schmalen Beine ihres Sohnes auf dem Schoß, eine Tüte Erdnussflips neben sich und einen schnarchenden Hund zu ihren Füßen, fühlte Silke sich einfach nur pudelwohl. Sie war glücklich. Paul und sie würden die nächsten Jahre bis zum Schulabschluss als Team verbringen, mit Jana als Satellit. Es war gut so, wie es war, wozu brauchte man da noch einen Mann?

Der erste Misston schlich sich Ende der Woche ein. Oma Grete, die mit ihrem trockenen friesischen Humor immer für Heiterkeit sorgte, fluchte leise vor sich hin, als sie am Freitag das Mittagessen zubereitete. Labskaus, Silkes neues Lieblingsessen. Eigentlich simpel, aber Oma Grete schien an dem Tag rein gar nichts zu gelingen. Als ihr dann noch ein Glas auf den Boden fiel und krachend in tausend Stücke zersprang, platzte ihr der Kragen.

»Düwel ok!«, entfuhr es ihr wütend, und dann schickte sie schnell einen entschuldigenden Blick zu Silke.

»Ist ein billiges gewesen, kein Problem«, beruhigte Silke sie und holte rasch Besen und Kehrschaufel, bevor sie mit ansehen musste, wie sich ihre betagte Haushälterin vor ihr auf die Knie herunterließ.

Oma Grete seufzte schwer und schüttelte fortwährend den Kopf, als könnte sie immer noch nicht fassen, dass ausgerechnet ihr so eine Tolpatschigkeit widerfahren war.

Silke sah sich genötigt, der schlechten Laune auf den Grund zu gehen. Bevor Oma Grete sich anschickte, Feierabend zu machen, bat Silke sie noch einmal in die Küche unter dem Vorwand, ein Rezept für Hagebuttenmarmelade zu suchen. Wie nicht anders zu erwarten, hatte Oma Grete aus dem Stand eines parat und notierte es in ihrer steilen altmodischen Handschrift für Silke auf einem Zettel. Diese schob ihrer Haushälterin einstweilen ein Gläschen vom Schlehenlikör hin und bat Oma Grete, Platz zu nehmen.

»Ich möchte nicht aufdringlich sein«, begann sie behutsam das Gespräch, »aber ist Ihnen vielleicht eine Laus über die Leber gelaufen? Sie sind so ein bisschen … fahrig.« Als sie Oma Gretes verkniffenen Gesichtsausdruck sah, schob sie entschuldigend hinterher: »Und das ist nicht wegen des Glases. Das kann ja mal passieren.«

Die alte Dame seufzte, nahm einen beherzten Schluck von dem Likör und schien zu überlegen, ob sie sich der Pastorin anvertrauen sollte. »Mein Knutchen macht mir Sorgen«, begann sie zögerlich das Gespräch.

Silke nickte verständnisvoll, verzichtete aber auf einen Kommentar. In ihrer langjährigen seelsorgerischen Tätigkeit hatte sie stets die Erfahrung gemacht, dass die Menschen von sich aus das meiste preisgaben, wenn man sie nicht durch Zwischenfragen oder Kommentare in eine bestimmte Richtung lenkte.

»Tag und Nacht sitzt er plötzlich vor dieser Kiste«, fuhr die alte Dame denn auch fort. »Vor dem Computer, nicht vor dem Fernseher«, präzisierte sie. »Er macht seine Arbeit, das schon. Aber sonst hat er sich nach dem Mittagessen immer kurz aufs Ohr gelegt. Stattdessen flitzt er jetzt sofort in sein Zimmer und glotzt in die Kiste, als gäb's da was umsonst!« Jetzt kam die Oma richtig in Fahrt. »Abends haben wir immer zusammen in der Stube gesessen. Mal hat er was gelesen oder wir haben was gespielt oder auch mal ferngesehen. Und nu ...«

Sie schüttelte so betrübt den Kopf, dass Silke im Geiste schon die ersten Tränen kullern sah. Aber Oma Grete hatte sich schon gefangen und die Weinerlichkeit wich der Wut.

»Neulich hat er doch glatt vergessen, noch die Hühner zu füttern! Kaum war er aus dem Kuhstall raus – zack, ab in sein Zimmer. In den Arbeitsklamotten und allem Drum und Dran. Und heute wollte er das Mittagessen in seinem Zimmer! ›Na, so weit kommt's noch‹, hab ich gesagt, ›du isst man schön bei mir in der Küche.‹«

Silke musste sich ein Grinsen verkneifen. Es war gewiss nicht leicht, Knut zu sein. Die resolute Großmutter behandelte ihn immer noch wie einen Zehnjährigen. Knut war gutmütig genug gewesen, sich nicht dagegen zur Wehr zu setzen, aber nun hatte er scheinbar etwas gefunden, das sich der Überwachung von Oma Grete entzog.

»Und was macht er da am Computer? Spielen?«

Silke dachte an Paul. Sie kannte Knuts Verhalten gut genug von ihrem eigenen Sohn. Bloß dass der halb so alt war.

»Wenn ich das man wüsste!« Oma Grete goss sich ein zweites Gläschen Schlehenlikör nach. »Das ist doch nicht normal für einen jungen Mann.«

Silke schwieg. Sie wollte Oma Grete keiner Illusion berauben. Aber vermutlich war es heutzutage normaler, dass ein junger Mann am Computer rumhing als mit seiner Großmutter vor dem Fernseher.

»Ich würd ja mal gucken, was er so macht, aber ich weiß gar nicht, wie die Kiste angeht.« Oma Grete schickte einen listigen Blick zu Silke. »Aber Sie kennen sich doch aus mit Computern?«

»Nein«, Silke begriff sofort, worauf Oma Grete da hinauswollte, und war entrüstet. »Das geht gar nicht! Sie können doch Ihrem Enkel nicht hinterherspionieren!«

Oma Grete rollte mit den Augen und schenkte sich vom Schlehenlikör nach. »Nu tun Sie doch nicht päpstlicher als der Papst!«

»Mit dem Papst habe ich ja nun nicht so viel am Hut«, stoppte Silke das Ablenkungsmanöver der Alten. »Knut muss nicht bevormundet werden. Er ist erwachsen, er führt seinen Hof erfolgreich ganz alleine …«

Oma Grete guckte schräg.

»… *fast* ganz alleine. Und bloß weil er seit ein paar Tagen vor dem Computer rumhängt, ist das noch kein Grund zur Beunruhigung. Und erst recht kein Grund, ihn zu bespitzeln.«

Oma Grete zog ein Schippchen.

»Seit wann geht das denn überhaupt so?«, lenkte Silke versöhnlicher ein.

»Seit Montagabend«, kam es wie aus der Pistole geschossen.

Heute war Freitag. Knuts Computersucht dauert also viereinhalb Tage an. Silke wünschte sich, das von ihrem Sohn auch sagen zu können.

»Das könnte eBay sein«, mutmaßte Silke, einer Eingebung folgend.

Oma Grete sah die Pastorin verständnislos an.

»Eins, zwei, drei, meins?«, versuchte Silke es mit dem Spruch aus der Fernsehwerbung.

Das runzlige Gesicht von Oma Grete verzog sich zu einem Strahlen. »Drei, zwei, eins, meins! So muss das heißen!« Jetzt grinste sie breit. »Das mit dem Verkaufen, das meinen Sie. Nee, nee, so was macht mein Knutchen nicht.«

Silke musste sich nun sehr zusammennehmen, der alten Dame nicht die Leviten zu lesen. Knut war ein erwachsener Mann, der machte vielleicht noch ganz andere Sachen am Computer, als seine Großmutter sich ausmalen konnte. Und es wäre daran auch nichts verwerflich gewesen. Schließlich war er im besten Mannesalter. Und Single.

»Also Sachen im Internet verkaufen oder kaufen ist nichts Schlimmes oder Illegales«, versuchte Silke es behutsam, »ich habe selbst schon ein paarmal was ersteigert. Und ich hab dauernd geguckt, wie hoch der Preis geklettert ist und wie viele Konkurrenten ich habe. Also, das ist schon ganz spannend.«

Aber Oma Grete schüttelte unbelehrbar den Kopf. »Nee, so was macht mein Knutchen nicht«, beharrte sie störrisch. »Was soll er sich denn kaufen? Der hat doch alles. Der braucht nix. Der hat doch früher auch nichts gekauft.«

Silke kapitulierte fast vor so viel Starrsinn. Aber sie wollte nicht aufgeben. »Es könnte ja auch sein, dass er nichts für sich kaufen will – falls es das überhaupt ist, was er am Computer macht – sondern eine Überraschung für Sie! Deshalb diese Geheimniskrämerei.«

Oma Grete guckte immer noch ein bisschen ratlos aus der Wäsche, aber dieses Mal arbeitete es hinter der faltigen Stirn. Bevor sie aber widersprechen konnte, fuhr Silke schnell fort. »Ich glaube nicht, dass Sie sich Sorgen machen müssen. Knut hat irgendetwas am PC gefunden, was ihm Spaß macht. Das ist doch ganz in Ordnung. Er ist erwachsen und nicht unvernünftig. Das Ganze geht ja noch nicht mal eine Woche. Ich an Ihrer Stelle würde einfach mal abwarten, wie sich das entwickelt.«

»So wie bei Paul«, murmelte Oma Grete.

Silke beschloss, den Einwurf zu ignorieren. »Und außerdem …«, jetzt begab sie sich auf dünnes Eis, »… hat er ein Recht auf eine gewisse Privatsphäre.«

Erwartungsgemäß machte ihre Haushälterin ein Gesicht, als hätte sie in eine Zitrone gebissen. Sie nickte stumm und stand auf. »Wahrscheinlich haben Sie recht.« Damit wandte sich Oma Grete zum Gehen. »Aber ich muss ein Auge auf den Jungen haben.«

Mit diesen Worten verabschiedete sie sich und eilte aus der Tür. Silke blickte ihr durchs Küchenfenster nach. Oma Grete machte offenbar gerade das durch, was sie mit ihrer erwachsenen Tochter und dem halbwüchsigen Paul erlebte. Die Kinder nabelten sich ab. Sie gingen ihre eigenen Wege. Die elterlichen Ermahnungen und Vorschriften erreichten sie nicht mehr. Es war die schwerste Phase im Leben eines Erziehungsberechtigten: die Kinder ziehen zu lassen.

Insofern hatte Silke größtes Verständnis für die alte Dame. Sie hatte ihren Enkel anstelle der Eltern aufgezogen, als diese auf so tragische Weise ums Leben gekommen waren. Knut war damals fünfzehn gewesen, eigentlich im schwierigen Pubertätsalter, aber irgendwie hatten die beiden es geschafft, gemeinsam durch die schlimmste Zeit zu kommen und obendrein noch den Bauernhof zu halten. Vermutlich lag hierin auch der Grund, dass Knut sich niemals gegen seine Großmutter aufgelehnt oder sich der übertriebenen Fürsorge entzogen hatte. Aber offenbar begann er nun, sehr spät, sich von seiner Oma abzunabeln. Was diese wiederum nur schwer verkraftete.

Silke wollte gerade die Tür schließen, da sah sie Paul mit seinem Fahrrad angefetzt kommen. Er legte eine Vollbremsung hin, dass der Kies spritzte, rumste mit dem Vorderrad ans Gartentor, um es auf diese Weise zu öffnen, und schob sich hindurch. Kurz vor der Tür ließ er das Rad einfach ins Gras fallen und grinste seine Mutter an.

»Hi!«

»Hi, mein Süßer«, gab Silke zurück und versperrte ihrem Sohn den Weg ins Innere des Hauses. Stattdessen wies sie mit dem Kinn auf das Fahrrad.

Paul verstand den Wink mit dem Zaunpfahl, rollte genervt mit den Augen, hob das Rad aber dennoch auf und stellte es ordentlich in den Fahrradständer am Zaun. Dann kam er zu Silke und gab ihr einen Kuss auf die Wange.

»Na, wie war's bei …?« Silke hatte den Namen des neuen Schulfreundes noch nicht parat.

»Louis«, half Paul ihr auf dem Weg in die Küche.

»… bei Louis. Was habt ihr gemacht?«, erkundigte sie sich, während sie das leere Schnapsgläschen abräumte, aus dem Oma Grete den Schlehenlikör getrunken hatte. Sie wollte nicht, dass Paul dachte, sie würde sich am frühen Abend Schnaps genehmigen.

»Geil, wir haben Xbox gezockt.« Paul strahlte über beide Ohren.

Silke teilte diese Begeisterung nicht, nahm sich aber zusammen.

»Louis nimmt die Xbox morgen zum Turnier mit!«, fuhr Paul fort.

»Turnier?« Silke guckte verständnislos.

»Wir haben doch morgen ein Spiel. Mensch, Mama, das hab ich dir doch gesagt! Ich muss um neun in Westerland sein!«

In Pauls Augen glomm leichte Panik auf und Silke wusste auch, warum. Sie neigte dazu, Termine, die sie nur indirekt betrafen, zu verdrängen, und kam dadurch regelmäßig in Organisationsschwierigkeiten. So auch morgen. Eigentlich war sie um neun Uhr mit einem jungen Pärchen verabredet, um die bevorstehende Taufe des Nachwuchses zu besprechen. Aber da sie die

Sache mit dem Fußball von Anfang an vermasselt hatte, sagte sie jetzt nichts, sondern nahm sich vor, das Problem gleich mit Lukas Holm zu klären. Vielleicht konnte dieser ihren Sprössling nach Westerland kutschieren.

»Wie sieht's aus«, fragte sie stattdessen betont heiter, »nachher kommt *Monster AG* Teil zwei im Fernsehen – bist du dabei?«

Paul nickte. »Aber nur, wenn du mir nicht wieder alle Chips wegfrisst.«

Silke grinste. »Abgemacht.«

Bevor der Film begann, hatten sie noch eine Stunde Zeit. Paul verbrachte diese auf seinem Zimmer und Silke mit der Vorbereitung des Abendessens. Als sie damit fertig war, wollte sie die Sache mit dem Shuttle zum morgigen Fußballspiel klären – möglichst ohne dass Paul etwas spitzkriegte – und ging zum Haus von Holms hinüber. Sie hatte noch nie bei Lars Holm geklingelt, warum auch, und sie hoffte inständig, dass ihr gleich der Sohn, Lukas, die Tür öffnen möge.

Aber ihre Gebete wurden nicht erhört. Es war Lars Holm selbst, der ihr aufmachte und sie erwartungsgemäß grimmig anblickte.

»Was?«, sagte er nur zur Begrüßung.

Silke öffnete den Mund, bekam aber kein Wort heraus. Sie war so perplex von Holms Erscheinung, dass ihr die Worte im Hals stecken blieben. Der schnieke Bauunternehmer war heute alles andere als aus dem Ei gepellt. Silkes Blick wanderte von den nackten Füßen über die ausgebeulte dunkelblaue Jogginghose über das ausgewaschene schwarze T-Shirt, das die kleine Herrenwampe nur mäßig verdeckte, hinauf bis zu dem unrasierten Kinn. Die Haare waren nicht wie üblich streng zurückgegelt, sondern fielen Holm wild ins Gesicht. Lars Holm spürte ihren überraschten Blick und fuhr sich ertappt über die Haare, was seine derangierte Frisur nur leidlich verbesserte. Er murmelte etwas von »freiem Tag heute«.

»Warum lassen Sie es nicht, wenn es Ihnen nicht guttut?«, kommentierte Silke bissig.

Holm sah sie verständnislos an.

»Ich habe Sie nur zitiert. Das war Ihr Kommentar, als Sie mich beim Joggen gesehen haben.«

Eigentlich wollte sie triumphieren, weil ihr so eine schöne Retourkutsche gelungen war, aber Holm starrte sie einfach nur an wie ein verwundetes Tier.

»Tut mir leid, wenn ich das gesagt habe. Mir rutscht manchmal so was raus. Sorry«, sagte er und öffnete die Tür noch einen weiteren Spalt. »Wollen Sie reinkommen?«

Es war deutlich zu merken, dass er alles andere wollte als das, und auch Silke hatte keinesfalls die Absicht, Holm mit ihrem Besuch zu beehren.

»Danke, nein. Ich wollte nur kurz mit Lukas sprechen.«

Lars Holm nickte erleichtert. »Ach so. Der ist nicht da. Ich weiß nicht, wann er kommt. Kann ich ihm was ausrichten?«

Silke zögerte. Eigentlich musste sie die Angelegenheit sofort klären, denn wenn Lukas ihren Sohn nicht mitnehmen konnte, musste sie sich etwas anderes ausdenken.

»Ich weiß nicht«, gab sie nachdenklich zurück, »es geht um das Spiel morgen.«

»Ich kann Paul mitnehmen, wenn es darum geht.«

Silke war überrascht, dass Holm sie durchschaut hatte. Aber noch bevor sie etwas entgegnen konnte, fuhr er bereits fort.

»Er soll morgen um halb neun hier sein. Ich fahr die Jungs, bin ja sowieso beim Turnier.« Er seufzte tief und wischte sich mit der Linken über die Stirn. In der Hand hielt er Papiere. Offensichtlich machte er Büroarbeit.

Obwohl Silke sich nicht sicher war, ob sie Paul gerne in Holms Obhut gab – schließlich erinnerte sie sich noch an die Szene am

Hubschrauberlandeplatz –, nahm sie mangels Alternative das Angebot an und bedankte sich. Holm winkte müde ab.

Silke hatte sich schon zum Gehen gewendet, da drehte sie sich noch einmal um. Holm stand noch immer in der geöffneten Tür. Die Schultern hingen herunter, und er starrte auf die Papiere in seiner Hand.

»Herr Holm?« Silke verfluchte sich und ihre verdammte Seelsorge-Ader, denn sie wusste, was gleich kam. Aber sie konnte einfach nicht aus ihrer Haut. »Ist alles in Ordnung? Geht es Ihnen gut?«

Der Bauunternehmer starrte sie an. Es war offensichtlich, dass es ihm nicht gutging. Ganz und gar nicht gut. »Das wollen Sie doch gar nicht wirklich wissen«, gab er zurück und schloss mit diesen Worten die Tür.

Silke blieb mit einem schlechten Gefühl zurück. Und dieses Gefühl konnte weder die *Monster AG* noch die Tüte Chips, die sie Paul fast zur Gänze wegfutterte, vertreiben.

12.

Als sie Paul am nächsten Morgen eröffnete, dass nicht sie, sondern Lars Holm ihn zum Fußballspiel kutschieren würde, war ihr Sohn wider Erwarten völlig begeistert.

»Super!«, kommentierte er ihre Eröffnung, die sie mit aller Vorsicht vorgebracht hatte.

»Ach wirklich?« Silke war überrascht. »Es macht dir nichts aus? Ich dachte, du magst Holm nicht besonders, nachdem er dir das Crossfahren auf dem Platz verboten hat.«

Paul runzelte die Stirn. »Hä? Hat er doch gar nicht.«

Ihr Sohn verdrängte Unangenehmes gerne mal, und um die Sache jetzt nicht hochzukochen, kurz bevor der Nachbar Paul mitnehmen würde, verzichtete Silke auf eine Erklärung.

»Ist ja auch egal jetzt.«

Aber für Paul war das Thema nicht erledigt.

»Ich weiß, dass du Lars nicht leiden kannst. Aber er hat mir damals gar nichts getan. Du hast ja bloß nicht zugehört …«

»Lars?!«, unterbrach Silke ungläubig.

»… er hat mir nur gesagt, ich soll vorsichtig sein. Es gibt Leute, denen passt es nicht, dass Kinder auf dem Gelände spielen. Ich soll doch lieber in einen Verein gehen. Und überhaupt hat er voll die geile Karre.«

Damit stand Paul auf, schnappte sich sein Fußballequipment, winkte seiner verdatterten Mutter zum Abschied lässig zu und war aus der Tür verschwunden, bevor Silke die Sprache wiederfand. Aber sie hatte auch keine Zeit, weiter darüber zu grübeln, warum Paul den Bauunternehmer so vertraulich Lars nannte, weil es höchste Zeit war, sich vorzubereiten. In einer halben Stunde würden die Jansens kommen, um die bevorstehende Taufe mit ihr durchzusprechen.

Peer und Sabine Jansen waren waschechte Insulaner. Sie lebten und arbeiteten auf Sylt, die Familien der beiden waren von jeher auf der Insel ansässig. Peer gehörte ein Fahrradgeschäft in Westerland, und als Silke ganz beiläufig erwähnte, dass ihr Dreigang-City-Bike nicht ganz ideal für größere Touren auf der Insel war, verfiel der junge Mann sofort in ein beratendes Verkaufsgespräch. Seine Frau bremste ihn schließlich lachend ein und erinnerte daran, warum sie mit der Frau Pastor eigentlich zusammensaßen. Es ging um den kleinen Jonas Jansen. Silke fand insgeheim, dass es ein typischer Name für hier oben war, ihr war bereits mehrfach die Alliteration der Namen aufgefallen: Jens Jessen, Peer Petersen, Dieter Drews – da reihte sich der junge Jansen nahtlos ein.

Sie suchte mit dem Paar einen passenden Taufspruch, besprach den Ablauf der Zeremonie und sagte – selbstverständlich – ihre Teilnahme beim anschließenden Familienfest zu.

Sehr überrascht war sie allerdings, als sie erfuhr, wer einer der Taufpaten des kleinen Jonas sein sollte: Lars Holm. Schon wieder der, dachte Silke und musste Ommo in Gedanken recht geben. Holm schien hier überall seine Finger drin zu haben.

Peer Jansen schien gemerkt zu haben, dass Silke bei der Erwähnung des Namens eine Reaktion gezeigt hatte, und erklärte freudestrahlend, dass er und seine Frau sehr glücklich seien, dass Holm sich bereit erklärt hatte, die Patenschaft zu übernehmen.

»Ist ja nicht so, als hätten wir niemanden in der Familie gefunden, groß genug ist sie ja«, sagte er fröhlich, »aber Lars steht für mich einfach für alles, was mit Kindern und Jugendlichen auf der Insel zu tun hat.«

Silke guckte fragend.

»Er hat alles aufgebaut, was es an Angeboten für die Kinder auf der Insel gibt«, mischte sich jetzt Sabine Jansen ein. »Früher war immer nur wichtig, dass für die Touristen alles stimmt. Wenn die Saison vorüber war, haben wir Insulaner aber in die Röhre geguckt. Bis Lars Holm kam. Der hat den Fußballverein total auf Vordermann gebracht, den Neubau von zwei Spielplätzen im Gemeinderat durchgesetzt, er kümmert sich darum, dass die Schule eine ordentliche Mensa bekommt, und lauter solche Sachen.«

Ihr Mann nickte zustimmend. »Ich war selbst fünfzehn Jahre im Fußballverein. Lars ist der Hauptsponsor. Aber er gibt nicht nur Geld, er ist bei jedem Spiel dabei, er kennt alle mit Namen, und wenn es bei einem mal nicht so rundläuft, greift er ihm unter die Arme.«

»Wie darf ich das verstehen?«, erkundigte sich Silke.

Die beiden guckten sich an, als könnten sie nicht glauben, dass der Ruf des heiligen Lars von Sylt die Pastorin noch nicht erreicht hatte.

»Na ja, nicht alle Familien hier auf Sylt sind reich. Das denken nur die Touristen, dass wir alle in Saus und Braus leben und ständig nur Hummer und Schampus zu uns nehmen.« Sabine Jansen machte jetzt ein ernstes Gesicht. »Aber auch auf dieser Insel gibt's eine Menge Leute, die keine Arbeit haben oder nur sehr schlecht bezahlte. Die müssen aber auch hier leben können. Und die unterstützt Lars zum Beispiel mit seiner Stiftung.«

»Natürlich nicht allein«, beeilte Peer Janes sich, das Bild etwas geradezurücken. »Aber er geht dann los und sammelt bei den Geschäftsleuten. Organisiert Spendenaktionen.« Er lachte. »Hillu ist ganz groß darin.«

Silke nickte nachdenklich. Offenbar war es langsam Zeit, dass sie ihr Bild von dem Nachbarn mit dem SUV und der verspiegelten Sonnenbrille etwas korrigierte.

»Deshalb wäre der Sportpark auch ganz wichtig«, schob Jansen jetzt nach. »Das gibt Arbeitsplätze, aber auch Angebote für alle hier auf der Insel. Nicht nur für die Touristen.«

»Auch für dein Geschäft«, lachte Sabine Jansen und knuffte ihren Mann in die Seite. Dieser wurde rot, küsste seine Frau, und Silke beeilte sich, das Thema wieder auf den Ablauf der Taufe zu lenken.

Sie machte zum Abschluss mit den Jansens noch eine Runde in der Kirche, weil Sabine Jansen sich ein paar Gedanken um die Dekoration machen wollte. Es war schon gegen elf, als Silke Denneler das junge Paar verabschiedete. Als sie zum Pfarrhaus zurückkehrte, hing ein Stoffbeutel am Gartentor. Silke guckte neugierig hinein und fand zu ihrer Überraschung eine prall gefüllte Plastiktüte mit einem Liter Krabben und einem Zettel. »Wollte dich mit einem Mittagssnack überraschen – leider warst du nicht da. Jetzt musst du sie alleine essen … Ommo.« Dazu ein trauriger Smiley.

Silke musste lächeln und bedauerte, dass Ommo sie nicht angetroffen hatte. Sie hätte sich gut vorstellen können, mit ihm im Pfarrgarten unter einem Birnbaum zu sitzen, die Krabben gemeinsam zu pulen und dann mit frischem Vollkornbrot, Salzbutter und Rührei zu verspeisen. Jetzt musste sie den Liter alleine pulen – und wohl auch essen, Paul verabscheute alles, was aus dem Meer kam. Außer Fischstäbchen.

Auch die Post war in ihrer Abwesenheit gekommen, und Silke zog ein paar Briefe sowie die *Sylter Rundschau* aus dem Kasten. Bevor sie sich an ihre Predigt machte und ein bisschen Bürokram erledigen musste, würde sie sich mit frischem Kaffee und der Zeitung noch in den Garten setzen und das herrliche Sommerwetter genießen. Paul würde erst gegen Mittag vom Fußballspiel zurückkommen, Balu schnarchte, von der Hitze völlig erledigt, im Schatten, und niemand würde sie jetzt stören.

Aber wie so oft kam es anders als gedacht, und kaum hatte Silke es sich im Liegestuhl bequem gemacht, stand Euter am Gartenzaun. Er fragte nach Paul und schien ziemlich aufgeregt. Als Silke ihm beschied, dass Paul erst in ein bis zwei Stunden nach Hause kommen würde, zerknautschte Knut verzweifelt sein Gesicht und kratzte sich am Kopf. Schließlich hatte er genug schwierige Denkarbeit geleistet, und das Ergebnis war, dass er Silke bat, ihrem Sohn auszurichten, er solle bitte schleunigst mal zum Hof rüberkommen, man benötigte dringend seine Hilfe.

Silke war neugierig. Zwar ging Paul gerne mal zu Knut auf den Bauernhof rüber, er half sogar ab und an mal im Stall, aber darum schien es sich jetzt nicht zu handeln.

»Darf ich fragen, wozu du ihn so dringend brauchst?«, erkundigte sie sich. »Vielleicht kann ich dir ja auch helfen?«

Knut Euter Larsen verzog sein langes Gesicht zu einem breiten Grinsen. »Nee, nee«, gab er zurück, »dat is man top secret.« Und mit dieser rätselhaften Ansage verschwand er.

Silke lehnte sich zurück, grübelte über Knuts Ansinnen und griff schließlich nach der Zeitung. Aber noch bevor sie sie aufgeschlagen hatte, klingelte ihr Handy. Es war Ommo Wilkes.

Silke fiel siedend heiß ein, dass sie sich bei ihm noch gar nicht für die Krabben bedankt hatte, und sie holte das als Gesprächseröffnung sofort nach.

»Da nich für«, entgegnete Ommo. »War 'ne spontane Eingebung. Wäre natürlich schöner gewesen, wir hätten die zusammen essen können. Sind frisch vom Kutter.«

»Das holen wir nach, ich versprech's. Und das nächste Mal bin ich dran«, gab Silke zurück. Ommos Stimme hörte sich gut an. Sie schloss die Augen und dachte an seine braungebrannten muskulösen Arme, die verwegenen Locken und … diesen knackigen Hintern.

Ommo holte sie schnell wieder in die Realität. »Hast du schon Zeitung gelesen?«, fragte er.

»Nein, wieso?«

»Verrat ich nicht. Aber guck mal rein, wenn du Zeit hast.«

Damit legte er auf.

Neugierig holte Silke die *Sylter Rundschau* und musterte die erste Seite. Aber außer tagespolitischen Schlagzeilen fand sie nichts, was von besonderem Interesse hätte sein können. Sie wollte das Blatt gerade aufschlagen, als sie erneut gestört wurde. Lars Holms schwerer Wagen bog in den Kiesweg ein und hielt vor seinem Haus. Silke hörte Türenschlagen, fröhliche Jungsstimmen, und kurz darauf sprang ihr Sohn in voller Fußballmontur über den niedrigen Gartenzaun.

»Drei zu eins«, rief er laut und strahlte übers ganze Gesicht, »wir haben die Lahmärsche richtig rundgemacht!«

»Na, na, mäßige dich mal«, gab Silke zurück, konnte aber gleichzeitig ihre Freude über den aufgekratzten Paul nicht verbergen. Als sie ihm sagte, dass Knut für irgendetwas dringend seine Hilfe benötigte, schnappte Paul sich den Schokokeks, den sie sich zum Kaffee bereitgelegt hatte, und verschwand so schnell, wie er gekommen war.

Silke stöhnte. Sie legte die Zeitung zur Seite, schloss die Augen und bemühte sich, tief und entspannt zu atmen.

Als sie wieder erwachte, waren zwei Stunden vergangen.

Paul war noch nicht vom Hof der Larsens zurückgekehrt, der Kaffee war kalt geworden, und Balu stand bereits hechelnd neben dem Liegestuhl und machte Silke deutlich, dass er auf seine Gassirunde pochte. Silke war noch wie erschlagen von ihrem ungeplanten Nickerchen, rappelte sich aber auf und holte die Leine aus dem Haus.

Erst am späten Nachmittag kam ihr Sohn nach Hause. Silke hatte ihre Büroarbeit mittlerweile erledigt, die Predigt lag ausgedruckt auf dem Küchentisch, das Küchenradio dudelte die neuesten Hits (die in Silkes Ohren alle gleich klangen), und Silke war dabei, eine Krabben-Bratkartoffel-Pfanne für sich sowie nur Bratkartoffeln für Paul zu zaubern. Sie war allerbester Dinge und freute sich, dass sich ihre Tochter am Nachmittag gemeldet und für nächste Woche ihren Besuch auf der Insel angekündigt hatte. Jana hatte ein verlängertes Wochenende, und da Lukas nicht nach Köln kommen konnte, nahm sie die lange Reise an die Nordsee auf sich. Der Liebe wegen, nicht der Familie, versteht sich, aber Silke freute sich trotzdem sehr auf Jana.

»Mama, kann ich nachher an deinen PC?«, fragte Paul sie zwischen zwei Bissen. Seit sie hier auf Sylt waren und Paul wesentlich mehr an der frischen Luft war, schien sich sein Appetit außerordentlich gesteigert zu haben. Oder war es das Wachstum? Er aß mittlerweile größere Portionen als sie, wohingegen er früher nur lustlos im Essen herumgestochert hatte.

»Ja, schon. Was hast du vor?« Silke hatte bislang nicht erlauben wollen, dass Paul einen eigenen Computer im Zimmer hatte, aber er durfte öfter mal an ihren. Bedingung war, dass er den Verlauf nicht löschte, so dass sie sehen konnte, welche Websites er besucht hatte.

Paul schaufelte sich eine weitere Portion knuspriger Bratkartoffeln auf den Teller und quetschte sich eine doppelte Portion Ketchup dazu.

»Ich muss was schneiden.«

Silke stand auf dem Schlauch. »Wie? Was schneiden?«

Paul grinste. »Einen Film. Zeig ich dir dann, wenn ich fertig bin.«

»Und so was kann mein Computer?!«, wunderte sich Silke verständnislos.

»O Mann, Mama …« Paul schüttelte amüsiert den Kopf und schob sich noch eine Gabel in den Mund, bevor er in Silkes Büro verschwand.

Eine Stunde später rief er sie zu sich und zeigte stolz auf den Bildschirm. »Introducing Knut Larsen« leuchtete es grellgrün auf schwarz. Silke war verdattert. Offensichtlich hatten Knut und Paul einen Film gedreht.

»Los geht's!«, rief Paul fröhlich und klickte mit der Maus.

Der schwarze Bildschirm erlosch. Stattdessen schwenkte die Kamera über weite Wiesen und üppige Felder. Unvermittelt erschien eine Nase im Bild.

»Hallo, ich bin Knut!«, sagte die Nase.

Die Kamera zog auf (oder die Nase ging ein paar Schritte nach hinten), jetzt war das ganze Gesicht von Knut zu sehen.

»Und das hier ist mein Hof. Der Larsen-Hof.«

Die Kamera schwenkte von Knuts Gesicht weg zu einem Misthaufen. Hühner pickten vor dem Misthaufen auf dem Boden herum. In der rechten Ecke sah man ein Stück vom Stall.

»Wir befinden uns auf der schönen Insel Sylt«, sagte Knuts Stimme, während die Kamera nun ganz auf den Kuhstall zuhielt. Das geöffnete Tor füllte den gesamten Bildschirm aus. Der Kameramann begann offensichtlich, auf das Tor zuzulaufen, während Knut redete. Die Kamera hüpfte auf und ab.

»Horssum ist die schönste Ecke von Sylt. Auch wenn das keiner weiß«, sagte Knut im Off. »Es ist ein Geheimtipp. Ich lebe seit meiner Geburt hier und möchte niemals weggehen. Hier bin ich sehr glücklich.«

Die Kamera war mittlerweile im Kuhstall angekommen, es war dunkel. Die Kühe begannen, aufgeregt zu muhen. Nun erschien Knut ganz im Bild. Er trug den schwarzen Anzug und das weiße Hemd, dazu Gummistiefel und sah attraktiv aus. Allerdings auch fehl am Platz.

»Das hier ist mein ganzer Stolz«, sagte er und breitete die Arme in Richtung seiner Rindviecher aus. »Es sind fünfzig Milchkühe. Sie haben alle Namen, und ich kenne sie so gut, als wären sie meine Schwestern.« Knut lachte ein bisschen verschämt über seinen Scherz. Dann ging er engagiert voraus. »Jeden Morgen um halb fünf gehe ich in den Stall melken.«

Abrupt erschien im Bild die gute Stube der Larsens. Knut saß plötzlich auf dem Sofa und trug nun keine Gummistiefel, sondern Pantoffeln.

»Hier wohne ich. Zusammen mit meiner Oma«, erklärte Knut mit gezwungener Fröhlichkeit. Jetzt guckte er ratlos. Offenbar wusste er nicht mehr so richtig weiter.

»Deine Hobbys«, zischte es aus dem Off.

Knut nickte brav. »Meine Hobbys sind …« Er überlegte fieberhaft. »Tiere! Ja, und ich spiele gerne ab und zu. Backgammon.«

Dann breitete er die Arme weit aus. »Falls auch du gerne spielst, Tiere und Sylt magst«, Knut streckte beide Arme in Richtung Kamera, »und vielleicht auch mich, dann könntest *du* meine Traumfrau sein!« Jetzt legte er beide Hände aufs Herz und lächelte strahlend in die Kamera.

Der Bildschirm wurde wieder schwarz, hämmernde Beats ertönten, und dann erschien die grellgrüne Schrift. »Wähl mich! Knut Larsen«.

Paul klickte das Filmchen aus und drehte sich stolz zu Silke um. »Cool, oder? Die Musik hab ich druntergelegt.«

Silke musste erst einmal verdauen, was sie gerade gesehen hatte. »Und wofür ist das?«, erkundigte sie sich, möglichst arglos.

»Für ein Partnerportal. Das stellt Knut online.«

Silke war fassungslos. Wie sollte sie Paul beibringen, dass Knut sich mit diesem Video der Lächerlichkeit im Netz preisgeben und nie und nimmer eine Frau damit finden würde. Sie sah vor ihrem geistigen Auge, wie der Clip bei YouTube zum Tagessieger mit den meisten Klicks wurde. Weil sich die halbe Nation darüber schlapplachte.

»Aha. Und wer ist auf diese Idee gekommen?«

»Lars«, gab Paul immer noch freudestrahlend zur Antwort. »Er will Knut helfen, eine Frau zu finden.«

13.

Die halbe Nacht hatten Silke und Paul am Computer gesessen, Bilder gesucht, kopiert, eingefügt, Texte geschrieben und gestaltet, Musik heruntergeladen und schließlich alle Komponenten zu einem neuen Videoclip zusammengefügt. Der Clip war nun halb so lang, dafür kam Knut richtig gut rüber. Mutter und Sohn waren stolz – damit konnte der Heiratskandidat sich sehen lassen!

Gegen Mitternacht fielen sie ins Bett, und Silke ärgerte sich kurz, dass sie schon wieder eine ganze Tüte Tacos verdrückt hatte. Aber dann sagte sie sich, dass sie sich nicht den schönen Abend im Nachhinein verderben wollte, denn so viel Spaß wie in den vergangenen Stunden hatte sie schon lange nicht mehr mit Paul gehabt. Es war fast so gut gewesen wie »Siedler« spielen.

Morgen würde Paul sein Werk dem Jungbauern präsentieren, in der Hoffnung, Knut könne sich damit identifizieren und den Clip zur Frauensuche verwenden.

Silke kuschelte sich tiefer in ihr Kissen und dachte darüber nach, wie es wohl war, einen Partner übers Internet zu suchen. Wenn man jemand nicht riechen, nicht anfassen konnte. Nicht sehen, wie sich dieser bewegte, wie er sprach und wie er lachte. Dafür konnte man von vorneherein selektieren, bestimmte Vorlieben abklopfen und schien vor unangenehmen Überraschungen gefeit. Sie konnte sich das nicht für sich vorstellen, aber ihr war durchaus bewusst, dass sie in dieser Hinsicht hoffnungslos altmodisch war. Und sie hatte immer viele Menschen um sich herum gehabt, lernte berufsbedingt ständig Leute kennen – was auf Knut nicht zutraf. Er war Tag und Nacht an den Hof gekettet, konnte keinen Urlaub machen und hatte keinen richtigen Feierabend. Seine Familie bestand lediglich aus Oma Grete. Und wenn sich in Horssum keine geeigneten Kandidatinnen finden ließen, war es nicht ganz leicht für ihn, mit gleichaltrigen Singlefrauen in Kontakt zu kommen, vor allem, da er kaum Interesse für Kino, Konzerte und Bars hatte.

Silke überlegte sich, dass dies eigentlich ein tolles Thema für eine der nächsten Predigten sein könnte. Partnersuche in Zeiten des Internets. Sie würde in der kommenden Woche ein wenig recherchieren zu dem Thema.

Der Mond schien hell ins Fenster. In ein paar Tagen würde Vollmond sein. Eine gute Gelegenheit, einen nächtlichen Spaziergang am Strand zu machen, dachte Silke. Vielleicht mit Ommo?! Verärgert schob sie den Gedanken beiseite. Sie war hier mit dem Vorsatz angetreten, sich nach der Scheidung ganz auf ihre Kinder, ihren Job und schließlich sich selbst zu konzentrieren! Einen Mann brauchte sie so nötig wie einen Pickel am Hintern. Apropos Hintern … Und schon fiel Pastorin Silke Denneler in einen tiefen traumreichen Schlaf.

»Das war aber wieder eine schöne Predigt, Frau Pastor!«

»Schönen Sonntag noch, Frau Pastor!«

»Hans hat schon recht gehabt, Sie haben's echt drauf.«

»Wir sehen uns nächste Woche bei der Taufe, Frau Denneler!«

»Ich muss mal rumkommen und mit Ihnen über Mudder snacken. Die will und will nich ins Heim. Sie müssen ein Wort mit ihr reden! Sie kann Sie doch so gut leiden.«

»Stückchen Mohnstreusel? Ganz frisch, hab ich gestern gebacken. Ich hab Ihnen zwei Stücke eingepackt.«

Silke stand in der hellen Sylter Sonne und verabschiedete nach dem Gottesdienst ihre Gemeinde. Sie war ganz zufrieden mit der

Resonanz. Die Kirche war jeden Sonntag zu fast zwei Dritteln gefüllt. Hier auf dem Land ging man noch in die Kirche, das gehörte einfach dazu. Pastor Schievel war beliebt gewesen, sie hatte also ein gut bestelltes Haus übernommen. Nun schüttelte sie alle Hände, wechselte mit beinahe jedem ein Wort und fühlte, wie sie mehr und mehr Fuß fasste in Horssum. Man akzeptierte sie fraglos, obwohl sie geschieden und alleinerziehend war.

Gerade kam Jungbauer Knut auf sie zu. Er hatte eine Frage auf den Lippen, das sah Silke ganz deutlich, aber da Oma Grete neben ihm stand, wollte er nicht damit rausrücken.

»Knut, geh doch mal zum Pfarrhaus rüber. Ich glaube, Paul hat was für dich«, half sie ihm aus der Patsche.

Knut grinste und tippte sich zum Dank an eine imaginäre Hutkrempe.

Oma Grete stellte sich neben die Pastorin und sah ihrem Enkel hinterher.

»Na«, meinte Silke, »haben Sie herausgekriegt, was er da treibt am Computer?«

»Nee«, entgegnete die alte Dame, »aber gestern ist er mit Paul die ganze Zeit auf'm Hof rum, haben alles Mögliche mit der Kamera aufgenommen und mordsmäßig geheimnisvoll getan.«

»Und ich weiß auch, warum!«

Oma Grete sah Silke überrascht an. Diese hielt das Päckchen mit dem Mohnkuchen in die Höhe. »Mohnkuchen von Frau Bendixen. Ich mach uns einen Kaffee dazu, und dann reden wir. Aber nur unter der Bedingung, dass Sie Knut kein Sterbenswörtchen sagen!«

Ihre Haushälterin verzog schmerzhaft das Gesicht. »Den Kaffee nehm ich gern. Aber nicht den Kuchen. Die Bendixen kann doch gar nicht backen.«

Diesem Urteil schloss sich Silke nicht an. Der Mohnstreusel schmeckte hervorragend. Oma Grete ließ sich sogar dazu herab, ein halbes Stückchen zu probieren, aber sie war in Gedanken so sehr mit dem beschäftigt, was Silke ihr offenbart hatte, dass sie auf weitere negative Kommentare über Frau Bendixens Backkünste verzichtete.

Silke hatte sich sehr bemüht, Oma Grete klarzumachen, dass Partnersuche im Internet heutzutage gang und gäbe war, und tatsächlich hatte Knuts Großmutter nur genickt und nachdenklich geguckt. »Der arme Junge« war ihr einziger Kommentar gewesen.

»Ich finde gar nicht, dass er arm ist. Ich finde es mutig. Und toll, dass er etwas unternimmt, anstatt zu jammern.« Silke schenkte noch einmal Kaffee nach. »Was ich mich nur frage, ist, was Lars Holm für ein Interesse daran hat.«

»Och nö«, Oma Grete winkte ab, »das ist einfach nur Nächstenliebe. Der is so, unser Lars.«

Silke wiegte skeptisch den Kopf. »Das möchte ich schon gerne glauben … Wenn da die Sache mit dem Grundstück nicht wäre. Holm weiß, dass Knut der Breckwoldt-Erbe ist. Er hat netterweise darauf verzichtet, das öffentlich zu machen, obwohl es ganz in seinem Interesse wäre. Stattdessen stachelt er Ihren Enkel an, sich im Internet eine Frau zu suchen. Warum?«

Jetzt dachte auch Oma Grete darüber nach. Sie mümmelte auf dem Mohnkuchen herum und sagte schließlich: »Entweder weil er denkt: Wenn Knut eine Frau hat, dann ist er so glücklich, dass er auch erfahren kann, dass er ein Findelkind ist.«

»Klingt logisch«, musste Silke zugeben. »Und ziemlich raffiniert.«

»Oder«, fuhr Grete fort, »weil er denkt, wenn er Knut eine geeignete Frau besorgt, dann ist der ihm gewogen. Und wenn das mit dem Grundstück rauskommt, wird sich Knut auf seine Seite schlagen, weil er ihm was schuldig ist.«

»Um fünf Ecken gedacht, aber ebenfalls logisch.« Silke fand, dass beide Strategien gut zu Holm passten, so wie sie ihn einschätzte. »Im besten Fall hat er Erfolg und Knut verliebt sich.«

»Aber es kann auch nach hinten losgehen«, konstatierte die alte Dame folgerichtig.

Silke stimmte ihr zu. Liebesglück ließ sich nicht erzwingen, und falls Lars Holm sich hier eigennützig engagierte, war es gut, wenn sie und Oma Grete ein Auge auf Knut hatten. Sie einigten sich darauf zu beobachten, wie sich die Partnersuche bei Knut entwickelte. Oma Grete musste allerdings von Silke mehrfach ermahnt werden, nicht zu verraten, dass die Pastorin sie über Knuts Internetaktivitäten informiert hatte. Die alte Dame sollte sich weiterhin unwissend geben.

Als Silke am Abend aufräumte, fiel ihr die *Sylter Rundschau* in die Hände, und erst jetzt erinnerte sie sich, dass Ommo sie extra deswegen am Vortag angerufen hatte. Also nahm sie sich die Zeit und begann, die Zeitung durchzublättern. Sie brauchte nicht lange zu suchen: Gleich auf der fünften Seite stach ihr ein großes Foto des Naturschützers ins Auge. Er stand unverkennbar am Lister Ellenbogen, hinter ihm blaues Meer und blauer Himmel, seine blonden Locken vom Wind zerzaust, und auf dem Arm hielt er einen großen Vogel. Laut der Unterzeile des Bildes handelte es sich um einen Kormoran, den Ommo ein paar Wochen zuvor verletzt gefunden hatte, gesund gepflegt und nun wieder in die Freiheit entlassen hatte.

Silke setzte sich bequem aufs Sofa und las interessiert den ganzen Artikel. Es handelte sich um ein Porträt, und dem Tonfall war zu entnehmen, dass die Journalistin ganz hingerissen von Ommo Wilkes war. Neben dem, was Ommo ihr selbst bereits erzählt hatte – über seine Reisen, seine Arbeit in den USA und sein vielfältiges Engagement als Natur- und Tierschützer, hielt der Artikel für Silke auch Neues bereit. So ging daraus sehr klar hervor, dass Ommo sich für das Amt des Bürgermeisters in der nächsten Legislaturperiode empfahl. Er hatte also nicht nur selbstlose Ambitionen, registrierte Silke und war davon nicht besonders überrascht. Dass Ommo ehrgeizig und machtbewusst war, spürte man. Aber sie hätte eher darauf getippt, dass er mal in eine der großen Organisationen drängte, wie Greenpeace oder den BUND. Als Bürgermeister von Sylt lag der Schwerpunkt bestimmt nicht auf dem Naturschutz.

Aber noch ein weiteres Detail in dem Bericht machte sie stutzig. Es wurde so dargestellt, als sei auf dem Gelände des Hubschrauberlandeplatzes bereits ein Bebauungsverbot verhängt, weil sich dort eine Kreuzkrötenkolonie befand. Soweit Silke wusste, hatte Ommo das zwar behauptet, offiziell war bis vor kurzem noch gar nichts gewesen. Dass bereits ein Bebauungsverbot bestand, machte alle Pläne von Lars Holm obsolet. Überdies erledigte sich damit auch die Sache mit dem Erben. Denn wem das Grundstück nun gehörte, war irrelevant, wenn ohnehin alles so bleiben sollte, wie es war.

Silke legte nachdenklich die Zeitung weg. Vor ihrem geistigen Auge erschien Lars Holm. Nicht der schnieke aalglatte Bauunternehmer mit den gelackten Haaren und der verspiegelten Sonnenbrille, sondern der Lars Holm in der ausgebeulten Jogginghose. Er hatte deprimiert ausgesehen, und Silke fragte sich, ob er in dieser düsteren Stimmung gewesen war, weil auch er von dem Baustopp erfahren hatte.

Einer spontanen Eingebung Folge leistend, griff sie zum Telefon und wählte die Nummer von Jens Bendixen. Wenn einer genauer darüber Bescheid wusste, dann er.

Nach einem höflichen Vorgeplänkel, in dem Silke Jens über ein paar Neuigkeiten aus der Kirchengemeinde informierte (über die Jens allesamt bereits Bescheid wusste), kam sie auf ihr eigentliches Anliegen zu sprechen.

»Ich habe vorhin ein bisschen in der *Rundschau* geblättert …«, begann sie und hörte, wie Jens scharf die Luft einsog.

»… und da bin ich auf dieses Porträt von Ommo gestoßen«, fuhr sie unbeirrt fort.

Dem angespannten Schweigen am anderen Ende entnahm sie, dass Jens Bendixen ahnte, welches Thema sie anschneiden wollte. Und es war keines, über das er gerne sprechen wollte.

Aber Silke ließ nicht locker. »Ganz interessant. Ich wusste zum Beispiel gar nicht, dass er Bürgermeister werden möchte.«

Verächtliches Schnauben am anderen Ende der Leitung.

»Ich sach mal so«, ließ sich Bendixens Brummbass vernehmen, »da ist wohl der Wunsch Vadder des Gedankens.«

»Aha. So, so.« Das war auch nicht der Grund für ihren Anruf gewesen. »Na ja, das ist ja Ommos Sache. Was mich aber noch mehr verwundert hat, ist dieses Bebauungsverbot.« Jetzt war die Katze aus dem Sack.

Jens Bendixen stöhnte. »Dieser verdammte Esel!«

»…?«

»Ommo!« Jens war regelrecht außer sich. »Das ist natürlich totaler Quatsch! Es gibt kein Bebauungsverbot. Jedenfalls noch nicht.«

»Wird es eines geben?«, erkundigte sich Silke.

»Keine Ahnung. Aber das ist jetzt auch egal. Die Sache ist in der Welt.«

Jens nahm einen Schluck Irgendwas. Schnaps oder Herztropfen. »Dieser Schwachkopf von Ommo hat einfach Tatsachen geschaffen. Die natürlich jeglicher Grundlage entbehren.« Jens verfiel sofort in Politikersprech, als er versuchte zu dementieren.

»Kann ich es genauer haben?«

»Das mit der Ansiedlung der Kreuzkröte ist bislang nur eine Behauptung. Von ihm und seinem Verein. Bis jetzt sind sie jeden Beweis schuldig geblieben. Kann sein, dass die da hockt, kann auch nicht sein. Aber erst mal muss er das beweisen, dann wird's geprüft, und alles geht seinen korrekten Gang. Das ist Ommo natürlich zu lahm. Es könnte ihm ja der Holm zuvorkommen!

Oder ein Erbe auftauchen oder was weiß ich. Also macht er Nägel mit Köpfen, wo keine sind.«

»Und schadet damit …?« Das war eine rhetorische Frage. Silke wusste die Antwort.

»Allen anderen Interessenten an dem Grundstück.« Es widerstrebte Jens, das zu sagen.

»Also Lars Holm.«

Schweigen.

»Kann es sein«, setzte Silke nach, »dass Lars davon bereits am Freitag erfahren hat? Bevor das Interview gedruckt wurde?«

Wieder Schweigen. Aber diesmal hörte es sich so an, als würde Jens überlegen. »Theoretisch nicht. Die Zeitung geht Freitagabend in den Druck.« Jens antwortete zögerlich. »Aber Lars ist dicke mit dem Chefredakteur. Kann also durchaus sein …«

»Das habe ich mir gedacht.« Silke war nun gewiss, dass die schlechte Verfassung von Lars mit Ommos Behauptung zu tun hatte. »Aber wenn es gar nicht stimmt, kann es Holm doch nicht schaden, oder?«

»Ihr Wort in Gottes Ohr«, gab Bendixen zurück. »Ich wünsche es ihm jedenfalls nicht.«

Silke verabschiedete sich von dem Gemeindevorsteher und wünschte ihm noch einen schönen Abend. Sie war allerdings sicher, dass sie ihm diesen gründlich verdorben hatte.

Auch ihre eigene Stimmung war nicht mehr so heiter wie zuvor. Sie ärgerte sich über Ommo. Warum preschte er so voran? Er musste doch wissen, dass das unfair und taktisch unklug war. Vielleicht hatte er das so auch gar nicht formuliert, dachte sie, um Ommo in Schutz zu nehmen. Vielleicht hatte die Journalistin etwas missverstanden.

Silke spürte, wie sich eine dicke Pfote auf ihr Knie legte. Balu sah ihr starr in die Augen, sein Maul stand offen und die Zunge hing lang, nass und rosa zur Seite. Er hechelte demonstrativ. Zeit fürs Gassi. Silke schnappte sich die Leine und hoffte, dass ein abendlicher Spaziergang ihre Laune heben würde. Und überhaupt, verschwendete sie noch einen letzten Gedanken an die Sache, Lars Holm kämpft bestimmt auch mit harten Bandagen.

Eine Viertelstunde später kehrte sie von ihrer Runde mit dem Bobtail zurück. Sie war mit Balu am Kliff gewesen, hatte sich auf eine Düne gesetzt und übers Meer gestarrt. So lange, bis ihr Kopf leer war. Sie spürte bleierne Müdigkeit und rief Balu, der die Brandung angekläfft hatte, zu sich. Gemeinsam gingen sie nach Hause, vorbei am Haus der Holms. Es war ganz dunkel bis auf ein einziges Fenster. Warmes gelbes Licht strahlte hinaus in den Garten, und gegen ihren Willen blickte Silke neugierig vom Kiesweg aus hinüber. Es schien sich um die Küche zu handeln. Unter einer tiefhängenden weißen Lampe sah Silke Lars sitzen. Er hatte ein großes Glas mit Rotwein vor sich, das er in der Hand drehte. Ihm gegenüber Lukas. Vater und Sohn waren in ein inniges und ernstes Gespräch vertieft. Der Anblick berührte Silke tief in ihrem Herzen, und sie dachte an die Worte von Jens Bendixen bei ihrem ersten Treffen: »Es herrscht Krieg in Horssum.«

Silke beschloss, sich an das zu halten, was sie sich damals schon vorgenommen hatte: sich um jeden Preis rauszuhalten.

14.

Den Mittwoch hatte Silke zu ihrem Bürotag auserkoren. An diesem Wochentag hatte sie in der Regel keine festen Termine wie den Seniorentee oder Krabbelgruppe. Sie versuchte auch, nach Möglichkeit keine Gesprächstermine, Hausbesuche oder sonstige Treffen auf den Mittwoch zu legen, so dass sie sich ganz ihrem Bürokram widmen konnte. Heute hatte Silke bereits den Gemeindebrief geschrieben, alle Termine auf der Website aktualisiert, die Einladungen für den Reitergottesdienst im Oktober hinausgeschickt und unzählige Telefonate geführt.

Jetzt war es früher Nachmittag. Paul war bereits zu Hause, brütete über seinen Hausaufgaben und murrte, weil Silke ihn gebeten hatte, mit Balu eine kleine Runde zu drehen. Oma Grete stellte ihr soeben ein Tablett mit Kaffee und Sandkringeln mit Hagelzucker hin. Dazu ein Schälchen Hagebuttenmarmelade – von ihr gemacht, nicht von Silke.

»Knutchen hat mich übrigens eingeweiht«, sagte sie und wischte sich die Hände an der Kittelschürze ab.

»Ach?!« Silke war überrascht.

Die alte Dame nickte. »Er ist ja geplatzt vor Stolz, mein Junge.« Jetzt grinste sie. »Hat ordentlich Zuschriften bekommen auf sein Video.«

»Das freut mich aber!« Silke stippte einen Keks in die Hagebuttenmarmelade. »Und? Ist eine geeignete Dame dabei?«

Oma Grete wiegte den Kopf. »Ich weiß nicht. Die meisten

sind von weit weg. Mit denen schreibt er jetzt. Viele sind auch büsschen alt. Mehr so Ihr Jahrgang.«

Silke musste lachen. »Solange sie nicht in Ihrem Alter sind, geht's ja noch.«

»An mir ist noch alles dran, was dran sein muss!« Oma Grete tat empört, konnte sich ein Lachen aber nur schlecht verkneifen.

»Ich drück Knut jedenfalls die Daumen.«

»Na ja«, gab Oma Grete zurück, »ich glaub da nicht dran. Die Mädchen schicken Fotos – aber ob die das dann auch sind, auf dem Bild … das weiß nur der da oben allein.« Sie zeigte mit spitzem Zeigefinger nach oben an die Decke. »Ich sag Ihnen: Die eine, die den Knut nimmt, die kommt nicht aus dem Internetz. Das weiß ich so sicher, wie die Ebbe auf die Flut folgt.« Der Zeigefinger stach noch einige Male drohend in die Luft, dann zog sich Oma Grete aus dem Büro zurück.

Silke setzte ihre Arbeit fort, war aber immerzu abgelenkt. Das Gespräch mit ihrer Pfarrhaushälterin hatte sie daran erinnert, dass sie sich genau damit für ihre Sonntagspredigt beschäftigen wollte: Die Suche nach der wahren Liebe in der heutigen virtuellen Welt. Sie stopfte sich noch einen der köstlichen Kekse in den Mund, schloss ihre Büroarbeit für heute ab und begann zu recherchieren. Zunächst einmal erforschte sie die Statistiken. Wie viele Menschen suchten und fanden ihre Partner über Kontaktanzeigen? Wie viele davon wurden im Netz geschaltet? Wer trennte sich wann nach welcher Zeit? Und wie war das im Verhältnis zu den Paaren, die sich auf dem »normalen« Weg gefunden, also nicht über eine Anzeige kennengelernt hatten?

Dann las sie Interviews, Erfahrungsberichte, Reportagen, besuchte Blogs und Internetforen. Sie war fasziniert von der Welt der virtuellen Partnersuche, die vor allem eines war: ein riesiges Geschäft mit Menschen, die alle das Gleiche suchten. Einen Gleichgesinnten. Liebe, Geborgenheit, Zuneigung. Warum war es so schwer zusammenzufinden? Silke gewann den Eindruck, dass es umso schwerer wurde, je angestrengter man suchte. Oder je differenzierter man suchte. Viele Suchende hatten sehr konkrete Vorstellungen vom idealen Partner, was einige, die nicht ins Schema passten, von vorneherein ausschloss.

Silke wechselte nun auf die einschlägigen Portale der großen Partneragenturen im Netz. Sie versprachen alle das Gleiche: den perfekt auf die Bedürfnisse zugeschnittenen Partner. Je mehr sich die Anforderungen, Interessen und Profile glichen, desto höher sollte die Trefferquote sein. Aber war es im richtigen Leben nicht vielmehr so, dass die wenigsten Frauen und Männer mit dem idealen Partner glücklich wurden, sondern vielmehr mit dem, was sie anfangs vielleicht als Kompromiss, ja sogar als Makel wahrgenommen hatten? Dass man statt mit der Blonden mit üppiger Oberweite schließlich die drahtige Brünette heiratete. Oder sich doch nicht in den hochgewachsenen, breitschultrigen Mann verliebte, sondern den kleineren, fülligen Freund nahm und mit diesem sehr glücklich wurde.

Silke zweifelte stark, dass eine hohe Trefferquote proportional mehr Liebesglück versprach, und die Statistiken gaben ihr recht. Je mehr selektiert wurde, desto höher die Ansprüche – und desto größer die Enttäuschung, dass sich der Partner, der einem als 100-%-Treffer versprochen wurde, doch als Niete herausstellte.

Gerne hätte Silke sich ein paar der Partnersuchanzeigen angesehen, hätte nachvollzogen, wie das konkret vor sich ging, aber man musste sich bei allen Anbietern erst einmal einloggen, bevor man sich auf den Plattformen tummelte. Aber davor schreckte sie zurück. Sie wollte selbst auf gar keinen Fall in die Kartei der Website geraten oder gar ein Profil erstellen und sei es nur für Recherchezwecke.

Auf der anderen Seite war sie so schrecklich neugierig. Der Cursor verharrte minutenlang über der Login-Schaltfläche. Schließlich entschied sich Silke, dass sie wenigstens auf die Frage »Sind sie weiblich?« antworten könnte, und klickte. Sofort öffnete sich die nächste Seite, auf welcher sie ein Profil anlegen konnte. Silke starrte überfordert auf all die Fragen, die sie beantworten musste und/oder konnte. Sie war so konzentriert darauf, dass sie zu spät hörte, dass sich die Tür zu ihrem Büro geöffnet hatte.

Erst das Räuspern schreckte sie auf, und sie war angesichts des mitten im Raum stehenden Ommo Wilkes zu perplex, um zu reagieren.

»Sorry, dass ich dich bei der Arbeit störe.« Ommo lächelte und zeigte auf den Bildschirm. Dabei kam er ein paar Schritte näher.

Fahrig griff Silke nach ihrer Maus, stieß dabei aber nur die Kaffeetasse um, deren Inhalt sich sofort über die Tastatur und das Mousepad ergoss.

»Verdammt!« Hektisch sprang Silke auf und suchte nach irgendetwas, mit dem sie die Milchkaffeelache, die nun auch ihre Dokumente erreicht und vollgesogen hatte, aufwischen konnte.

Ommo kam ihr zu Hilfe und holte eine Packung Papiertaschentücher aus seiner Hosentasche. Er zog eines nach dem anderen aus der Packung, und sie tupften damit notdürftig die größte Kaffeelache auf.

»Ach, du bist auf der Suche?«, fragte Ommo plötzlich und zeigte grinsend auf die geöffnete Seite der Partneragentur.

Silke schoss das Blut ins Gesicht. »Nein! Das ist nur … Ich recherchiere ein bisschen. Für die Predigt.« O Gott, hörte sich das blöd an!

»Schon klar«, sagte Ommo und schob sich näher an Silke heran. »Du hast es ja auch nicht nötig.«

Und bevor Silke etwas entgegnen konnte, hatte Ommo einen seiner muskulösen Arme um ihre Hüfte gelegt und zog die Pfarrerin energisch zu sich. Silke öffnete den Mund, um zu protestieren, aber da hatten sich seine Lippen bereits auf ihre gelegt. Mit einem leidenschaftlichen Kuss erstickte Ommo Wilkes jeglichen Protest im Keim. Silkes Knie knickten ein, und sie schloss hingebungsvoll die Augen. Wie lange war sie schon nicht mehr so geküsst worden! Ihr Gehirn katapultierte sie mit Hilfe der Hormonausschüttung zurück in ihr siebzehntes Lebensjahr, als Michael Schüller, der Chef der Volleyballmannschaft, sie nachts am Baggersee auf diese Art und Weise überrumpelt hatte. Der Rest war dann eher krampfig gewesen, aber der Kuss …

»Das geht einfach mal gar nicht!« Silke löste sich und schob Ommo empört von sich.

»Nicht?« Um Ommos Augen bildeten sich wieder diese Lachfältchen. »Ich finde, das ging schon ganz gut. Vielleicht brauchst du nur noch ein bisschen mehr Übung …«

Er griff nach ihrer Hand, aber Silke wich rückwärts aus. Sie wäre um ein Haar über die Kabel ihres PCs gestolpert, ihre Beine wollten ihr noch nicht so ganz gehorchen, aber sie fing sich im letzten Moment. Hektisch sammelte sie die kaffeebraunen Taschentücher ein, murmelte etwas von »Lappen in der Küche« und stürmte aus dem Büro. Draußen atmete sie dreimal tief durch, bevor sie in die Küche ging, wo Paul in Erwartung des Abendessens saß und mit seinem Nintendo zockte.

»Ich hab den Typ reingelassen, war doch okay, oder?«, fragte er, ohne von seinem Daddeldings hochzugucken.

»Ähm, klar. Wir … mussten nur was besprechen. Geschäftlich.« Silke war froh, dass ihr Sohn so versunken spielte und nicht sehen konnte, dass sie völlig durch den Wind war. Sie warf die Taschentücher in den Müll, holte einen Lappen unter der Spüle hervor und spritzte sich noch schnell etwas Wasser ins Gesicht. Als sie sich umdrehte, stand Ommo in der Tür. Das breite Siegergrinsen wollte einfach nicht aus seinem Gesicht verschwinden, auch als Silke stumm den Kopf schüttelte und mit den Augen demonstrativ zu ihrem Sohn schaute.

»Eigentlich wollte ich deine Mama zu einem Feierabendbier überreden, junger Mann«, sagte Ommo zu Paul, ihre Signale ignorierend.

Dieser sah nun von seinem Gerät hoch und musterte Ommo. Dabei zogen sich seine Augenbrauen zusammen. »Klar«, sagte Paul gedehnt, »Mama ist erwachsen. Die kann machen, was sie will.«

Dabei löste sich sein Blick nicht von Ommo. Es war kein sehr freundlicher Blick.

»Heute nicht, Ommo. Danke.« Silke wollte die Spannung, die sich in der kleinen Küche ausbreitete, nur allzu gerne auflösen. Und sie wollte um keinen Preis mit Ommo alleine sein. Sie war seinem Charme einfach nicht gewachsen.

Ommo zuckte mit den Schultern. »Schade. Dann muss ich mein Glück eben ein anderes Mal versuchen.«

Er machte aber keine Anstalten, sich zu verabschieden, also raffte Silke sich auf und brachte ihn zur Tür. Im engen Flur legte Ommo seine Hand auf ihren Hintern, aber Silke schob sie weg.

»Das geht mir zu schnell«, flüsterte sie dem Naturschützer zu.

»Mir kann es nicht schnell genug gehen«, flüsterte dieser mit rauer Stimme zurück und schob dabei seinen Mund ganz nah an ihr Ohr.

Silke konnte seinen warmen Atem spüren, und ihre Nackenhärchen stellten sich auf. Rasch drehte sie sich von ihm weg und öffnete die Tür. »Also tschüss dann«, sagte sie so laut, dass Paul sie in der Küche auf jeden Fall hören konnte.

Ommo Wilkes grinste und fuhr ihr mit dem Zeigefinger zärtlich über die Wange, bevor er sich auf sein Rad schwang. Ohne Kommentar fuhr er davon.

Silke blickte ihm hinterher und war sich sicher, dass er nicht aufgeben würde. Er hatte genau gespürt, dass sie hin- und hergerissen war, und würde nicht eher nachgeben, bis er sie rumgekriegt hatte. Verdammt, dachte Silke und schickte ein kleines Stoßgebet an ihren Boss. Bitte lass mich stark bleiben und ihm widerstehen!

Zum Glück hielt Ommo in den nächsten Tagen die Füße still, denn zum Wochenende hin wurde es turbulent. Es begann damit, dass am Donnerstagabend ganz unerwartet Knut Euter Larsen vor der Tür stand und sehr nervös seine großen Hände knetete. Es dauerte, bis Silke ihm entlockte, welches Anliegen Knut zu ihr trieb. Erst nachdem Paul Knut Löcher in den Bauch fragte, rückte dieser damit heraus, dass Lars Holm ihm ein Angebot gemacht hatte, das er unmöglich ablehnen konnte. Holm hatte am Wochenende in Hamburg zu tun und hatte Knut überredet, sich dort mit einigen Frauen, die auf sein Video geantwortet hatten, zu treffen. Es waren fünf Damen, allesamt aus Nordfriesland, die eingewilligt hatten, nach Hamburg zu reisen um den Bauern auf Freiersfüßen in Augenschein zu nehmen. Natürlich konnte Euter aber nicht einfach so den Hof im Stich lassen, die Tiere kannten kein Wochenende, und Oma Grete konnte zwar für die Katzen, Hühner und Ziegen sorgen, aber die Kühe füttern, melken und den Stall ausmisten, das war zu viel für die alte Dame. Lukas Holm hatte seine aktive Mithilfe zwar zugesichert, er hatte Knut schon öfter mal ausgeholfen und wusste Bescheid, aber da sich ausgerechnet für dieses Wochenende Jana angekündigt hatte, wollte Knut den jungen Holm gerne entlastet wissen.

Paul war Feuer und Flamme! Ein ganzes Wochenende Tiere versorgen, das war sogar für einen Zwölfjährigen noch eine spannende Abwechslung. Silke sagte ebenfalls ihre Hilfe zu, obwohl ihr bei dem Gedanken, um fünf Uhr früh bei fünfzig Milchkühen im Stall zu stehen und noch vor der Kirche alle gemolken zu haben, ziemlich mulmig wurde. Aber Knut versicherte ihr, um das Melken würde sich Lukas auf alle Fälle kümmern. Hauptsache, sie helfe ihm, den Stall auszumisten.

Solcherart versichert, zog Knut glücklich und beruhigt von dannen.

Am Freitagmittag beobachtete Silke dann, wie Knut adrett gekleidet und rosig geschrubbt mit einer kleinen Sporttasche in den SUV von Lars Holm einstieg. Oma Grete hatte ihren Enkel mit einem riesigen Stullenpaket sowie einer Flasche selbstgepresstem Apfelmost und einer überdimensionierten Thermoskanne Kaffee versorgt, ganz so, als trete er eine Reise um die Welt an.

In Silkes Küche stand eine Friesentorte, von Oma Grete selbst gebacken anlässlich des Wochenendbesuches von Jana. Obwohl die Pastorin energisch dagegen protestiert hatte, war die alte Dame am Vormittag gekommen, um das Gästezimmer herzurichten und zu backen. Sie wollte es sich nicht nehmen lassen, obwohl Silke ihr gedroht hatte, dass sie ihr nächste Woche Urlaub geben würde, wenn sie sich am Wochenende blicken ließe. Sie hatte nun auf dem eigenen Hof alle Hände voll zu tun. Aber Oma Grete hatte nur ein beleidigtes Schippchen gezogen und hatte weitergearbeitet.

Silke hätte es ohnehin gereicht, wenn einmal in der Woche eine Putzhilfe ins Haus gekommen wäre, sie war schließlich durchaus in der Lage, sowohl ihren Pfarr- als auch den privaten Haushalt zu schmeißen, aber nach einem Gespräch mit Jens Bendixen, der als Kirchenvorstand auch mit diesem Thema betraut war, hatte sie begriffen, dass es nicht darum ging, dass ihr Arbeit abgenommen wurde. Sondern dass Oma Grete Arbeit bekam. Sie brauchte die Tätigkeit im Pfarrhaus, wo sie ständig mit anderen Leuten zusammentraf und vielfältige Aufgaben übernahm. Allein mit ihrem Enkel auf dem Hof – da würde die umtriebige alte Frau rasch trübsinnig werden und »eingehen wie eine Primel«, so ihre eigenen Worte.

Nun also beobachtete Silke durch ihr Küchenfenster, wie Oma Grete von Knut Abschied nahm – den Tränen nahe. Lars Holm seinerseits verabschiedete sich von Marina, allerdings weniger herzlich. Er strich ihr lediglich über den Rücken und redete beständig auf sie ein, während die junge Frau gehorsam nickte. Kein Kuss, keine liebevolle Umarmung, Lars Holm war einfach ein gefühlsarmer Businesstyp, dachte Silke und schob die Gardine wieder vors Fenster. Sie kam sich vor wie ein Spanner. Dass sie ihren Nachbarn neulich so niedergeschlagen und im schlampigen Freizeitlook ertappt hatte, war ihm bestimmt noch immer unangenehm.

Als Paul kurz darauf von der Schule kam, konnte er es kaum abwarten, bis er sein Essen hinuntergeschlungen und die Hausaufgaben erledigt hatte. Danach wetzte er sofort rüber zum Larsen-Hof. Sein neuer Freund Louis hatte sich ebenfalls angekündigt, und Silke hoffte inständig, dass die beiden Teenager nicht mehr Arbeit verursachten, als sie zu leisten gewillt waren.

Am späteren Nachmittag, Silke war gerade dabei, sich nach einer Joggingrunde wieder hübsch zu machen, um ihre Tochter am Bahnhof Westerland abzuholen, klingelte es an der Tür. Es war der junge Holm.

»Lukas!« Silke begrüßte den dunklen Lockenkopf erfreut, »soll ich dich zum Bahnhof mitnehmen?«

Der junge Mann fingerte verlegen an seinem Schlüsselbund herum. Jetzt sah Silke auch, dass die Vespa schon bereitstand.

»Äh, vielen Dank, nicht nötig.« Offensichtlich wusste Lukas nicht, wie er sein Anliegen der Mutter seiner Freundin möglichst schonend beibringen sollte.

Aber Silke hatte schon verstanden. »Du willst sie alleine abholen, nicht wahr?«

Lukas nickte, sichtlich erleichtert. »Ja. Wenn's Ihnen nichts ausmacht?!« Jetzt strahlte er. »Wir haben uns drei Wochen nicht gesehen …«

»Gar kein Problem«, gab Silke zurück. »Aber ihr müsst mir versprechen, dass ihr wenigstens vorbeikommt und ein Stück Friesentorte esst. Die hat Oma Grete extra für Jana gemacht.«

Lukas war schon auf dem Rückzug. Er hatte es jetzt eilig, zum Bahnhof zu kommen. »Logisch! Bis nachher!«

Damit war er schon zum Gartentor hinaus, schwang sich auf die Vespa und startete den Motor. Er winkte noch kurz, bevor er über den Kiesweg davonbretterte.

Silke schloss die Tür und fiel innerlich ein bisschen zusammen. Sie hatte sich wahnsinnig darauf gefreut, ihre Tochter am Bahnhof in die Arme zu schließen. Aber natürlich respektierte sie den Wunsch des jungen Pärchens, dass sie erst einmal alleine sein wollten. Sie wäre das fünfte Rad am Wagen gewesen; außerdem war ihr absolut klar, dass Jana sich mehr freute, Lukas zu sehen als ihre Mutter, mit der sie schließlich die fast gesamten achtzehn Jahre ihres Lebens verbracht hatte. Es war natürlich, es war der Lauf der Dinge, aber es war auch schmerzhaft.

Dieses Gefühl aber war zwei Stunden später wie weggeblasen. Silke, Jana und Lukas saßen zusammen in der Dämmerung im Garten, überall standen Teelichter und verbreiteten heimelige Atmosphäre. Sie tranken Wasser und Prosecco mit Holunderblütensirup und waren über die sagenhaft gute Friesentorte hergefallen.

Da vibrierte Silkes Handy. Es war eine SMS von Ommo: *Was geht mit uns am Wochenende?* Silkes Herz machte einen Sprung, aber sie antwortete dennoch nicht gleich. Sie hatte Bammel davor, mit Ommo allein zu sein. Sie wusste, dass sie seinen heftigen Avancen nicht würde widerstehen können, gleichzeitig überforderte sie der Gedanke an eine Affäre oder gar Beziehung total.

Jana erzählte lebhaft von ihrem Job bei Starbucks, den extravaganten Kaffeewünschen ihrer Kunden und davon, dass sie in zwei Wochen Führerscheinprüfung hatte. In zehn Tagen wurde sie volljährig, drei Tage darauf wollte sie den Lappen in den Händen haben.

»Dann wird ja gleich doppelt gefeiert«, mutmaßte Silke.

Aber Jana schüttelte den Kopf und sah verliebt zu Lukas hinüber, der ihre Füße im Schoß hatte und sie massierte.

»Ich fahr nach Hamburg und helfe Lukas beim Umzug.«

»Oh«, Silke war überrascht. »Das geht ja schnell. Hast du eine Wohnung gefunden?«

»Wohnung nicht. Aber ein WG-Zimmer. Gerade noch rechtzeitig. Das Semester geht ja los.«

»War es schwer, etwas zu finden?«, erkundigte sich Silke.

Lukas nickte. »Sauschwer. Hamburg ist total dicht und außerdem wahnsinnig teuer. Und viel zahlen kann ich nicht.«

Darauf wollte Silke nicht weiter eingehen. Sie mutmaßte, dass der Herr Bauunternehmer sich mit der Unterstützung für seinen einzigen Sohn nicht lumpen ließ. Sicherlich konnte er Lukas finanziell durchversorgen, wenn er wollte.

»Hast du schon einen Job?«, erkundigte sich Jana besorgt bei Lukas.

»Das als Kurierfahrer könnte vielleicht klappen«, erwiderte Lukas. Offenbar hatten die beiden schon über das Thema gesprochen.

»Aber das reicht auch nicht voll. Mal sehen, Mama meint, sie kann mir vielleicht was zuschießen.« Lukas biss sich auf die Lippe. »Von Papa krieg ich ja noch das Kindergeld. Aber mehr ist wohl nicht drin.«

So ein Geizhals, dachte Silke. Hält seinen Sohn knapp und macht sich hier dicke. »Warte mal ab«, sagte sie leichthin, »das ist doch typisch für Eltern. Die wollen bloß sehen, ob sich der Nachwuchs auch bemüht und einem nicht komplett auf der Tasche liegt. Und dann geben sie nachher doch mehr dazu als angekündigt.« Sie nahm einen Schluck von dem Prosecco mit Sirup und zwinkerte Jana zu. »Das kenn ich doch von mir.«

Aber Lukas guckte nur betreten. »Nee, so ist das nicht. Papa würde gerne, aber er kann nicht. Er ist doch pleite.«

Silke sah ihn fragend an.

»Er muss wahrscheinlich Insolvenz anmelden«, erläuterte Lukas.

»Wegen des Sportparks?«, fragte Silke betroffen nach, obwohl sie sich sicher war, die Antwort zu kennen.

Lukas nickte. »Mmh. Vor allem nach dem Artikel über Ommo Wilkes. Da ist Papa der größte Investor abgesprungen. Als er in der Zeitung gelesen hat, dass es angeblich ein Bebauungsverbot gibt.«

Silke war völlig entgeistert. Ommos unbedachte Äußerung hatte also weitreichende Folgen. »Aber das stimmt doch gar nicht.«

Der junge Holm zuckte traurig mit den Schultern. »Das spielt jetzt keine Rolle. Papa meint, unter den Bedingungen findet er keinen Investor. Der Sportpark platzt, und er hängt mit den Verpflichtungen drin. Er haftet mit der Firma. Und seinem Privatvermögen. Er hatte sich ja eh schon total übernommen.«

Silke spürte, wie ihr übel wurde. Das süße Getränk und die pappige Friesentorte lagen ihr jetzt wie Blei im Magen. Sie starrte auf ihr Handy und dachte an die Nachricht von Ommo. Die Lust auf ein Treffen mit ihm war ihr gründlich vergangen.

15.

Den Samstagvormittag verbrachte Silke bei einem Kollegen in Rantum. Sie besprachen die Vorbereitungen für die Konfirmation im kommenden Jahr. Da beide Gemeinden alleine zu wenig Konfirmanden hatten, würden sie ihre Gruppen zusammenlegen und sich mit dem Unterricht abwechseln. Silkes Kollege war ein noch junger Pastor voll ansteckendem Enthusiasmus, und Silke freute sich darauf, mit ihm zusammenzuarbeiten. Sie freute sich auch auf die Teenager, die sie dann fast ein Jahr lang begleiten würde. Fast immer kamen die jungen Leute, weil sie eben mussten, weil es dazugehörte, und nicht selten wegen des Geldes und der Geschenke, die am Ende quasi als Belohnung warteten. Aber bislang war es ihr noch immer gelungen, einen Großteil der Kinder auch mit christlichen Themen zu packen. Und wenn die alljährliche Exkursion zum Kirchentag stattfand, waren gut zwei Drittel der Jugendlichen freiwillig mit dabei. Dass die frisch Konfirmierten später regelmäßig in den Gottesdienst kamen – das erwartete Silke gar nicht. Aber sie freute sich darüber, wenn die jungen Leute den Draht zur Kirche nicht vollständig kappten.

Auf dem Nachhauseweg, den sie mit Balu an der Leine auf dem Fahrrad zurücklegte, kam sie am Larsen-Hof vorbei und beschloss, dort nach dem Rechten zu sehen. Noch am späten Freitagabend hatten Paul und sein Kumpel darum gebettelt, eine Nacht in der Scheune verbringen zu dürfen, und sie hatte ihrem Sohn dieses Abenteuer nicht verwehren wollen. Das war nun eine gute Gelegenheit nachzusehen, was die Jungs auf Euters Hof so trieben.

Als sie mit dem Rad in den gepflasterten Hof einbog, lag dieser friedlich und still in der Sonne da. Von den Kindern keine Spur. Auch nicht von Lukas und Jana, die heute in aller Herrgottsfrüh die Kühe gemolken hatten – per Maschine.

Silke stieg vom Rad, ließ Balu von der Leine, der sofort hinter den Hühnern herjagte, die hysterisch gackernd aufflogen und kopflos in alle Richtungen stoben. Silke rief ihn streng zurück, aber er war schon über alle Berge. Sie hoffte inständig, dass der Bobtail kein Huhn erwischen würde. Sie wusste zwar, dass Balu keinen ausgeprägten Jagdtrieb hatte, aber selbst wenn er sich nur einen gefiederten Freund zum Spielen auserkor, würde das diesem schlecht bekommen.

Jetzt klopfte jemand von innen an das Küchenfenster. Es war Oma Grete, die mit ihrem fast zahnlosen Mund der Pastorin durch die Scheibe zulächelte. Silke lächelte zurück und ging ins Haus.

In der schönen alten Bauernküche der Larsens, die mit weißblauen holländischen Fliesen gekachelt war, saßen Oma Grete und Marina auf der Eckbank einträchtig nebeneinander. Beide hatten eine Tasse Kaffee vor sich auf dem Tisch und eine Handarbeit auf dem Schoß. Silke war verwundert, die Freundin von Lars Holm hier anzutreffen, verkniff sich aber einen Kommentar und stellte die Blumen, die sie für ihre Haushälterin vom Wochenmarkt in Westerland mitgebracht hatte, in eine Vase. Oma Grete überschlug sich deswegen fast vor Dankbarkeit.

»Also bitte, Frau Grete, das ist ja wohl das mindeste«, sagte Silke und nahm dankend die Tasse Kaffee in Empfang, die die alte Dame ihr eingoss. »Ich bin sowieso vorbeigekommen, um zu fragen, ob ich helfen kann. Und ob die Jungs sich gut betragen haben. Wo sind die überhaupt?«

Oma Grete lachte. »Keine Bange. Die waren ganz lieb. Hab

gar nichts von ihnen mitgekriegt – außer dass sie heute todmüde aus dem Stroh gekrochen sind.« Sie zwinkerte Silke verschmitzt zu. »Die liegen in ihren Betten zu Hause, wo sie hingehören.«

Silke war erleichtert. Bestimmt hatte Paul seinen Spaß gehabt. »Durchmachen« war in seinem Alter die ganz große Herausforderung. Nach jeder Übernachtungsparty ging es darum, wer am längsten aufgeblieben war. Derjenige, der es geschafft hatte, die ganze Nacht wach zu bleiben, war der Coolste. Allerdings auch der, der seinen Eltern bei der Abholung käseweiß mit dunklen Ringen unter den Augen komatös in die Arme taumelte.

»... und die beiden Verliebten sind wohl am Strand«, fuhr Oma Grete fort. »Wenn die man nicht auch schlafen.«

»Kann ich denn noch was tun?«, erkundigte sich Silke erneut.

Oma Grete schüttelte den Kopf. »Alle Tiere sind versorgt. Gemolken und gefüttert. Die Lütten haben die Eier aus dem Hühnerstall geholt und dort ausgefegt. Sogar die Ziegen haben sie gebürstet.« Sie lachte ihr zahnloses Lachen.

»Dann ist ja gut.« Silke nahm einen Schluck Kaffee und beobachtete die stille Marina. Sie hatte den Kopf gesenkt und war versunken in ihre Handarbeit. Silke guckte genauer hin. Marina war dabei, eine sehr feine Spitzenbordüre an ein großes besticktes Tuch zu nähen. Sie tat das ausgesprochen sorgfältig und mit winzig kleinen Stichen. Oma Grete bemerkte den Blick der Pastorin.

»Marina hat mir beim Tauftuch für den kleinen Jansen geholfen«, sagte sie stolz.

Silke guckte nur fragend. Jetzt unterbrach Marina ihre konzentrierte Arbeit und blickte scheu auf. Oma Grete nahm das große Stück Stoff und breitete es aus. Es war ein weißes Tuch aus sehr feinem Leinen, das in allen vier Ecken weiß bestickt war. Silke erkannte Zahlen und Monogramme. Zu fast zwei Dritteln war das Tuch mit Spitze eingefasst.

Oma Grete erläuterte, dass sie schon als junge Frau angefangen habe, solche Auftragsarbeiten – Tücher für die Tracht, für Täuflinge oder für die Aussteuer bei Hochzeiten – anzufertigen. Auch die Jansens hatten so ein Tuch bei ihr in Auftrag gegeben, in welches der Täufling eingewickelt wurde. Durch Zufall hatte Marina das mitbekommen und war so begeistert gewesen, dass sie Grete angeboten hatte, selbstgeklöppelte Spitze von ihrer Mutter aus Bulgarien dazu beizusteuern.

»Oh, Ihre Mutter kann noch klöppeln? Das ist aber selten!« Silke lächelte Marina an, die nun ein bisschen verlegen wirkte.

»Ja, sogar ich hab gelernt«, sagte sie und grinste. Dabei bildeten sich allerliebste Grübchen in den Mundwinkeln.

Sie hat Charme, dachte Silke. Seltsam, dass dieser grobe Klotz Lars Holm für diese Feinheiten empfänglich ist.

»Aber ich kann nicht so gut wie mein Mutter. Und wie mein Großmutter«, schränkte Marina nun ein.

»Papperlapapp!« Oma Grete tätschelte vertraulich Marinas Knie. »Bestimmt bist du darin so gut wie in allem anderen.«

Marina senkte schnell den Kopf wieder über die Handarbeit.

»Sie kann alles mit Zahlen«, vertraute Oma Grete Silke an. »Und mit Tieren. Die Eltern haben in Bulgarien auch einen kleinen Hof.«

»Aber winzig«, ließ sich Marina vernehmen.

Silke spürte, dass es der jungen Frau unangenehm war, über sich zu sprechen, und lenkte das Thema rasch um.

»Habt ihr was von Knut gehört?«, erkundigte sie sich.

Oma Grete schüttelte den Kopf. »Nö. Sein Handy hat er natürlich hier liegen lassen. Der Dösbaddel.«

Silke und Marina wollten unisono protestieren und Knut in Schutz nehmen, aber Oma Grete ließ sie gar nicht zu Wort kommen.

»Ich will das auch gar nicht wissen. So ein Schwachsinn. Als wenn man so eine Frau zum Heiraten findet!«

Oma Grete stand auf, und Silke und Marina warfen sich hinter ihrem Rücken hilflose Blicke zu.

»Lars meint nur gut«, versuchte Marina, die alte Dame zu beruhigen.

»Ich weiß, ich weiß«, murmelte Grete vor sich hin und schüttelte dabei beständig den weißen Schopf. »Aber trotzdem. Ich hab kein gutes Gefühl nicht. Das ist nicht das Richtige für mein Knutchen.«

Sie war nun ganz betrübt, und Silke hätte sehr gerne erneut das Thema gewechselt, aber ihr fiel immer nur Ommo Wilkes ein und die drohende Pleite von Lars Holm. Auch keine heiteren Themen, vor allem in Gegenwart von Holms Freundin.

Diese verkündete dann aber fröhlich, dass sie ihre Handarbeit beendet hatte, und hob stolz das Tauftuch in die Höhe. Es war prächtig, und Oma Gretes Laune verbesserte sich sofort.

Silke blieb noch auf eine weitere Tasse Kaffee und versicherte sich, dass Oma Grete keinerlei weitere Hilfe benötigte, dann fing sie Balu wieder ein, der erschöpft im Hof lag und schlief.

Am Abend brütete Silke über ihrem Predigtentwurf. Er kam ihr schal vor. Irgendwie hatte das Thema weder Hand noch Fuß. Sie erging sich in Vermutungen (wir werden auch in der Partnersuche immer wählerischer, je größer das vermeintliche Angebot ist), konnte sich nicht für eine These entscheiden (war es nun früher besser gewesen, als sich die Partner einer gestifteten Ehe noch zwangsweise zusammenfinden mussten, oder heute, da man mit einer Fülle potentieller Kandidaten konfrontiert war, oder gab es den goldenen Mittelweg) und stellte überhaupt fest, dass sie eigentlich keine Ahnung hatte, wovon sie redete.

Zu allem Überfluss beballerte Ommo Wilkes sie mit SMS, auf die sie keine Antwort wusste. Er wollte sich mit ihr treffen, sie wollte nicht. Sie war irgendwie enttäuscht von ihm. Er hatte in der Auseinandersetzung um den Hubschrauberlandeplatz

Oberwasser, und obwohl Silke keine Partei ergreifen wollte, ging ihr die bevorstehende Pleite von Lars Holm doch ziemlich nahe. Vermutlich hatte Holm sich verspekuliert, was zwar nicht für ihn als Unternehmer sprach, aber dass er nun von Ommo den finalen Dolchstoß empfangen hatte, gefiel ihr ganz und gar nicht.

Silke starrte auf den Bildschirm. Die Buchstaben tanzten schon vor ihren Augen, es war halb elf, sie war müde, und diese Predigt war schlicht und einfach schlecht. Was tun?

Sie hatte sich den ganzen Abend an Mineralwasser gehalten, nun stand sie auf und holte sich in der Küche aus dem Kühlschrank eine kleine Flasche eiskaltes Pils. Sie öffnete es und trank die ersten Schlucke gleich im Stehen neben dem Kühlschrank. Dabei fasste sie einen Entschluss.

Sie ging zurück in ihr Büro, klickte den Predigtentwurf in den Papierkorb und suchte nach dem Ordner mit den Predigten aus dem Jahr 2011. Sie hatte sich einst ein Zitat aus dem Alten Testament herausgepickt, »Deine Zunge trachtet nach Schaden und schneidet mit Lügen wie ein scharfes Schermesser«, um daran zu gemahnen, wie schnell man seinen Mitmenschen durch unbedachte Äußerungen Schaden zufügen konnte. Ausgegangen war sie von einem damals aktuellen Fall von Cybermobbing.

Schnell wurde sie fündig und las sich den Text noch einmal durch. Silke war überrascht von dem von ihr geschriebenen Text – er war richtig gut und passte wunderbar auf die Auseinandersetzung, die Horssum im Moment umtrieb. Kurzerhand kopierte sie alles, fügte es in ein neues Dokument ein, änderte einige wenige Passagen, trank den letzten Schluck Pils aus der Flasche und konnte sich noch vor Mitternacht ganz entspannt ins Bett kuscheln. Ihr oberster Boss würde ihr verzeihen, dass sie die alte Predigt aufgehübscht hatte und noch einmal verwendete. Für ihre neue Gemeinde war es ohnehin eine neue Predigt.

Bevor sie die Augen schloss, verabredete sie sich noch mit Ommo zum morgigen Hafenfest. Damit auch diese liebe Seele eine Ruhe hatte.

Am nächsten Morgen erwachte Silke um kurz vor sieben von Geräuschen aus der Küche. Paul konnte es nicht sein, der übernachtete bei Louis. War es etwa Oma Grete, die in aller Herrgottsfrühe noch irgendwelche Arbeiten bei ihr verrichtete? Verwundert schwang sich die Pastorin aus dem Bett, schlüpfte in ihren Bademantel und tapste nach unten. Ihren Augen bot sich ein ungewohnter Anblick: Der Frühstückstisch war üppig gedeckt, und ihre Tochter Jana grinste sie vom Herd aus an.

»Na, wurde auch Zeit, dass du aus den Federn kommst. Wir sind schon seit zwei Stunden wach!«

Dabei warf sie einen verliebten Blick zum Tisch, an dem Lukas Holm saß. Er sah total unausgeschlafen und verstrubbelt aus.

»Wahnsinn«, stöhnte er, »wie Euter das packt – jeden Tag, ohne Pause, krass!«

»Demut«, antwortete Silke lächelnd und erntete ein Stirnrunzeln bei ihrer Tochter. »Er käme nicht auf die Idee zu klagen«, erläuterte sie. »Er macht das gerne und ist glücklich. Ich beneide ihn.«

»Außerdem hat er jeden Tag frische Milch und Eier«, ergänzte Jana und zeigte auf den Topf auf dem Herd, in dem drei braune Eier kochten. Zusätzlich hatten die beiden Jugendlichen noch warme Brötchen beim Horssumer Bäcker besorgt, und Silke fand, dass sie für diesen sonntäglichen Luxus gerne mal früher geweckt werden durfte.

Sie setzte sich zu Lukas an den Tisch und gemeinsam frühstückten sie, bis es Zeit war, sich für den Gottesdienst fertig zu machen.

»Ach, übrigens«, hielt Lukas sie noch auf, »Papa hat angerufen. Er kommt mit Knut schon heute Mittag nach Hause.«

Er senkte geheimnisvoll die Stimme. »Und sie kommen nicht allein.«

Silke war bass erstaunt. Aber Lukas konnte auch auf Nachfragen nicht mehr preisgeben, Lars Holm hatte sich sehr bedeckt gehalten.

Die neue alte Predigt hatte offensichtlich einen Nerv bei den Horssumern getroffen, Jens Bendixen war nicht der Einzige, der sie nach dem Gottesdienst ansprach und ihr »Ich weiß, wen Sie meinen« zuraunte. Dann fühlte sich Silke bemüßigt zu erklären, dass sie keineswegs auf einen bestimmten Menschen anspielen wollte, sondern auf alle ihre Schäfchen. Insgeheim spürte sie aber doch ein kleines grummelndes Gewissen, das sich in ihr regte, und sie fragte sich, warum sie so wütend auf Ommo Wilkes war. Sie musste sich eingestehen, dass ihr Unmut über ihn weniger der Äußerung über den Baustopp entsprungen war als vielmehr der Tatsache geschuldet, dass seine hemmungslose Anmache bei ihr so gut funktionierte. Sie schämte sich, dass sie ihm sofort auf den Leim gegangen war, und ärgerte sich darüber, dass er genau spürte, dass er sie schon um den Finger gewickelt hatte. Meine Güte, dachte sie, das mit der Predigt war eine billige Rache. Sie würde ihm heute Abend beim Hafenfest klipp und klar sagen müssen, dass sie nicht bereit war für eine Beziehung (erst recht nicht für eine Affäre), und sich dann wieder mehr auf den Job konzentrieren. Es lagen so viele unbearbeitete Vorgänge auf ihrem Schreibtisch, sie hatte noch immer nicht alle Sachen ausgepackt, wollte mehr Zeit mit ihrem Sohn verbringen und endlich mit Yoga anfangen. Ommo Wilkes durfte nicht mehr als eine nette Sylter Bekanntschaft werden.

Oma Grete nahm sie später noch beiseite, als sie in der Kirche gemeinsam die Gesangbücher ordentlich stapelten.

»Kommen Sie heute zum Kaffee rüber? Ich habe gebacken, und dann kommt doch min Jong mit den Gästen.«

»Ich weiß nicht«, gab Silke zu bedenken, »so ein Empfangskomitee, das verunsichert doch nur. Die Dame will doch bestimmt mit Knut ein bisschen alleine sein und sich den Hof ansehen ...«

»Es sind drei«, schnitt ihr Grete scharf das Wort ab.

»Drei?« Silke war mehr als verwundert. Das ging aber schnell mit der Kuppelei, wunderte sie sich.

Ihre Haushälterin knallte missbilligend drei Gesangbücher auf einen Stapel. »Kann der Junge nicht wie alle anderen auch erst mal *eine* Freundin mit nach Hause bringen? Nee, muss er gleich wieder übertreiben.« Sie stöhnte auf. »Und dann noch auf den Sonntag, wo ich nichts eingekauft habe.«

»Zum Glück können Sie ja zaubern«, versuchte Silke die aufgebrachte Grete zu beruhigen, aber die brummte nur Unverständliches.

Angesichts Gretes miserabler Laune versprach Silke, dass sie kurz mal vorbeischauen würde. Allerdings konnte sie nicht lange bleiben, denn sie wollte mit Jana und Paul zum Hafenfest. Um sich dort am frühen Abend abzuseilen und mit Ommo zu treffen. Sie hatte also noch einiges vor heute.

Trotzdem fand sie sich pünktlich um drei zur Kaffeezeit in der Küche von Oma Grete ein. Auch Marina war wieder da, dieses Mal erklärte sich ihre Anwesenheit natürlich damit, dass sie Lars erwartete.

Silke hatte gerade die reichlich gedeckte Kaffeetafel samt Apfelkuchen bewundert, als der schwarze Audi von Holm auf den Hof fuhr. Oma Grete, Marina und Silke gingen hinaus und bildeten das Empfangskomitee.

Als sich die hinteren Türen öffneten und drei Damen aus dem klobigen Wagen stiegen, staunte Silke nicht schlecht. Drei junge Frauen, groß, schlank und eine schöner als die andere, stiegen aus dem Wagenfond und sahen sich neugierig um. Dazu redeten sie ohne Unterlass in einer kehligen Sprache. Silke tippte auf Russisch. Sie spürte deutlich, dass sowohl Oma Grete als auch Marina neben ihr sich versteiften.

Jetzt öffneten sich auch die vorderen Türen des Wagens und die Männer stiegen aus. Knut machte einen recht verwirrten und zerknirschten Eindruck, aber auch Lars Holm schien nicht von Glück beseelt. Er wirkte leicht derangiert und ziemlich angestrengt.

Während die drei Grazien durcheinandergackerten – eine hängte sich gleich bei Knut ein, eine andere strubbelte Lars durch die Haare –, begrüßte Lars steif Oma Grete, Marina und Silke. Er wies auf die mitgebrachten Schönheiten und stellte alle einander vor. Dabei kam er mit den Namen etwas durcheinander, denn in der Tat handelte es sich um drei Ukrainerinnen, die Lars nicht sehr gut auseinanderhalten konnte. Sie hießen Oleksandra, Natalia und Kateryna.

Knut sagte kein Wort, fühlte sich aber gar nicht wohl in seiner Haut – angesichts Oma Gretes strenger Miene auch kein Wunder. Diese schwieg ebenfalls, aber ihr Gesichtsausdruck sprach Bände. Silke wiederum wünschte sich, dass sie die Einladung ihrer Haushälterin zum Kaffee nicht angenommen hätte.

Lars räusperte sich. »Marina, Knut und ich haben die Damen gestern kennengelernt. Und äh, wir haben uns zwar ganz gut verstanden, aber bei den Details …« Er wusste nicht recht weiter, zumal nun auch die schüchterne Marina einen sehr strengen Ausdruck im Gesicht hatte.

»Ja?«, sagte sie nur fragend und zog die Augenbrauen hoch.

Eine der jungen Frauen musterte Marina und redete plötzlich wie ein Wasserfall drauflos. Marina hörte mit versteinerter Miene zu. Dann wandte sie sich an Lars Holm.

»Sie wollen wissen, ob du hier wohnst. Es gefällt ihnen hier nicht.«

Silke sah, wie Knut erleichtert ausatmete.

Holm dagegen wedelte hektisch mit beiden Händen. »Nein! Njet!« Er wandte sich an Marina. »Ich habe ihnen schon hundertmal gesagt, dass es um Knut geht.« Er zeigte auf sich und sagte zu der jungen Frau, die neben ihm stand, mehrmals hintereinander »Njet«.

Marina atmete tief durch und ließ dann eine nicht enden wollende Kaskade russischer Wörter vom Stapel. Die drei Ukrainerinnen hörten sehr konzentriert zu, dann brachen sie plötzlich in schallendes Gelächter aus und antworteten etwas.

Marina verzog ihr Gesicht zu einem ganz kleinen Grinsen, sagte dann aber streng zu Holm: »Wir haben Problem. Kleines Problem.«

Holm starrte sie verständnislos an.

»Sie sagen, sie nichts wissen von Heirat.«

»Aber ich hab doch …«, stammelte Holm überfordert. »Ich habe immer gesagt ›wedding, wedding‹ und auf Knut gezeigt. Dann haben sie ›yes, yes‹ gesagt. Was kann man denn daran nicht verstehen?«

Marinas eine fein gezupfte Augenbraue wanderte steil in die Höhe, während der Rest ihres Gesichts völlig ausdrucklos blieb. Sie wandte sich wieder an die drei Frauen, und schließlich diskutierten alle wild untereinander, bis Marina ein scharfes Kommando gab und sich wieder an den Bauunternehmer wandte.

»Sie sagen, es ist kein Problem.« Holm atmete erleichtert aus, während Marina fortfuhr: »Sie bekommen 2000 Euro für die Nacht. Jede.«

Holm und Knut rissen schockiert die Augen auf.

»Für eine Hochzeit bekommen sie fünfzig. Tausend.« Marina lächelte breit.

Oma Grete fasste sich ans Herz, Knut sah sich um, als suchte er nach einem tiefen Loch, in das er unverzüglich verschwinden könnte, und Lars Holm lief puterrot an. Oleksandra, Natalia und

Kateryna lächelten aufreizend und schienen in aller Ruhe abwarten zu wollen, wie die Verhandlungen ausgehen mochten.

»Aber wir haben gar nicht … Das ist doch … Es war nicht, wie ihr denkt …« Lars Holm fand endlich seine Sprache wieder.

»Es bleibt dir nichts anderes übrig«, kommentierte Marina süffisant. »Sie sagen, du hättest immerzu ›yes, yes‹ gesagt.«

Lars Holm öffnete und schloss den Mund wie ein Fisch auf dem Trockenen.

»Ich frage dich, Lars«, fuhr Marina ganz sanft fort, »was ist daran nicht zu verstehen?«

16.

Silke biss herzhaft in ihr Krabbenbrötchen und beobachtete amüsiert das Treiben um sich herum. Sie war froh, dass sie nun hier stand, beim Hafenfest, und nicht mehr auf dem Hof der Larsens. Sie hatte sich so schnell wie möglich verabschiedet. Um keinen Preis hätte sie noch länger zusehen mögen, wie Lars Holm sich vor Peinlichkeit wand. Knut war die ganze Sache offenbar weniger unangenehm, er hatte es mit Humor genommen. Er war augenscheinlich ohnehin an keiner der Damen interessiert und konnte über die Schmach, dass die drei ukrainischen Grazien nur gegen ein gewisses Entgelt bereit gewesen wären, ihn zu nehmen, nur lachen.

Für Lars Holm, den Mann von Welt, war die Niederlage allerdings komplett. Wie er sich aus der Affäre gezogen hatte und die Frauen wieder losgeworden war, entzog sich Silkes Kenntnis. Sie hatte sich rasch verabschiedet und war anschließend mit ihren Kindern zum Hafenfest aufgebrochen.

Nun stand sie an einem der Fressstände und sah zu, wie Jana ihren kleinen Bruder Paul mit der Schiffsschaukel in luftige Höhen trieb – die beiden Kinder hatten es auf einen Überschlag abgesehen. Silke freute sich, dass die Geschwister so viel Spaß miteinander hatten. Paul war ohnehin völlig aufgetaut, seit er die neue Schule besuchte, Freunde gefunden hatte und sich beim Fußball auspowerte.

Und Jana? Silke sah, wie ihre Große gerade ihren kleinen Bruder anfeuerte, sich noch mehr ins Zeug zu legen. Ihre langen

Haare flogen durch die Luft, ihr schönes Gesicht strahlte, die schlanken Arme umklammerten mit festem Griff die Metallstangen der Schiffsschaukel, während ihr Körper schwungvoll in die Knie ging und wieder hochkam, um dem alten Schiffchen ordentlich Schwung zu verleihen. Sie war voller Energie. Das Leben lag ihr jetzt zu Füßen, dachte Silke mit Freude und Wehmut gleichermaßen.

In diesem Moment stand die Schiffsschaukel an ihrem höchsten Punkt, Paul und Jana hingen kopfüber in dem Gefährt. Für den Bruchteil einer Sekunde standen sie senkrecht. Silke hörte ihr Kreischen – Angst und Triumph mischten sich, während ihr, der Mutter, der Schrecken in alle Glieder fuhr. Doch dann kippte die Schiffsschaukel schon zur anderen Seite, aus dem Kreischen der beiden Kinder wurde Siegesgejohle, und Silke atmete erleichtert aus. Ihre Kinder ließen die Schaukel auspendeln, und sie nahm einen weiteren Bissen von dem Krabbenbrötchen. Leider hatte sie nicht gemerkt, dass sich der Inhalt desselben hinten herausquetschte, während sie vorne abbiss – zu sehr war sie auf Paul und Jana konzentriert gewesen. So konnte sie auch nicht verhindern, dass ihr ein großer Klumpen fetter Mayonnaise samt einiger Krabben ins Dekolleté platschte. Der Mann neben ihr machte große Augen und konnte ein anzügliches Grinsen nicht verbergen.

Silke schnappte sich eine Papierserviette und versuchte, so viel Brötchenbelag wie möglich aus ihrem Ausschnitt zu fischen. Als der Nebenmann dann allerdings noch interessierter wurde, sagte sie nur: »Keine Chance. Das ist für meinen Mann«, und sah zu, dass sie rasch außer Sichtweite kam.

Ihre Kinder kamen ihr mit hochroten Gesichtern entgegengestürmt, glücklich und aufgeregt, so dass Silke für einen kurzen Moment das Gefühl hatte, die beiden seien wieder vier und neun Jahre alt. Doch die Realität hatte sie gleich wieder, denn als sie sich auf eine öffentliche Toilette verabschiedete, um sich die

Krabben aus dem BH zu fischen, meinte Jana, dass sie mit Paul an der Bar auf Silke warten würde. Sie hatte sich dort mit Lukas auf einen Caipirinha verabredet.

Als Silke zehn Minuten später gesäubert und schalentierfrei zu ihnen stieß, prosteten die Jugendlichen ihr schon gutgelaunt zu, Paul hatte seine Cola sogar schon leer getrunken. Silke winkte fröhlich, doch als sie näher kam, sah sie, dass unweit ihrer Kinder ein blondgelockter Mann stand, der ihr zum Glück den Rücken zuwandte. Das war unerwartet, denn Silke war eigentlich erst in einer Stunde mit Ommo Wilkes verabredet, und sie hatte keine Lust, sich in Begleitung ihrer Familie mit ihm sehen zu lassen. Sie wollte einfach keine Fragen gestellt bekommen, die sie dann doch nicht beantworten konnte.

Paul konnte Ommo nicht ausstehen, der Grund hatte sich Silke nicht erschlossen. Es schien allerdings auf Gegenseitigkeit zu beruhen, denn der Naturschützer hatte seinerseits keine großen Sympathien für Kinder, das hatte Silke nun schon mehrfach herausgehört.

Kaum hatte Silke ihre Kinder begrüßt, drehte sich Ommo auch schon um und nahm sie mit seinen grünen Augen ins Visier. Obwohl Silke ihm nur verhalten zunickte, entschuldigte er sich kurz bei seinen Gesprächspartnern und kam dann zu den Dennelers. Silke konnte sehen, wie Lukas Holm sich augenblicklich anspannte, als sich Wilkes zu ihnen gesellte. Er nickte dem Naturschützer nur knapp zu. Jana begrüßte Ommo sehr neugierig, Paul dagegen war verstockt und glotzte in seine leere Cola-Flasche.

Ommo ließ sich davon nicht irritieren, sondern gab Silke ein Wangenküsschen links und eines rechts. Sie roch sein würzig-frisches Aftershave und gegen ihren Willen sog Silke den frischen Duft tief ein. Sie musste außerdem feststellen, dass Ommo heute mal wieder großartig aussah. Noch besser als sonst. Er trug ein kariertes Leinenhemd in Blau-Grün-Tönen, das seine ungewöhnliche Augenfarbe gut zur Geltung brachte. Die Ärmel des Hemdes hatte er lässig hochgekrempelt, dadurch musste man zwangsläufig die muskulösen gebräunten Unterarme bewundern. Dazu trug er eine ausgewaschene Jeans und Outdoorschuhe, was ihn ganze zehn Jahre jünger wirken ließ, als er tatsächlich sein mochte.

»Bist du früher dran oder habe ich mich in der Zeit vertan?«, fragte er Silke und grinste sie breit an. »Waren wir nicht erst in einer Stunde verabredet?«

Jana zog fragend eine Augenbraue nach oben, Paul guckte überrascht von seiner Flasche auf, und Lukas starrte genervt auf seine Schuhspitzen. Silke wollte im Boden versinken. Sie hatte gehofft, sich nachher unbemerkt von ihrer Familie abzuseilen und das Treffen mit Ommo verheimlichen zu können. Dafür war es jetzt zu spät.

»Nein, stimmt schon. Ich wollte mich vorher noch mit meinen Kindern ein bisschen umschauen«, gab sie angespannt zurück.

»Ja, klar. Aber ist doch super, dass wir uns jetzt schon treffen.« Das breite Lächeln wich nicht aus Ommos Gesicht. Jetzt knuffte er Paul in die Seite.

»Und schon ein bisschen Spaß gehabt?«

»Mmh«, muffelte dieser zurück.

Jana war leutseliger. »Wir waren gerade auf der Schiffsschaukel. Und Sie, Ommo? Wie vergnügen Sie sich?«

Ommo drehte sich von Silke weg und heftete seine grünen Scheinwerferaugen auf Jana. Was Lukas gar nicht gefiel. Er kniff die Augenbrauen zusammen und ballte die Fäuste in den Hosentaschen.

»In guter Gesellschaft«, antwortete Ommo und zwinkerte Jana zu. »Die eurer Mutter zum Beispiel.«

»Da ich auch gute Gesellschaft vorziehe, würde ich sagen, wir trinken unseren Caipi woanders«, mischte der junge Holm sich nun ein. Er nahm Jana sanft am Arm und verließ mit ihr die Bar.

Ommo zuckte mit den Schultern und wandte sich dann wieder Silke zu. »Sehr sympathische Tochter hast du. Vielleicht hat sie nur kein gutes Händchen mit den Männern.«

Silke wollte etwas entgegnen, aber Paul kam ihr zuvor. Er knallte die leere Cola auf den Tresen. »Lukas ist voll cool«, blaffte er Ommo an und rannte dann seiner Schwester und ihrem Freund hinterher.

»Schwieriges Alter?«, fragte Ommo Wilkes.

Silke seufzte. »Tut mir leid. Er ist noch nicht so weit, dass er seine Mutter mit einem anderen Mann sehen will.«

Ommo lächelte leicht. »Aber da ist ja gar nichts zwischen uns.« Er kam einen Schritt näher an Silke heran und sah ihr beschwörend in die Augen. »Noch nicht jedenfalls.«

Silke wich etwas zurück. Und wechselte das Thema. Sie wollte sich gar nicht erst auf flirtives Terrain mit Ommo begeben.

»Ich wollte mit dir über Lars Holm reden.«

Ommos Augenbrauen zogen sich zusammen, seine Augen verloren das verheißungsvolle Glitzern. »Über Lars? Warum? Was hast du mit dem zu tun?«, erkundigte er sich skeptisch.

»Nichts, ich …« … wollte mich eigentlich nicht einmischen, vollendete Silke den Satz im Geiste. War es wirklich eine gute Idee, Ommo auf seine Äußerung anzusprechen? Und auf die drohende Insolvenz seines Konkurrenten? War das Kind nicht schon in den Brunnen gefallen? Andererseits fühlte Silke in ihrer Funktion als Pastorin auch eine gewisse Pflicht zur moralischen Entrüstung.

»Ich finde es nicht gut, dass du schon von einem Baustopp auf dem Gelände geredet hast, obwohl noch gar nichts beschlossen ist«, platzte sie nun heraus.

Jetzt war es Ommo, der einen Schritt vor ihr zurückwich und sie erstaunt musterte. Er sagte erst einmal nichts. Silke hatte erwartet, dass er alles entrüstet von sich weisen würde, aber er schwieg nur. Deshalb setzte sie nach.

»Holm ist deswegen ein Investor abgesprungen.«

Nun meinte sie ein leichtes Zucken in Ommos Mundwinkeln erkennen zu können, aber Wilkes hatte sich im Griff. »Das tut mir leid«, sagte er. »Aber ich glaube nicht, dass das mit dem Artikel zu tun hatte. Wohl eher mit einer unsicheren Finanzierung. Bei einem Projekt dieser Größe, so wie Holm es vorhat, gibt es immer Unwägbarkeiten. Das muss Lars wissen. Falls nicht, hat er nicht den richtigen Job.«

Natürlich hatte Wilkes recht. Dennoch tat Lars Holm ihr irgendwie leid. Aber sie wusste auch nichts von dem Streit zwischen den beiden, nichts von dem Verlauf der Auseinandersetzung um den Hubschrauberlandeplatz. Sie war nicht in der Lage, sachlich zu argumentieren. Alles, was sie anführen konnte, war das vage Gefühl, dass hier etwas nicht mit rechten Dingen zuging. Und dass die Unterscheidung von »gut« – der liebe Naturschützer mit dem Herz für Kreuzkröten – und »böse« – der profitorientierte Spekulant – hier nicht so einfach war.

Als Ommo nun wieder ein Lächeln auf sein Gesicht zauberte und sie einlud, sich zu ihm und seinen Bekannten zu gesellen, war Silke doch bereit, dem Abend noch eine Chance zu geben.

Tatsächlich war Ommo in ganz angenehmer Gesellschaft. Es waren zwei Pärchen von seinem Verein der Naturfreunde Sylt e. V. sowie ein Hamburger Marketingmanager, der sich als Freund von Ommo aus Studientagen vorstellte. An seiner Seite hatte er seinen Lebensgefährten, dessen berufliches Aufgabengebiet sich Silke nicht sofort erschloss, aber im Lauf des Abends wurde ihr klar, dass der smarte Mann als Wahlkampfmanager für Ommo agierte. Ommo Wilkes hatte allen Ernstes vor, für das Amt des Bürgermeisters von Sylt zu kandidieren. Und wenn man den gelösten Gesprächen seiner Gefährten Glauben schenken durfte, hatte er gar nicht mal so schlechte Chancen. Offenbar war er ausgesprochen gut vernetzt, hatte überall seine Finger drin, was ihm, laut seiner Freunde, viele Sympathiepunkte brachte. Was ihm aber fehlte, so sein PR-Berater, waren die »Soft Skills«. Ommo stand für Engagement und Durchsetzungskraft, nicht aber für Emotionalität. Schlicht – eine liebende Frau, Kinder und Familie fehlten in seinem Leben. Das war es, was den Wähler letztlich einnahm. Und davon hatte Ommo eindeutig zu wenig, um genau zu sein: nichts.

Silke lauschte den Gesprächen sehr interessiert. Politik und Wahltaktik waren für sie, die Seelsorgerin, eher unbekanntes Terrain, und sie fand es spannend zu verfolgen, wie kühl und strategisch hierbei vorgegangen wurde. Nichts wurde dem Zufall überlassen. Was sie allerdings irritierte, war, dass die gesamte Runde die Pastorin immer neugieriger musterte, als das Gespräch auf Themen wie Kinder, Familie und eine passende Partnerin kam. Zudem machte Ommo ihr vor allen Augen ausgesprochen charmant den Hof und legte ihr den Arm um die Hüfte oder streichelte sanft ihren Rücken. Silke versuchte immer wieder, sich ihm zu entziehen. Allerdings wäre es gelogen, wenn sie behauptete, dass ihr die Berührungen unangenehm wären.

Zumal die Stimmung um sie herum stieg, je dunkler es wurde. Das Hafenfest war gut besucht, die Nacht sternenklar, und auf der Bühne wechselten sich die Bands ab und verbreiteten ausgelassene Feststimmung. Im Moment stand eine R-'n'-B-Sängerin auf der Bühne und interpretierte Klassiker von Aretha Franklin bis Amy Winehouse. Silke konnte Jana und Lukas engumschlungen am Rand der Bühne entdecken, und sogar Paul hatte wieder gute Laune. Er hatte seinen Freund Louis getroffen und gemeinsam schnürten sie über das Gelände.

Silke bestellte sich noch einen Hugo, und als der Barkeeper ihr das Getränk hinstellte, bemerkte sie erst, dass es Sven war, der Geliebte von Hillu Holm.

»Geht aufs Haus«, sagte er und grinste. Dabei wies er mit dem

Kopf auf die andere Seite der Bar. Silke sah hinüber und erkannte Hillu Holm, die ihr fröhlich mit dem obligatorischen Glas Schampus zuprostete. Silke prostete dankend zurück, obwohl es ihr alles andere als angenehm war, von Hillu eingeladen zu werden. Warum sollte die Ex von Lars Holm das tun? Silke ertappte sich dabei, dass sie mittlerweile bei jeder Freundlichkeit, die ihr jemand erwies, Hintergedanken unterstellte. Sie glaubte, dass jedermann und jedefrau auf dieser Insel sie zu instrumentalisieren versuchten.

Außer Hillu Holm waren noch andere Horssumer auf dem Hafenfest, Silke traf fast ihre gesamte Gemeinde. Nur Lars Holm war nirgendwo zu entdecken. Dem war die Lust auf Vergnügung wohl fürs Erste ausgetrieben worden.

Gegen zehn Uhr wurde Silke trotz der guten Stimmung unruhig. Paul hatte am nächsten Tag Schule, es war also höchste Zeit aufzubrechen. Sie rief ihren Sohn herbei, der gemeinsam mit seinem Freund begonnen hatte, sein Taschengeld aufzubessern. Sie sammelten alle Pfandgläser auf, die die Feiernden achtlos hatten liegenlassen, und schlichen deshalb immer in Sichtnähe um die Bar herum. Als Silke schließlich zum Aufbruch blies, war Paul dementsprechend enttäuscht, fügte sich aber in sein Schicksal, da auch Louis mit seinen Eltern das Fest gleich verlassen würde.

»Geh schon mal vor zu den Rädern«, bat Silke ihren Sohn, »ich muss mich hier noch verabschieden.«

Sie gab reihum allen freundlich die Hand, und als sie an Ommo gelangt war, nahm dieser ihre Hand fest in seine und zog sie zu sich. Er sah ihr tief in die Augen, dann legte er den Kopf ganz leicht schief und lächelte sanft. Silke war wie erstarrt. Sie wusste, was jetzt kam, aber sie war nicht fähig, sich zu entziehen. Tatsächlich schien sich ein Teil von ihr gerade danach zu sehnen – nach Ommos Kuss.

Sie schloss die Augen und ließ es zu, dass Ommo seine Lippen auf ihre legte, und dann küsste er sie so zärtlich, gleichzeitig so leidenschaftlich, so verlangend, dass Silke alles um sich herum vergaß. Ommo Wilkes küsste großartig. Er schmeckte großartig. Sie öffnete die Augen, sah den Sternenhimmel und fühlte sich: großartig.

Sie schaffte es, sich von Wilkes zu lösen, und ging ohne ein Wort, ohne sich umzublicken, in Richtung der Fahrradständer.

»Herzlichen Glückwunsch«, hörte sie plötzlich eine kehlige Stimme neben sich. Silke kannte diese Stimme und sie ahnte, dass diese ihr nichts Freundliches zu sagen hatte.

»Hat der gute Ommo es ja geschafft, sich seine Trophäe zu holen.«

Hillu Holm saß auf einem Barhocker, die nackten Beine mit Highheels elegant übereinandergeschlagen, der knappe Rock nach oben gerutscht. Ihre Augen wirkten glasig, aber ihr Blick, mit dem sie die Pastorin musterte, war fest.

»Pardon?!«, fragte Silke und blieb konsterniert stehen.

Hillu lächelte schief.

»Darauf hatte er es doch von Anfang an abgesehen. Sich eine Frau zu angeln, die möglichst unerreichbar scheint. Und die ihm nützt. Für seine Ziele.«

»Ich glaube, Sie irren sich.« Silke war verärgert. Über das, was Hillu Holm ihr unverblümt ins Gesicht sagte. Aber noch mehr, weil sie ahnte, dass die Ex von Holm den Nagel auf den Kopf getroffen hatte.

»Ach, Kindchen«, Hillu lächelte matt und drehte das halbleere Schampusglas in ihren dick beringten Fingern. »Ich kenne unseren Ommo schon mein ganzes Leben lang. Ich weiß, wie er tickt.« Sie fixierte Silke mit ihren Augen, leerte das Glas auf einen Zug und stellte es ganz vorsichtig wieder auf den Tresen. »Der vögelt alles, was nicht bei drei auf den Bäumen ist.« Jetzt wandte Hillu den Blick von Silke ab und sah verträumt in ihr Glas. »Und das macht er wirklich gut …«

17.

»Es geht mich ja nichts an …«

Wenn Oma Grete ihre Sätze so begann, dann wollte sie in der Regel nichts anderes als das: sich einmischen. Und garantiert ging es dann um etwas Unangenehmes, so viel hatte Silke bereits gelernt.

»… aber ausgerechnet Ommo!«

Silke verschluckte sich prompt an dem heißen Kaffee, und Oma Grete klopfte ihr resolut auf den Rücken.

»Bitte was?!« Silke war mehr als überrascht. Wie hatte die alte Dame das nur wieder erfahren?

»Ihr wart ja wohl nicht allein auf dem Hafenfest.« Oma Grete setzte sich zu Silke an den Frühstückstisch. »Auch wenn ihr euch so benommen habt.«

Jetzt wurde es Silke zu bunt. »Wie haben wir uns denn benommen? Hat man Ihnen das auch berichtet? Wir haben uns geküsst! Ich bin erwachsen und alleinstehend, ich darf doch wohl küssen, wen ich will.« Silke bekam sofort die fliegende Hitze, als sie sich so aufregte. »Und mehr war nicht. Das kann ich Ihnen versichern. Auch wenn Sie das gar nichts angeht.«

»Nein, sicher nicht. Ich bin ja nur eines von Ihren vielen Schäfchen.« Damit zuppelte Grete an der Tischdecke herum, fegte Krümel vom Tisch und gab sich den Anschein, so harmlos wie ein Lämmchen zu sein. Aber ihr Schweigen war beredt.

Silke holte tief Luft und versuchte, sich zu beruhigen. Das war natürlich der Nachteil an diesem idyllischen Kaff, in das sie hier geraten war. Keiner ihrer Schritte blieb unbeobachtet.

Für ein, zwei Minuten herrschte absolute Stille in der Küche. Man hörte lediglich durchs Fenster die aufgeregten Vögel, die sich um die Birnen stritten, die vom Baum gefallen waren. Es war noch früh am Morgen, gerade mal halb acht, Paul war eben erst zur Tür hinaus.

Oma Grete räusperte sich und machte einen weiteren Anlauf. »Ich meine das nicht aus Gründen der Moral. Natürlich ist das Privatsache. Aber Sie sind nun mal so etwas wie eine öffentliche Person.«

»Und eine moralische Instanz obendrein, ich weiß.« Silke musste zugeben, dass sie gestern Abend, als sie schließlich im Bett lag, auch mit dem Kuss in aller Öffentlichkeit gehadert hatte. So wunderbar das Gefühl dabei war, so unangenehm war es ihr auch gewesen. Ommo Wilkes hatte sie überrumpelt. Er war offenbar ein Meister darin, Tatsachen zu schaffen, wo eigentlich keine waren.

Jetzt grinste Oma Grete breit. »Der Udo, also Pastor Schievel, war ja auch nicht ohne ...« Sie zwinkerte Silke verschmitzt zu, und diese war froh, dass ihre Gesprächspartnerin offenbar doch nicht vorhatte, das Jüngste Gericht wegen ihrer Verfehlungen anzurufen. »Wenn ich nicht aufgepasst habe wie ein Schießhund, dann hat er manchmal nicht nach Hause gefunden.« Sie lachte in sich hinein. »Einmal bin ich morgens gekommen, da lag er unter dem Birnenbaum und hat geschlafen. Am Sonntag! Vor der Predigt! Da hab ich dem Hans dann gesagt: Nach fünf Schnäpsen ist Schluss. Er darf dem Pastor nichts mehr ausschenken.«

Dass ihr Vorgänger gerne mal einen über den Durst getrunken hatte, war Silke bereits von anderer Seite zu Ohren gekommen. Jetzt lachte sie gemeinsam mit ihrer Haushälterin darüber.

»Zum Glück hat's Paul nicht mitgekriegt«, seufzte Silke schließlich.

»Ich weiß es auch nur, weil Knut zufällig da war und euch gesehen hat. Ist nicht so, dass die Sache hier durchs ganze Dorf geistert«, versuchte Oma Grete Silke zu beruhigen.

»Knut war da? Ich habe ihn gar nicht gesehen«, wunderte sich Silke und war froh, dass sie von sich ablenken konnte.

»Ich hab ihn hingeschickt.« Jetzt grinste ihre Haushälterin breit. »Der muss mehr unter Leute. Ich nehm das jetzt in die Hand. Das ist doch alles Tüddelkram mit dem Internet und so.«

»Aber er hat doch gerade erst angefangen zu suchen. Das dauert seine Zeit«, wandte Silke vorsichtig ein.

»Nee, nee. Das wird nichts. Überlassen Sie das man mir.«

Silke hatte Zweifel, ob das ein Erfolgsversprechen war, wenn die Großmutter eine Frau für den Enkel suchte, aber sie verkniff sich eine Bemerkung.

Bevor Oma Grete die Küche mit Schrubber und Putzeimer verließ, drehte sie sich noch einmal zur Pastorin um. »Und denk dran, was ich dir gesagt habe: Wenn mein Knutchen eine Frau findet, findest du auch einen Mann.«

»Aber ich will ja gar keinen …«, hub Silke an, aber Grete schnitt ihr das Wort ab.

»… und ob Ommo der Richtige ist, das steht noch nicht geschrieben!« Mit diesen Worten verließ Oma Grete die Küche – und schien nicht gemerkt zu haben, dass sie mit ihrem Ratschlag plötzlich das distanzierte Sie aufgegeben hatte.

Der Richtige, dachte Silke, den gibt's doch gar nicht. Ansgar war auch nie der Richtige gewesen. Trotzdem hatten sie geheiratet, zwei Kinder bekommen und es immerhin fünfzehn Jahre miteinander ausgehalten. Silke hatte gar kein Interesse daran, dem Traum von Mr Right nachzujagen. Sie hatte überhaupt kein Interesse daran, sich wieder zu binden. Sie wollte endlich ihre Freiheit genießen. Aber die Liebe war eben eine Himmelsmacht, und wenn sie einschlug wie der Blitz, konnte man sich ihrer nicht erwehren. Allerdings, so dachte Silke weiter, hatte es bei Ommo bislang nur ein wenig gedonnert.

Zwei Stunden später machte sie sich auf den Weg zu einem Besuch im Altenheim in Westerland, wo sie einige Senioren betreute, die sie regelmäßig besuchte. Sie fuhr mit dem Fahrrad auf der Horssumer Einkaufsstraße, grüßte links und rechts, hielt das Gesicht in die Sonne und den salzigen Wind und hatte sowohl Ommo als auch Lars Holm, dessen Insolvenz und den Hubschrauberlandeplatz vergessen.

Sylt zeigte sich heute wieder von seiner schönsten Seite. Es war ein warmer Sommertag, aber eine steife Brise jagte dicke weiße Kumuluswolken über den blauen Himmel. Ein paar Segelflugzeuge kreisten über der Insel, vom nahen Strand sah man die Segel der Kitesurfer. In der Einkaufsstraße herrschte reger Verkehr, der Garten des Preestershus war jetzt schon gut gefüllt mit Ausflüglern, die sich eine Pause unter den Obstbäumen gönnten.

Plötzlich ruckelte etwas an der Fahrradkette, die Pedale blockierten, und Silke konnte nicht mehr treten. Sie blickte nach unten und musste zu ihrem Entsetzen feststellen, dass sich ein Zipfel ihres langen Wickelrockes in der Kette verfangen hatte. Augenblicklich kippte Silke rechts an den Bürgersteig und versuchte abzusteigen. Was gar nicht so einfach war, denn der Rock zog an der rechten Längsseite schon bedrohlich nach unten. Also blieb Silke zunächst auf dem Sattel sitzen und versuchte, den Stoff mit Gewalt aus der Kette zu ziehen. Vergeblich, wie auch nicht anders zu erwarten. Vorsichtig schälte Silke sich daraufhin nach rechts aus dem Fahrradeinstieg, drehte sich elegant um die eigene Achse, kaum hatte sie beide Beine auf dem Bürgersteig, eine Hand immer am Lenker, um das Fahrrad stabil zu halten, und hockte sich hin. Mit der rechten Hand hielt sie das Rad fest, mit der linken ruckelte sie am Pedal, damit die schmierige Kette sich so weit bewegen würde, dass das Stück Stoff freigegeben wurde. Stattdessen bewegte sich die Kette immer weiter vor, wodurch noch mehr Stoff in die Kettenglieder geriet. Selbst wenn sie den Rockzipfel frei bekäme – der schöne Wickelrock war ein für alle Mal ruiniert, ärgerte sich Silke.

»Kann ich Ihnen helfen?«

Silke blickte auf. Der dicke schwarze SUV von Lars Holm stand am Straßenrand, Holm hatte die Beifahrertür geöffnet und beugte sich fragend zu ihr herüber.

Silke stand instinktiv auf, merkte aber sofort, dass ihr der eingeklemmte Rock nicht genug Bewegungsfreiheit ließ, deshalb fasste sie rasch auch mit der rechten Hand an den eingeklemmten Rockzipfel. Unglücklicherweise ließ sie dabei das Fahrrad los, welches in Richtung Straße kippte, gegen die geöffnete Tür des Audi. Viel schlimmer aber war, dass dabei der Wickelrock mitgezogen wurde und Silke nur noch einen Ruck spürte und anschließend viel Luft an den Beinen. Schockiert sah sie an sich herab: Der Rock hatte sich gelöst und bedeckte gnädig ihr umgefallenes Fahrrad. Sie selbst stand in T-Shirt und Unterhose auf der Horssumer Einkaufsstraße.

Später konnte Silke nicht mehr sagen, was sie in diesem Moment gedacht oder gefühlt hatte. Sie hatte fast alles, was mit der hochnotpeinlichen Situation zu tun hatte, völlig verdrängt. Bruchstückhaft konnte sie sich daran erinnern, dass sie sich augenblicklich in die Hocke begeben hatte, was allerdings nicht weniger kompromittierend wirkte.

Sie erinnerte sich an die verwunderten Blicke der Passanten. Daran, dass ein kleines Mädchen auf sie gezeigt und »Mama, die Frau hat nichts an« geplärrt hatte.

Dann wusste sie nur noch, dass sie auf den weichen Ledersitzen des Audi von Lars Holm gesessen hatte. Dass dieser ihr den zerrissenen Wickelrock über die Knie gelegt hatte und sie vor Scham die Augen fest geschlossen hatte. Wie ein Kind, das glaubte, wenn es die Außenwelt nicht sah, würde diese es auch nicht sehen können.

Schließlich war Lars Holm losgefahren, um sie nach Hause zu bringen. Er hatte kein Wort gesagt, nur angestrengt durch die Scheibe gestarrt. Silke war ihm ewig dankbar, dass er sich zum ersten Mal, seit sie sich kannten, einen bissigen Kommentar verkniffen hatte.

Jetzt saß sie neben ihm in dem SUV und stöhnte nur.

»Ich sterbe«, sagte sie.

Lars Holm schwieg.

»Ich habe mich unmöglich gemacht!«

Silke war am Boden zerstört. Hoffentlich erfuhr der Kirchenvorstand nichts davon. Erst küsste sie, die geschiedene und alleinerziehende Pastorin, in aller Öffentlichkeit einen Mann, den sie noch nicht besonders gut kannte, und am nächsten Tag präsentierte sie sich in Unterwäsche auf der Einkaufsstraße! Man würde ihr bestimmt nahelegen, dorthin zurückzugehen, woher sie gekommen war: in die Hochburg des Karnevals, denn genauso gerierte sie sich. Silke schloss die Augen und glaubte sich daran erinnern zu können, dass in dem Moment, als sie halbnackt dastand, Frau Bendixen aus der gegenüberliegenden Bäckerei gekommen war.

»Warum passiert immer mir so etwas«, jammerte sie.

Lars Holm ließ den Wagen vor dem Pfarrhaus ausrollen und machte den Motor aus. Er sah zu Silke hinüber.

»Sie sind nicht die Einzige. Ich habe auch ein großes Talent dafür, mich lächerlich zu machen. Wie Sie ja gestern gesehen haben.«

Er blieb ganz ernst, und Silke sah zum ersten Mal, dass Lars Holm, dieser Sylter Sonnyboy, eine steile Sorgenfalte zwischen den Augenbrauen hatte. Seine Augen selbst blickten eindringlich und ein wenig traurig. Ihm fehlten die Lachfältchen, die so charakteristisch für Ommo Wilkes waren, stattdessen hatte er dunkle Tränensäcke.

»Aber Ihr Fauxpas hat sich nicht vor den Augen der Öffentlichkeit abgespielt«, wandte Silke ein.

Lars Holm lachte bitter auf. »Als würde das eine Rolle spielen!« Er blickte nun nach vorne durch die Scheibe in Richtung des Larsen-Hofes. »Ich habe Knut da mit reingezogen. Ich wollte ihm helfen, aber ich habe alles viel schlimmer gemacht. Ich tauge nicht zum Kuppler.«

»Ich glaube, Knut hat es Ihnen nicht krummgenommen«, tröstete Silke. »Dazu hat er ein viel zu sonniges Gemüt. Eines Tages werden Sie zusammen darüber lachen.« Kaum hatte sie das ausgesprochen, dachte sie an Marina. Die würde die Sache mit den ukrainischen Prostituierten wohl weniger komisch gefunden haben.

»Vielleicht.« Lars Holm legte die Hand wieder an den Zündschlüssel, ein deutliches Signal an Silke, dass sie aussteigen solle, weil er starten wollte.

»Kann es sein, dass Sie nicht ganz uneigennützig gehandelt haben?«

Holm sah sie wieder direkt an. »Bei was?«

»Bei dem Versuch, Knut zu helfen, eine Frau zu finden?«, erläuterte Silke.

»Natürlich nicht.« Holm war ganz offen. »Ich dachte, das hilft mir, wenn rauskommt, dass er der Breckwoldt-Erbe ist. Dass ich ihn auf meiner Seite habe, wenn es darum geht, was aus dem Grundstück wird.«

Silke war beeindruckt, dass der Bauunternehmer sich nicht um eine ehrliche Antwort herumgedrückt hatte.

»Aber jetzt ist es sowieso zu spät«, fuhr Holm fort. »Ommo hat das Rennen gemacht. Darauf hat er ja sein Leben lang hingearbeitet.«

»Lukas hat mir erzählt …«, vorsichtig wollte Silke sich vorwagen. Vielleicht wollte Holm ja darüber reden. Aber er schnitt ihr gleich das Wort ab.

»Ja. Ich bin erledigt.« Er startete den Motor. Sein Gesicht nahm plötzlich einen harten Zug an. »Beruflich wie privat.« Er lachte bitter. »Es gibt Schlimmeres, als in Unterhose vor den Leuten dazustehen. Glauben Sie mir. Ich weiß, wovon ich rede.«

Darauf wusste Silke keine Erwiderung mehr. Sie stieg aus dem schweren Wagen und bedeckte sich, so gut es ging, mit dem Wickelrock. Oder dem, was davon übrig war.

»Vielen Dank«, sagte sie noch, aber da hatte Holm schon den ersten Gang eingelegt, und sie schmiss rasch die Beifahrertür zu. Holm fegte über den Kiesweg. Silke sah ihm hinterher. Er hat recht, dachte sie. Es gibt wirklich Schlimmeres.

Silke zog sich zu Hause um und schaffte es, dank Rudi, dem tapferen Passat, doch noch rechtzeitig bei ihren Schützlingen im Altenheim aufzutauchen. Danach hatte sie noch einen Termin bei der Sylter Tafel, holte Paul von der Schule ab und bereitete für sich und ihre Kinder das Mittagessen vor. Den Gedanken an den schmachvollen Auftritt in der Horssumer Dorfstraße verdrängte sie, so gut es ging, sogar vor Jana und Paul verheimlichte sie, was geschehen war.

Anschließend war es Zeit, Jana zum Zug zu bringen. Lukas Holm würde dieses Mal nicht mit von der Partie sein, er hatte einen Termin. Aber Jana war guter Dinge, weil sie die Gewissheit hatte, ihren Freund in vierzehn Tagen schon wiederzusehen.

»Wenn du keine Lust hast, mit zum Bahnhof zu gehen, ist es okay für mich«, sagte Jana zu Paul.

Der zuckte nur die Schultern. »Weiß nicht. Wollte mit Louis bisschen Cross fahren. Aber ich hab keinen Bock, wenn der Typ wieder da draußen ist.« Er warf seiner Mutter einen schnellen Blick zu.

»Welcher Typ?«, fragte Silke ahnungslos.

»Na, dein Ommo«, gab Paul zurück. Der Ton, mit dem er den Namen aussprach, ließ keinen Zweifel daran, dass er für Wilkes nur wenig Sympathie hegte.

»Also, das ist wirklich nicht *mein* Ommo«, bemühte Silke sich klarzustellen.

Jana grinste nur vielsagend.

»Und warum stört es dich, wenn er auf dem Platz ist?«, fragte Silke ihren Sohn. Jana ignorierte sie geflissentlich.

»Der stört mich nicht, aber wir stören ihn.« Paul imitierte eine wütende Männerstimme. »Haut bloß ab hier, das ist kein Spielplatz, ihr stört die Tiere …« Er verdrehte die Augen. »Der nervt so krass.«

»Aber es stimmt ja vielleicht wirklich, dass ihr die Tiere auf dem Gelände stört«, sagte nun Jana – die angehende Tierärztin.

»Quatsch! Da brüten halt ein paar Vögel. Im Frühling. Da sind höchstens kleine Tiere und Füchse und vielleicht auch Dachse. Aber die kommen eh nur in der Nacht raus. Wenn wir da rumradeln, das juckt die doch nicht.« Paul nahm eine Gabel Makkaroni in den Mund und sprach mit vollem Mund weiter. »Und die Kröten trägt er selber dauernd hin und her.«

Jana und Silke mussten lachen.

Paul guckte beleidigt, weil die beiden Frauen ihm keinen Glauben schenkten. »Ja, echt mal! Neulich ist er mit seinem Fahrrad gekommen, da hat er hinten so eine Plastikbox auf dem Gepäckträger gehabt. Louis und ich haben uns versteckt, damit er uns nicht sieht, weil er immer so rumstresst. Und dann hat er aus der Kiste lauter Kröten geholt und die überall verteilt.«

Während sich Jana noch über die Geschichte ihres kleinen Bruders lustig machte, wurde Silke nachdenklich. Konnte da tatsächlich etwas dran sein?

Der Abschied von Jana am Bahnhof war kurz (weil Mutter und Tochter so spät kamen, dass der Zug bereits die Türen geschlossen hatte) und tränenreich (auf Seiten der Mutter). Silke stand aber noch lange auf dem Bahnsteig. Sie winkte, bis auch der letzte Wagen in der Ferne verschwunden war. In ihre Tränen mischte sich alles: der Schmerz, dass Jana wieder wegmusste, der Stolz, dass ihre Tochter so positiv und selbstbewusst ihren Weg machte, und die Erleichterung, dass sich ihr Verhältnis immer mehr entspannte, je älter Jana wurde. Und je mehr räumlichen Abstand sie zu ihrer Mutter hatte, wie Ansgar letztens so zynisch wie treffend bemerkt hatte.

Als sie auf der Landstraße von Westerland nach Horssum zurückfuhr, wurde Rudi von starken Seitenwinden geschüttelt. Am Himmel ballten sich drohend dunkle Wolken, ein Sommergewitter braute sich zusammen. Silke freute sich darauf, sich gleich in ihrem gemütlichen Pfarrhaus aufs Sofa zu kuscheln und den Wind ums Haus heulen zu hören. Dazu würde sie sich einen starken Tee brauen, mit ordentlich Kandiszucker. Ihr hatte letztens jemand einen schwarzen Friesentee mit Heideblüten aus einem Teeladen in Westerland geschenkt, und Silke war nach der ersten Tasse schon süchtig gewesen.

Als sie in den Weg zum Pfarrhaus einbog, klatschte etwas gegen die Windschutzscheibe. Es war ein kleiner Zettel, ein Werbeflyer offenbar. Kaum war Rudi geparkt und sie ausgestiegen, nahm Silke den Wisch von der Scheibe. Es war ein eher unscheinbarer weißer DIN-A5-Flyer, auf den jemand etwas mit altmodischer Schreibmaschinenschrift geschrieben hatte. Dazu ein Bild der tanzenden Marlene Dietrich in den Armen von Jean Gabin. *Single-Schwoof! Kommt alle und lernt den Mann/die Frau eures Lebens kennen!* Die Veranstaltung sollte am kommenden Freitag im Preestershus stattfinden. Silke konnte sich ein Lächeln nicht verkneifen. Oma Grete legte sich für ihren Enkel aber mächtig ins Zeug!

18.

Das laute Gejohle aus ihrem Büro ließ darauf schließen, dass Paul und sein Freund Louis großen Spaß hatten. Sie hatten am Mittag nach der Schule darum gebeten, an Silkes Computer gelassen zu werden, und da die Pastorin selbst einige Gesprächstermine außerhalb hatte, willigte sie ein. Jetzt war es kurz nach vier, Silke hatte auf dem Weg noch Einkäufe erledigt und wollte wissen, ob Louis noch zum Abendessen bliebe. Vorsichtig klopfte sie an die Tür. Sie bekam ein Kichern zur Antwort. Sie öffnete dennoch und war sehr erstaunt, als sie von zarten Walzerklängen empfangen wurde.

»Der ist geil, den nehmen wir«, sagte Louis und tippte auf den Bildschirm, woraufhin Paul mit ernster Miene ein paar Klicks ausführte. Erst dann drehten die Jungs sich zu ihr um. Silke stellte ihre Frage, die beide mit heftigem Kopfschütteln beantworteten.

»Nee«, sagte Paul, »wir brennen jetzt nur noch die CD, dann müssen wir los.«

»Los?«

»Na, wir sind doch die DJs!«, stöhnte ihr Sohn über so viel Unwissenheit auf Seiten der Mutter.

»Davon weiß ich ja gar nichts«, gab Silke zurück. Mit leicht beleidigtem Unterton, wie sie selbst verärgert bemerkte. Davon weiß ich ja gar nichts – das war bestimmt der Spitzenreiter in der Liste der meistgesagten Elternsätze.

Aber die Jungs hatten sich schon wieder von ihr abgewandt und konzentrierten sich auf die Vorgänge im Computer.

»Doch nicht etwa bei dem Single-Schwoof?!«, kombinierte Silke hellwach. Sie hatte mitbekommen, dass Oma Grete gestern etwas mit ihrem Sohn verhandelt hatte. Von Bezahlung war da die Rede gewesen, und Silke war davon ausgegangen, dass es sich um Hilfsarbeiten auf dem Bauernhof handelte. Dass ihr Zwölfjähriger für die Musik auf einem Singletreff verantwortlich sein sollte, den noch dazu eine fast Achtzigjährige organisierte, darauf wäre sie im Leben nicht gekommen.

»Mmh, mmh«, gab Paul zur Antwort. Gleichzeitig rauschte eine CD aus einem Fach des PCs. Louis fummelte sie sofort heraus, steckte sie in eine Hülle, und dann wollten beide Jungs an Silke vorbei aus dem Büro stürmen.

»Moment«, hielt diese sie auf. »Was ist mit Essen? Wann seid ihr wieder da?«

»Essen gibt's gratis«, ließ Paul seine Mutter wissen. »Lise sagt, wir kriegen so viel Schnitzel mit Pommes, wie wir wollen.« Stolz grinsten sich die Jungs an.

Offenbar hatte ihr Sohn nicht schlecht verhandelt, dachte Silke und lächelte.

»Okay, dann zischt mal los. Paul, ich hol dich später einfach ab, wenn Balu Gassi gehen muss, okay?«

Zum Nicken blieb ihrem Sohn keine Zeit mehr, er war schon auf dem Weg durch den Flur und knallte zur Bestätigung lediglich die Tür hinter sich zu.

Über vier Stunden später raffte Silke sich auf, den frischgebackenen DJ vom Single-Schwoof abzuholen. Eigentlich hatte sie sich von der Veranstaltung um jeden Preis fernhalten wollen. Oma Grete war so zuvorkommend gewesen und hatte beinahe stündlich darauf hingewiesen und Silke damit immer wieder vergegenwärtigt, dass jeder Topf den passenden Deckel … und so weiter. Aber Silke hatte sich ganz taub gestellt, sie hatte schon ausreichend Mitleid mit dem armen Knut, der die Kuppelversuche seiner Großmutter über sich ergehen lassen musste.

Kaum betrat sie den Gastraum, kam ihr die Wirtin schon mit einem vollen Tablett giftgrüner kleiner Schnäpse entgegen.

»Schlüpferstürmer!«, erläuterte sie, als sie den fragenden Blick der Pastorin auffing, und zwinkerte verschwörerisch.

Silke befürchtete das Schlimmste, als sie Lise durch die Tür zum Nebenraum folgte. Sie wurden empfangen von dröhnenden »Love is in the air«-Klängen, vermischt mit einem vielstimmigen »Hallo!«, das weder ihr noch Lise galt, sondern eindeutig den anzüglichen Schnäpsen. Das Tablett jedenfalls war im Nu leer.

Der Raum dagegen war gut gefüllt. Es herrschte Partystimmung, gar keine Frage. Die Tische und Stühle waren an den Rand geräumt, um Platz für eine Tanzfläche zu machen, auf der sich mehrere Paare beschwingt zu dem alten Top-Ten-Hit drehten. Hinten an der Wand stand eine Musikanlage mit zwei Boxen und zwei halbleeren Literflaschen Coca-Cola.

Die einzigen Gäste, die keinen Schlüpferstürmer tranken, waren Paul, Louis und Knut.

Die einzigen Männer im Raum waren Paul, Louis und Knut.

Die einzigen Menschen unter sechzig waren ebenfalls Paul, Louis und Knut.

Der Rest der Gäste war – sich selbst und Lise nahm Silke mal aus – weiblich und im fortgeschrittenen Rentenalter. Was der Stimmung im Single-Schwoof in keiner Weise Abbruch tat: Die alten Damen legten allesamt eine kesse Sohle aufs Parkett, und wenn Silke den Zustand der Frisuren und Kleider betrachtete, musste sie schlussfolgern, dass die rüstigen Damen wohl nicht erst seit kurzem so ausgelassen feierten. Einen Großteil der Frauen kannte Silke vom Seniorentreff, und sie wurde, kaum hatte man sie erblickt, aufs herzlichste begrüßt.

Die sehr kregle alte Frau Bendixen, noch im Trauerschwarz, kam von der Tanzfläche beschwingt auf Silke zugetrippelt und versuchte, die Pastorin zu einem Tänzchen zu überreden. Silke konnte sich nur deshalb rausreden, weil sie noch Balu an der Leine mit sich führte. Sie suchte für ihn einen einigermaßen ruhigen Platz in der Ecke, leinte ihn an einen Tisch an und setzte sich zu Oma Grete, die in einem anregenden Plausch mit zwei Nachbarinnen vertieft war.

Jetzt drehte sie sich zur Pastorin um und bot dieser ein Schnäpschen an. Silke lehnte freundlich, aber bestimmt ab.

»Ein voller Erfolg!«, jubelte Oma Grete und machte eine Armbewegung in den Raum hinein.

Silke musste lachen. »Aber es sind nicht so viele Kandidatinnen für Ihren Knut dabei …«

»Och«, Grete wischte den Einwand mit einer Geste beiseite, »der amüsiert sich königlich.«

In der Tat schwang Euter inmitten der alten Frauen bestens gelaunt das Tanzbein. Er wirbelte zuerst Frau Bendixen, dann eine andere Rentnerin und schließlich eine Dritte übers Parkett. Knut scherzte, und die Damen lachten – es war ein Jammer, dass sie durchgängig dreißig bis vierzig Jahre zu alt für ihn waren. Er verstand sich anscheinend bestens darauf, den Charmeur zu geben, und hatte selber ordentlich Spaß an der Sache.

Jetzt war der Song zu Ende, und Silke sah, wie ihr Sohn sich am DJ-Pult ein Mikro schnappte.

»Jaaa, da geht's rund!«, rief Paul in das übersteuerte Mikrofon hinein. »Die Stimmung steigt, meine Damen!« Kichern. »Aber jetzt gibt's zur Erholung ein kleines Päuschen! Essen, trinken Sie, bevor Sie wieder … äh …« Er drehte sich hilfesuchend zu Louis um, aber der schien auch nicht weiterzuwissen. Silke sah von hinten, wie Pauls Schultern zuckten, dann kicherten die beiden haltlos. Das Mikrofon wurde rasch ausgeschaltet. Die Jungs wollten sich schier ausschütten vor Lachen hinter ihrer Musikanlage, und Silke hoffte inständig, dass die beiden auch wirklich die Finger von den Schlüpferstürmern gelassen hatten.

Knut verließ die Tanzfläche, nicht ohne zwei Damen galant zu ihren Plätzen zu führen, und gesellte sich schließlich zu seiner Oma und Silke.

Er wischte sich den Schweiß von der Stirn und grinste. »Die halten einen ordentlich auf Trab, die Ladys.«

»Du machst das so charmant«, lobte Silke.

»Ja, mit den Alten kann ich«, lachte Knut, »hab ja genug Übung.«

Damit kniff er seine Großmutter liebevoll in die Backe. Diese lächelte ihn versonnen an, sagte: »Ach, mein Knutchen«, und tätschelte sein Knie.

»Und wir beide ...«, jetzt schwenkte Oma Grete zu Silke und zauberte von irgendwoher zwei Schlüpferstürmer, »wir sagen jetzt du zueinander!«

Silke nahm lieber das Du als den Schlüpferstürmer an und hakte sich bei Oma Grete mit dem rechten Arm ein, den ihr diese ihrerseits anbot. Auf diese Weise verbunden, leerten sie den Kurzen auf ex.

»Silke«, sagte die Pastorin.

»Grete«, nickte ihre Haushälterin befriedigt und leckte sich wie eine Katze die Lippen. »Hat ja lang genug gedauert, aber ich wollte erst ma sehen, was du für eine bist.«

»Und?«, fragte Silke amüsiert.

Statt einer Antwort wandte Oma Grete sich um und wies mit einem Zeigefinger an die Wand, die der Fensterseite gegenüberlag. Dort waren eine Unmenge Bilder aufgehängt. Kreuz und quer, große und kleine Fotos, mit Rahmen und ohne. Dazwischen Schützenscheiben und Auszeichnungen jedweder Art. Diese Bilderwand schien die Geschichte nicht nur des Preestershus, sondern ganz Horssums zu erzählen.

»Früher haben sich nicht nur die Alten zum Schwoof getroffen«, erinnerte sich Oma Grete versonnen.

Neugierig erhob sich Silke und ging, gefolgt von der alten

Dame, hinüber. Sie ließ den Blick über die unterschiedlichen Bilder schweifen, begleitet von den Erläuterungen Oma Gretes. Gerührt betrachtete sie die sepiafarbenen Bilder, für die sich die Menschen, die meisten von ihnen einfache Bauern oder Fischer, in ihren Sonntagsstaat geschmissen und fein herausgeputzt hatten. Es gab Porträts strenger alter Herrschaften und Schnappschüsse von ausgelassen Feiernden. Ein paar wenige Autogrammkarten von angeblichen Prominenten waren darunter, Menschen, von denen Silke noch nie etwas gehört oder gesehen hatte. Natürlich kannte sie sowieso niemanden auf den Fotos, Oma Grete dagegen hatte immer eine Geschichte parat.

Erst auf den Bildern jüngeren Datums erschienen Gesichter, die Silke vage bekannt vorkamen. So waren Lise und Hans Baluschek abgebildet, er mit vollem Haupt- und Gesichtshaar, sie mit imponierender Dauerwelle. Es war ein Bild, das an dem Tag gemacht worden war, an dem sie den Pachtvertrag für das Gasthaus unterschrieben hatten. Dem Aussehen der beiden nach zu urteilen, war dies Mitte der achtziger Jahre gewesen.

»1984«, bestätigte Oma Grete und tippte auf ein Bild, das direkt daneben hing. »Hier, da ist mein Fiete. Hat dem Hans geholfen beim Umbau.«

Es war ein Foto, das den entkernten Gastraum des Preestershus zeigte. Hans Baluschek stand strahlend in der Mitte des Raumes, in der einen Hand einen Spachtel, den anderen Arm hatte er um einen Mann gelegt, der ebenfalls fröhlich in die Kamera grinste und eine Maurerkelle hochhielt.

Oma Grete blickte versonnen. Silkes Blick schweifte zum nächsten Bild, welches aus der gleichen Epoche stammen musste. Es war im Nebenraum aufgenommen worden, ungefähr von der Stelle aus, an der sie nun standen. Der Saal war dekoriert mit Lampions und Luftschlangen. Ein paar junge Leute hatten sich für ein Gruppenfoto in Pose gestellt. Manche von ihnen hatten

Flaschen oder Gläser in der Hand, man sah ihnen an, dass sie schon ausgiebig gefeiert hatten.

»Mein Fünfzigster«, lachte die kleine alte Dame neben Silke nun. »Da war was los! Da haben noch alle zusammen gefeiert, Alt und Jung.« Sie tippte auf das Bild. »Ein paar von denen kennst du.«

In der Tat hatte Silke schon Ähnlichkeiten mit heute lebenden Personen ausgemacht. Sie kniff die Augen zusammen (die Lesebrille war wie immer zu Hause geblieben) und sah genauer hin. Der klapperdürre Jüngling am Bildrand, der so tat, als würde er sich Sekt aus einer Flasche über den Kopf gießen – war das wirklich der heute so umfangreiche Jens Bendixen?

Oma Grete lachte. »Wir haben immer nur ›Gerippe‹ zu ihm gesagt, da würde man heute nicht mehr draufkommen.«

Neben Bendixen stand ein junger, sehr gutaussehender Mann mit vollen dunklen Haaren, die gegelt und ein wenig verwuschelt waren. Er trug eine Jacke, als Einziger auf dem Bild, vermutlich fühlte er sich ohne diese schwarze Lederjacke nicht cool genug. So ein weißes T-Shirt trug er noch heute, und auch der Jeansmarke war er treu geblieben, eigentlich fehlte nur die Sonnenbrille. Aber auch ohne diese konnte man den jungen Lars Holm ganz deutlich identifizieren.

Neben ihm stand eine Blondine, die Silke nicht kannte, aber der junge Mann, der den Arm um ihre Hüfte und seinen Kopf auf ihre Schulter gelegt hatte – das war eindeutig Ommo Wilkes. Die blonden Lockenhaare hatte er damals noch länger getragen, was ihn ein wenig an Art Garfunkel erinnern ließ. Auch seine Kleidung war eher hippiemäßig, er hatte nichts von der Rocker-Coolness Holms. Ommo sah glücklich aus, er war ganz offensichtlich bis über beide Ohren in die Blondine, die er umfasst hatte, verliebt.

»Sie waren eigentlich auch mal ein schönes Pärchen«, kommentierte Oma Grete.

»Wer ist das?«, fragte Silke und tippte auf das Mädchen. Sie sah aus wie ein Hollywoodstar, schlank, mit großen Brüsten, das Gesicht mit den vollen Lippen und hohen Wangenknochen kam durch die Frisur à la Kim Wilde besonders zur Geltung.

»Na, das ist doch die Hillu«, gab Oma Grete verwundert zurück. Als könnte man das nicht auf den ersten Blick erkennen.

Silke war völlig perplex. Abgesehen von Jens Bendixen, der einfach nur fett geworden war, hatte Hillu Holm die größte Verwandlung durchgemacht. Sosehr sie sich auch anstrengte, Silke erkannte in der grazilen bildschönen Frau nichts von der heutigen Hillu. Aber dass diese mal mit Ommo Wilkes zusammen gewesen war, schien ihr plötzlich der Schlüssel zu der alten Fehde zwischen Ommo und Holm.

»Tja«, Oma Grete wippte versonnen mit dem Kopf, »das ging hoch her an dem Abend ...«

»Zack! Das Bild ist im Kasten!«

Hans Baluschek fummelt den Blitzwürfel von der kleinen schwarzen Olympus, während Jens auf ihn zustrauchelt und dem Wirt kumpelhaft auf die Schulter haut.

»Dafür schmeiße jezz aba noch 'ne Runde«, lallt er.

»Du hast genug getankt, Jens«, erwidert der Wirt und tippt dem schmächtigen Hänfling mit dem Zeigefinger auf die Brust.

Jens Bendixen verliert daraufhin fast das Gleichgewicht. Er fällt auf einen Stuhl, der praktischerweise direkt hinter ihm steht, und zieht einen Flunsch. Sogar auf dem Stuhl wankt er bedenklich hin und her, so dass er seinen Kopf lieber auf den Arm legt, der auf der Stuhllehne ruht. Während die Pet Shop Boys »*You are always on my mind*« johlen, werden seine Lider schwer und immer schwerer. Jens schließt die Augen schließlich ganz, und kurze Zeit später hört man nur noch sein durchdringendes Schnarchen.

Am Tisch des Geburtstagskindes Grete Larsen ist es auch

schon etwas ruhiger geworden. Die Männer unterhalten sich an der einen Seite über Geschäfte. Unter ihnen Bauer Fiete, als Einziger stocknüchtern, weil er vom Alkohol immer niesen muss. Und in wenigen Stunden im Stall stehen, die Kühe melken. Jede einzelne; achtzig stolze Stück hat er, und bis er und seine liebe Suna mit allen fertig sind, Eimer um Eimer gefüllt haben, ist es oft schon später Vormittag. Nun klönt er mit dem Bürgermeister, dem Bäcker, dem Küster und Pastor Schievel. Dieser allerdings hat dem Klaren recht fröhlich zugesprochen, und Fiete weiß, dass er zusammen mit Grete und Suna den Pastor nach Hause bringen muss. Aber noch ist es nicht so weit.

»Auf einem Bein kann man nicht stehen!«, sagt der Bäcker gerade laut und ordert bei Baluschek eine neue Runde.

Die Damen auf der anderen Seite des Tisches gucken strafend. Grete wackelt mit dem Zeigefinger, sie muss den Pastor im Blick behalten. Suna, die feine Suna, hat nur zwei Gläschen Eierlikör getrunken und zwinkert ihrem Fiete über den Tisch hinweg lächelnd zu.

Baluscheks hübsche Frau Lise, ein dralles junges Weib, zu dem der Bürgermeister stets auffällig hinüberlinst, obwohl seine eigene, zugegeben sehr vertrocknete Frau am Tisch sitzt, ist gerade damit beschäftigt, sich der Zudringlichkeiten der jungen Männer zu erwehren.

Lise also räumt das Büfett ab, Reste von Rollmops und Pumpernickel, eine Käseplatte, auf der nur noch Cocktailspießchen, Käserinde und vergammelte Weintrauben liegen, eine leergekratzte Rote-Grütze-Schüssel und die dick gewordenen Reste der dazugehörigen Vanillesauce.

Während Hillu ihr behilflich ist und gerade mit einem Stoß schmutziger Teller in Richtung Küche geht, stellt sich Ommo neben Lise und legt seine Hand auf ihren Hintern.

»Sehen wir uns nachher?«, raunt er ihr mit heißem Alkoholatem ins Ohr.

Lise schiebt seine Hand weg. Eine Antwort spart sie sich. Ommo versucht es immer wieder, bei jeder, ein Nein akzeptiert er ohnehin nicht. Obwohl er mit der Inselschönheit Hillu zusammen ist, bekommt er nie genug. Lise schüttelt nur den Kopf und ignoriert den aufdringlichen Gesellen.

An der Tür zum Gastraum stößt sie fast mit Lars Holm zusammen, der sich eine Zigarette dreht und ganz unbeteiligt tut.

Aber Lise weiß, auf wen er wartet.

Als die Musik zu Phil Collins mit »Against all odds« wechselt (Hans hat eine Kassette mit den größten Hits eingelegt, die er den gesamten Abend über immer nur um und um dreht), kommt genau diejenige aus der Küche und läuft direkt in Lars' Arme.

Er steht so im Türrahmen, dass er ihr den Weg versperrt. »Soll ich dich nach Hause bringen?«, fragt er Hillu geradeheraus.

Die lächelt, schüttelt den Kopf und wirft einen schnellen Blick zu ihrem Freund, zu Ommo. Sie hofft, dass er nicht sieht, wie Lars sie anquatscht. Sie weiß, wie er ist. Besonders wenn er getrunken hat.

Aber zu spät. Ommo kommt herübergeschlendert, quer durch den Raum. Über die zertanzten Luftschlangen und geplatzten Luftballons. Er hat die Daumen in die Gürtelschlaufen seiner grünen Karottenjeans gehakt und hat nur Augen für Lars. Er lächelt, aber Hillu kennt dieses Lächeln. Und sie fürchtet es.

Auch Lars kennt es, sie sind zusammen aufgewachsen, sie drei und natürlich auch Jens. Aber Lars fürchtet sich nicht vor Ommo, das hat er noch nie getan. Nicht vor dessen Tricks und Gemeinheiten.

Jetzt schiebt sich Lars lässig eine Kippe in den Mund und kickt ein silbernes Zippo am Bikerstiefel an. Er steckt die Kippe in die Flamme, zieht dran und ignoriert Ommo.

Hillu sieht ihm zu und denkt, wie schön die langen dunklen und dichten Wimpern von Lars sind. Und dass sie jetzt ganz schnell weggehen müsste, damit der Streit nicht eskaliert. Aber sie kann nicht, sie ist wie gelähmt.

Ommo ist bei ihnen angelangt. Er fasst Lars an der Schulter und will ihn zu sich drehen.

»Hey, Arschloch«, sagt er und grinst sein fieses Grinsen.

Aber Lars lässt sich nicht provozieren. Er bläst Ommo den Rauch ins Gesicht. »Wenn der Kuchen redet, haben die Krümel Pause«, sagt er ganz lässig.

Es ist, als hielten alle im Raum den Atem an, auch die Alten hinten am Tisch. Nur Phil Collins singt unbeeindruckt mit seiner klaren Stimme.

Lars dreht sich wieder zu Hillu und stellt die gleiche Frage noch einmal. »Soll ich dich nach Hause fahren?«

Hillu öffnet den Mund, um zu antworten, sie kommt nicht dazu, weil Ommo an Lars' Lederjacke zerrt und ihm mit einem Bein vors Schienbein tritt.

»Hey, Arschloch«, wiederholt er, jetzt mit sich überschlagender Stimme, »das ist meine Braut!«

Statt einer Antwort hat er Lars' Faust im Gesicht, es knackt so laut, dass die Frauen im Raum entsetzt aufschreien und die Hände vors Gesicht schlagen.

Fiete springt auf und ist mit einem Satz über dem Tisch, um einzugreifen.

Hans Baluschek kommt hinter dem Tresen hervor und schiebt Hillu aus der Schusslinie, noch bevor sich Ommo wieder aufrappelt und von seinem grünen Hosenboden, auf den er rückwärts gefallen ist, aufsteht.

Hans will Lars' Arme festhalten, aber dieser reißt sich los.

Fiete packt Ommo unter den Achseln, aber auch der wehrt sich und trifft mit dem Ellbogen, der beim Ausholen nach hinten schnellt, das Nasenbein des Bauern.

Das Blut schießt sofort aus der Nase, Suna schreit auf, so laut, dass Jens erwacht und seinen Stuhl packt, fast noch im Schlaf, und ihm dem Nächstbesten überzieht. Leider trifft er Pastor Schievel, der beruhigend einschreiten wollte und nun zu Boden geht.

Ommo hat sich mittlerweile nach vorne geworfen und beide Beine von Lars umklammert. Er zieht so stark daran, dass Lars das Gleichgewicht verliert und nach hinten überkippt. Er schlägt sich den Kopf am Türrahmen an, und für kurze Zeit sieht es so aus, als sei er bewusstlos.

Das nutzt Ommo aus und schmeißt sich auf seinen Kontrahenten, er beißt ihn in den Arm, er kratzt und zieht Lars an den Haaren.

Hillu sieht angewidert, dass ihr Freund wie eine Frau kämpft. Sie will dazwischengehen, aber da kippt Lise bereits einen Sektkübel voll Eiswasser über die Kämpfenden.

Lars kommt zu sich und wehrt sich, aber nun liegt nicht mehr nur Ommo über ihm, auch Jens, der Bürgermeister, der Bäcker und Grete sind in den Kampf verwickelt. Es ist nicht klar, wer streiten und wer schlichten will, es ist ein einziges Knäuel aus Fäusten, Armen und Beinen, Gebrüll und Gestöhn.

Jetzt wird Hillu richtig wach und rennt durch die Terrassentür des Nebenraumes in den Garten. Sie weiß, wo der Wasseranschluss und wo der Schlauch ist. Sie dreht den Hahn voll auf und reißt ungeduldig an dem Schlauch, damit er ihr in den Saal folgt. Kaum dort angekommen, dreht sie den Schlauch auf und spritzt mit dem kalten Strahl wahllos in die Menge. So lange, bis sie alle Kämpfenden voneinander getrennt hat.

Erschöpft und durchgeweicht sind sie alle miteinander.

Hillu dreht das Wasser ab und sagt dann laut, so dass es alle hören können, zu der pitschnassen schwarzen Lederjacke: »Ja, bring mich nach Hause. Sofort.«

19.

»Mädels macht Platz für meinen Gast!« Hillu Holm klopfte auf die Holzbank neben sich.

Gehorsam rutschten die vier anderen anwesenden Frauen, alle zwischen vierzig und fünfzig, auf die Bänke unter und oberhalb ihrer Gebieterin. Denn das war Hillu ohne Zweifel. Ihr Wort war Gesetz; sie durfte in der Runde am lautesten lachen, wie Silke bereits festgestellt hatte, wenn sie dem Damenkränzchen begegnet war. Auch gab die Society-Queen von Sylt die Meinungsrichtung vor: Wen oder was sie gut fand, mochten auch die anderen. Aber wehe, Hillu fand an etwas Missfallen – dann schlossen sich auch die anderen der Ächtung an.

Heute residierte Hillu Holm also in der Damensauna des La Grande Plage. Silke hatte Hillu angerufen und um ein vertrauliches Gespräch gebeten, woraufhin Hillu ihr versichert hatte, in der Sauna sei schon bei den alten Römern Politik gemacht worden, sie halte es deshalb ebenso.

Silke hatte sich überwinden müssen, auf den Vorschlag einzugehen. Nicht weil sie prüde war. Sie ging gerne in die Sauna, auch in die gemischte, sie hatte keine Berührungsängste. Aber in der Regel führte sie dabei keine vertraulichen Gespräche. Man lag stumm nebeneinander, schwitzte und musterte die Figuren der Anwesenden verstohlen aus den Augenwinkeln. Aber nun stand sie nackt vor Hillu Holm und wusste nicht recht, wo sie beginnen sollte.

Probleme dieser Art schien Hillu nicht zu kennen. Sie

klopfte wieder mit ihrer speckigen Hand – jetzt gänzlich ohne Schmuck – neben sich.

»Na, komm schon, Frau Pastor, stell dich nicht so an. Ich beiße nicht.« Dann lachte sie ihr röhrendes Raucherlachen. Ihre Entourage kicherte und musterte Silke misstrauisch. Ob diese Pastorin wohl zu ihrem erlesenen Schampus-Kreis dazustoßen wollte?

Kurz entschlossen breitete Silke ihr Handtuch auf der Bank neben Hillu Holm aus. Zu ihrem Glück hatte die Sylterin die mittlere Bank in der 80 Grad heißen Biosauna gewählt – eine obere Bank in der finnischen hätte das Gespräch auf drei Minuten abgekürzt. Länger hielt Silkes Kreislauf die Temperaturen nicht aus. Sie schielte auf die Sanduhren – alle waren bereits abgelaufen. Entweder stellten die Damen diese gar nicht oder sie waren durch ihre wöchentlichen Saunabesuche so abgehärtet, dass sie es locker länger als fünfzehn Minuten aushielten.

Silke bemerkte, dass bei Hillu der Schweiß bereits in Strömen über die beachtlichen Rundungen lief.

»Alles echt.«

Hillu musste den Seitenblick der Pastorin bemerkt haben und patschte sich mit beiden Händen auf die Hüft- und Bauchröllchen.

»Ich lass ja gerne mal was schnippeln«, sie zupfte an Kinn und Wangen, »aber mein Svenie hat lieber was in der Hand.«

Die Mädels auf den umliegenden Banken kicherten, Silke lächelte nur freundlich, ihr fiel partout kein sinniger Kommentar ein.

Hillu schürzte die Lippen und musterte ihrerseits die Pastorin unverhohlen. »Bombenfigur. Kompliment. Und bestimmt original. Der liebe Gott will ja sicher nicht, dass an seiner Schöpfung manipuliert wird, was?«

Erneut meckerndes Lachen von allen Seiten. Silke wurde verlegen. Es schien ihr keine gute Idee gewesen zu sein, das Gespräch mit Lars' Ex hier zu führen. Aber Hillu überraschte sie. Sie wurde plötzlich ernst, klatschte in die Hände und scheuchte ihre Freundinnen hinaus. Diese gehorchten augenblicklich. Hillu erhob sich von ihrem Sitz und sagte: »So, jetzt machen wir zwei es uns richtig gemütlich.«

Sie nahm die Holzkelle aus dem kleinen Wasserkübel, schnupperte dran, »Zitronengras«, und goss das Wasser auf die glühend heißen Steine, wo es sofort zischend verdampfte. Resolut kreiste Hillu mit dem Handtuch über ihrem Kopf und verteilte die heiße Luft in dem kleinen Kabuff.

Silke wurde ein bisschen schwummerig.

Dann setzte sich Hillu Holm wieder zufrieden hin, mit etwas mehr Abstand zu Silke als zuvor.

»Was kann ich für dich tun?«, fragte sie.

»Ehrlich gesagt, ich weiß es nicht«, gestand Silke. »Es ist einfach ... Ich möchte verstehen, was hier vor sich geht. Dieser Streit um das Gelände, der Zwist zwischen Ommo und Lars, die mysteriösen Breckwoldts ... Ich habe das Gefühl, nicht zu wissen, was hier los.«

Hillu nickte ganz ernst. »Und damit kommst du zu mir. Warum?«

Statt eine direkte Antwort zu geben, die sie gar nicht hatte, erzählte Silke, dass sie gestern beim Schwoof im Preestershus gewesen war. Und die Bildergalerie betrachtet hatte. Und dass Oma Grete ihr von der Geburtstagsschlägerei erzählt hatte.

Hillu nickte und lächelte versonnen. »Du meine Güte! Das ist so lange her. Was haben wir damals gut ausgesehen!«

Sie sagte das mit einer gewissen Wehmut in der Stimme, und Silke bekam augenblicklich ein wenig Mitleid. Wenn man so traumschön gewesen war wie Hillu Holm damals, was musste dann wohl in all den Jahren dazwischen geschehen sein, damit man so aussah wie Hillu heute?

Diese gab ihr selbst die Antwort. »Ich hab nichts anbrennen

lassen, damals.« Hillu seufzte. »Das war der Abend, an dem ich Lars zum ersten Mal geküsst habe.« Sie schloss träumerisch die Augen. »Wir waren füreinander bestimmt.«

Silke schwieg und schwitzte. Allmählich öffneten sich ihre Poren und sie fing an, die Hitze zu genießen. Sie wurde müde und träge und wollte, dass Hillu einfach nur erzählte. Die war in Gedanken tief in die Vergangenheit eingetaucht.

»Aber noch nicht an dem Abend!« Hillu lächelte versonnen. »Lars war ja so verdammt anständig. Und ich war so enttäuscht. Ich war von Ommo ja anderes gewohnt. Der hat ja nicht lang gefackelt.« Hillu warf einen Blick zu Silke hinüber, als wollte sie sich versichern, dass sie die Pastorin mit diesen Details auch nicht verschreckte.

»Ich bin nicht katholisch«, beruhigte Silke sie, was Hillu zu einem erneuten kehligen Lachanfall verführte.

»Ommo war wohl nicht besonders erfreut, als Sie ihm den Laufpass gegeben haben?«, erkundigte Silke sich.

»Nicht erfreut?« Hillu verdrehte die Augen. »Er hat getobt! Er und Lars, das war immer schon eine Hassliebe. Sie waren die besten Freunde – und die erbittertsten Feinde, schon als Kinder. Solange Ommo bekam, was er wollte, war alles gut. Aber wenn Lars ihm irgendwo zuvorkam – und wenn er auch nur eine Zehntelsekunde schneller lief –, rastete Ommo aus.«

»Er ist ziemlich ehrgeizig, Ommo. Oder?«

»Ehrgeizig trifft es nicht ganz«, gab Hillu zurück. »Er ist krankhaft machtbesessen. Für Ommo Wilkes war das Beste gerade gut genug. Und das Beste, das war damals ich.«

Jetzt lächelte die dralle Blondine verschämt wie ein kleines Mädchen.

»Ich weiß, das klingt blöd. Und man kann es auch nicht glauben, wenn man mich heute sieht …«

Silke wollte protestieren, aber Hillu gebot ihr Einhalt und sprach weiter.

»… aber ich war nicht nur das hübscheste Mädchen auf der Insel. Ich war auch die beste Partie.«

Hillu machte eine dramatische Pause, und Silke wartete gespannt auf eine Erläuterung.

»Mein Vater hatte ’ne Menge Kohle und genauso viel zu sagen. Ihm gehörten die größten Hotels hier auf der Insel. Wer mich bekam, bekam die Macht.«

Die Frauen sahen sich an. Sie ergänzten beide den Satz »und das war es, was Ommo Wilkes wollte« im Geiste.

Hillu Holm nickte. »Ommo hat regelrecht rotgesehen, als ich plötzlich mit Lars ging. Er wollte ihm schaden, wo er konnte. Aber Lars … Er war immer so selbstsicher. Und er hat sich nie auf Ommos Niveau begeben.«

So spannend Silke die Geschichte fand – ihr wurde langsam aber sicher etwas schwindelig. Sie schwitzte mittlerweile wie verrückt, was eine Zeitlang auch sehr angenehm gewesen war, aber jetzt fühlte sie sich total ermattet. Hillu dagegen schien die Hitze gar nichts auszumachen.

»Wollen wir …?«, fragte Silke und zeigte auf die Saunatür.

Hillu Holm nickte und verließ mit Silke die Saunakabine, während sie einfach weitererzählte.

»Er hat noch ein paar Wochen lang Stunk gemacht, aber als er merkte, dass ich nicht vorhatte, zu ihm zurückzukommen, verließ er einfach die Insel.«

»Und als Ommo wieder zurückkam? Hatte er sich damit abgefunden?«, erkundigte sich Silke japsend, während sie sich den Schlauch mit dem eiskalten Wasser über den Körper hielt. »Ich meine, Sie waren mit Lars verheiratet, hatten ein Kind bekommen …«

Hillu konnte nicht sofort antworten. Sie tauchte gerade in das Becken mit dem eisigen Wasser – sogar mit dem Kopf, wie Silke voller Bewunderung bemerkte.

»Was meinen Sie, was das hier ist?«, gab Hillu schließlich zurück. »Dieser Scheißhubschrauberlandeplatz und dass Ommo Bürgermeister werden will?! Er ist zurückgekommen und will es allen zeigen. Um nichts anderes geht es.«

Dieser unsympathische Gedanke war Silke natürlich auch schon gekommen, aber sie hatte ihn einfach nicht zulassen wollen. Allerdings ließ die Geschichte und die Schilderung von Ommos Charakter keinen anderen Schluss mehr zu.

»Wenn es prestigeträchtiger wäre, für eine Autobahn auf Sylt zu kämpfen, würde Ommo auch das tun, glauben Sie mir.«

Hillu hüllte sich in einen flauschigen weißen Frotteemantel und drapierte ein Handtuch als kunstvollen Turban auf dem Kopf. »Aber er hat eben auf Naturschutz gesetzt. Da kann man sich so gut als Retter geben.« Sie zuckte mit den Schultern und führte Silke in einen Raum, in dem Salzsteinlampen gedämpftes gelbes Licht warfen und ein paar bequeme Liegen darauf warteten, dass man auf ihnen einschlummerte. Von Hillus Freundinnen keine Spur.

Die beiden Frauen ließen sich stöhnend in die Waagerechte sinken. Silke hätte auf der Stelle einschlafen können, sobald sie ihre Liege nach hinten gekippt hatte.

»Und du passt natürlich bestens ins Bild«, sagte Hillu mit schläfriger Stimme.

»Silke bitte«, beendete die Pastorin das Herumgeeiere zwischen Duzen und Siezen.

»Darauf stoßen wir nachher an, Schätzchen«, gab Hillu zurück und schloss die Lider.

Aber Silke hakte nach. »Warum passe ich ins Bild …?«

»Weil du eine Trophäe bist«, gab Hillu zurück und lachte. »Du bist eine öffentliche Person. Eine respektable obendrein. Gut fürs Image. Des künftigen Bürgermeisters. Außerdem hast du Kinder, aber zum Glück große, die keine Arbeit machen.«

»Na, danke schön.« Silke war leicht eingeschnappt. Vermutlich hatte Hillu recht, aber keine Frau hörte gerne, dass sie wegen ihres Standes begehrt wurde. Sie hätte es lieber gehabt, dass Ommo Wilkes mit ihr flirtete, weil sie eine tolle Frau war. Oder sollte sie nicht besser froh sein, dass sie seine Motive durchschaut hatte? Und dass es leichter war, einem Mann einen Korb zu geben, der einen gar nicht wirklich meinte?

Hillu lachte wieder. »Ommo hat sie alle gehabt. Touristinnen wie Einheimische. Ob verheiratet oder nicht, Ommo ist nichts heilig. Deshalb sucht er sich immer neue Herausforderungen. Jetzt also eine Pastorin.« Sie schnalzte mit der Zunge. »Ich möchte gar nicht wissen, wie viele kleine Ommos mit grünen Augen über die Insel wackeln, ohne dass er davon weiß.«

Silke lachte. Sie hatte die Augen geschlossen und stellte sich unzählige geschrumpfte kleine Ommo Wilkes vor. Doch irgendetwas an dem, was Hillu gerade gesagt hatte, hatte etwas in ihr ausgelöst. Ein seltsames Gefühl von … Erkenntnis. Aber was war es?

»Entschuldige«, Silke drehte den Kopf zu Hillu, »was hast du gerade gesagt?«

»Dass viele kleine Ommos mit grünen Augen …«

Silke kam mit einem Ruck mit ihrer Liege in eine aufrechte Position. Jetzt hatte sie das fehlende Puzzleteilchen gefunden.

Hillu öffnete erst ein Auge, dann ein zweites. »Was?«, fragte sie barsch. Ihr war Silkes Überraschung nicht entgangen.

Silke winkte ab. »Ich darf nicht drüber reden. Wirklich nicht.«

»Quatsch keine Grütze.« Bei Hillu fiel der Groschen, und sie kam abrupt zum Sitzen. »Ommo hat Kinder, und du weißt es«, konstatierte sie und nahm Silke scharf ins Visier.

Diese wand sich auf ihrer Liege. Aber sie war sich sicher: Ommo Wilkes war der Vater von Knut Larsen. Diese Augen! Das war unverkennbar.

Die beiden so ungleichen Frauen starrten sich an.

»Ich muss dich was fragen«, begann Silke zögerlich, »damals,

als du mit Ommo Schluss gemacht hast … hat er da noch andere gehabt?«

Hillu kniff nachdenklich die Augen zusammen. »Er hat immer irgendwelche gehabt. Und kurz bevor er die Insel verlassen hat, war er kaum zu bändigen. Er wollte allen beweisen, dass er mich nicht nötig hatte.«

Silke fasste sich ein Herz. Sie konnte nur mit Hillus Hilfe das Rätsel lösen. »Auch mit Marion von Breckwoldt?«, fragte sie.

Hillu warf den Kopf zurück und lachte schallend. Doch dann verröchelte ihr Lachen und sie wurde ernst. »Kann gut sein. Ich trau ihm jede Sauerei zu. Heilige Scheiße …«

Hillu sah jetzt richtig betroffen aus. Und Silke konnte ihr in der Einschätzung nur beipflichten. Sie fühlte ein winziges Panikgefühl in sich aufsteigen, denn sie wusste, dass ihr jetzt eine sehr unangenehme Aufgabe bevorstand.

20.

Der kleine Täufling war die Ruhe selbst. Jonas Jansen, acht Monate alt, lugte neugierig aus dem prachtvollen Tuch von Oma Grete hervor und lutschte an seinem Schnuller. Es schien, als würde er genau zuhören, was diese fremde Frau in dem schwarzen Umhang vor ihm alles quasselte.

Als Silke den jungen Eltern und Lars Holm, dem Paten, die Tauffrage stellte, hörte sie mit Erstaunen, dass der Bauunternehmer, der auch den kleinen Jonas im Arm hielt, ihr mit sehr zittriger Stimme antwortete. Er schien von der Zeremonie angerührter als die Hauptperson selbst.

Nun bat sie Lars Holm, mit dem Täufling an die Taufschale zu treten.

Als sie mit ihrem Spruch begann: »Jonas Jansen, ich taufe dich im Namen des Vaters, des Sohnes und des Heiligen Geistes«, und dabei dreimal Wasser über die kleine runde Stirn des Babys laufen ließ, bemerkte Silke irritiert, dass sich die Augen des Taufpaten ebenfalls mit Wasser füllten.

Er hielt sich noch recht tapfer, aber Silke konnte nicht anders, als Lars Holm unverwandt zu beobachten, obwohl sie versuchte, sich am Riemen zu reißen und sich auf den Täufling und die Zeremonie zu konzentrieren.

Holm übergab den kleinen Jonas nun seiner Mutter, er selbst sollte, so war es mit den Jansens besprochen, die Taufkerze entzünden und dabei den Taufspruch noch einmal wiederholen.

Die Hand des Bauunternehmers mit dem Streichholz zitterte

so, dass Silke ihm beinahe zu Hilfe gekommen wäre, weil sie befürchtete, dass er mit der Flamme niemals den Docht treffen würde.

Schließlich räusperte sich Lars Holm. »Gott verspricht dir …« Ihm versagte die Stimme, aber tapfer setzte er erneut an. »Ich bleibe derselbe, so alt du auch wirst …« Holm krächzte nur noch, er musste sich sehr mühen, den Taufspruch für alle laut und verständlich über die Lippen zu bringen. Jetzt konnte er auch die Tränen nicht länger zurückhalten. Aber er gab nicht auf. Er holte ganz tief Luft und sprach dann mit einigermaßen lauter Stimme den schönen Spruch von Jesaja aus dem Alten Testament zu Ende: »… bis du grau wirst, will ich dich tragen. Ich habe es getan, und ich werde dich weiterhin tragen, ich werde dich schleppen und retten.«

Dabei kullerten ihm die Tränen in stetem Strom über die Wangen.

Silke starrte den großen Mann an und war derart ergriffen, dass sie einen Moment zögerte, bevor sie die Zeremonie fortsetzte. Jetzt und hier, in der Kirche, vor allen Leuten weinte der smarte Sylter Sonnyboy wie ein Schlosshund. Und es schien ihm nicht einmal etwas auszumachen. Ihr Nachbar Lars Holm offenbarte ihr und allen Anwesenden seine weiche und verletzliche Seite. Er war beileibe nicht der, für den Silke ihn gehalten hatte, das musste sie sich nun unumwunden eingestehen. Mehrmals schon war durchgeblitzt, dass Holm nur nach außen hin glatt und zynisch war, aber Silke hatte ihn unbedingt in diesem falschen Licht sehen wollen. Wie oft hatte sie selbst von der Kanzel gepredigt, dass nichts ist, wie es scheint?! Und dabei war sie nicht einmal in der Lage gewesen, ihre eigenen Vorurteile zu hinterfragen.

Sie beobachtete gerührt, wie Lars Holm mit seiner großen Hand, die ein bisschen zitterte, über den haarlosen Kopf des Babys fuhr und dieses auf die Stirn küsste. Der frisch getaufte Jonas

Jansen streckte die dicken Ärmchen aus, ließ den Schnuller aus dem Mund purzeln und lachte den großen Mann begeistert an. Seine Mutter Sabine übergab den Kleinen daraufhin wieder in die Obhut des Paten.

Silke hörte auch von den Bänken lautes Schniefen und verortete dieses sofort: Das konnte nur Hillu sein, die in der dritten Reihe ganz außen saß und sich von ihrem Svenie nun ein Taschentuch reichen ließ, in welches sie geräuschvoll hineinschnaubte.

Wie schon bei der Beerdigung des alten Bendixen war auch bei der Jansen-Taufe die halbe Insel anwesend. Die Kirche war bis auf den letzten Platz besetzt, und die Jansens hatten nach der Zeremonie zum Gartenfest in das Haus der Großeltern geladen – ein weiträumiges Anwesen am Rand von Horssum. Der eine Großvater des Täuflings war recht vermögend und hatte sich bei der Ausgestaltung des Festes nicht lumpen lassen.

Silke hatte sich nach der kirchlichen Feier noch umgezogen und aufgehübscht und betrat nun den schönen Garten, in dem die Party stattfand. Überall waren Tische mit Köstlichkeiten sowie Sitzgruppen unter Sonnenschirmen aufgebaut, adrette Kellnerinnen huschten zwischen den Gästen hin und her, boten gekühlte Getränke und Fingerfood an. Alles wirkte traumhaft entspannt und einladend, aber Silke spürte noch die Last der Aufgabe, die sie heute zu bewältigen hatte. Seit ihrem Gespräch mit Hillu und dem monströsen Verdacht, den sie beide hegten, legte sich das, was ihr bevorstand, wie ein dunkler Schatten auf ihre Seele.

Zuerst aber wurde die Pastorin von der Familie des Täuflings in Beschlag genommen. Nachdem sie reihum Hände geschüttelt, gratuliert und geprostet hatte, suchte sie mit den Augen die Festwiese ab. Sie konnte Ommo Wilkes nirgendwo entdecken. Fast wäre sie erleichtert gewesen darüber, dass sie das heikle

Gespräch noch aufschieben konnte, aber da sie wusste, dass er eingeladen war, wusste sie auch, dass es kein Entkommen gab.

Schließlich entdeckte sie Oma Grete mit ihrem Knut auf einer der weißen Korbbänke. Die beiden winkten ihr fröhlich zu, und Silke machte sich quer über den gepflegten Rasen auf den Weg zu ihnen. Doch noch bevor sie die Larsens erreicht hatte, stellte sich ihr Hillu in den Weg. Sie packte Silke mit ihrem Krallengriff am Arm und schob ihr Gesicht so nah an das der Pastorin, dass diese ihren Sektatem riechen konnte.

»Und? Hast du schon mit ihm gesprochen?«

Silke schüttelte den Kopf. »Ehrlich gesagt, ich hab ihn noch nicht einmal gesehen.«

Hillu deutete mit einem Daumen hinter sich. »Da hinten. Beim Teich. Ich hab ihn nicht aus den Augen gelassen.«

Silke reckte den Hals und warf einen Blick hinter die Society-Queen. Tatsächlich sah sie hinter einer hohen Buchsbaumhecke den blonden Lockenschopf von Ommo. Er scherzte dort mit zwei der blutjungen Kellnerinnen.

Hillu verstärkte den Griff um Silkes Oberarm. »Mach ihn fertig«, hauchte sie der Pastorin ins Gesicht. »Drück ihn an die Wand, Schätzchen. Lass ihm keinen Ausweg!«

Ihr war vorher schon bang gewesen, aber jetzt rutschte Silke das Herz in die Hose.

Hillu schnappte sich von einer der vorbeigehenden Kellnerinnen zwei Gläser Sekt und drückte eines davon Silke an die Brust.

»Nimm einen Schluck, das hilft.« Dabei legte sie selbst den Kopf in den Nacken und leerte das frische Glas Sekt zur Hälfte. »Ist der Tipp von 'nem echten Profi«, fügte sie dann hinzu und leckte sich über die gut gepolsterten, rosa geschminkten Lippen.

Silke nippte vorsichtig an dem prickelnden Getränk. Sie wusste, wenn sie tagsüber trank, und sei es auch nur dieses kleine Gläschen, würde sie augenblicklich todmüde werden. Und das wäre in der jetzigen Situation nicht hilfreich.

Bevor sie den schweren Gang zu Ommo antrat, musste sie ihrer neuen Freundin außerdem noch eine Frage stellen, die ihr auf den Nägeln brannte.

»Warum bist du eigentlich so daran interessiert, Ommo in die Ecke zu treiben? Du hast doch schließlich keine Rechnung mit ihm offen, oder?«

Jetzt lachte Hillu wieder ihr grollendes Raucherlachen, so laut, dass einige Gäste in der Nähe sofort zu ihnen herüberblickten. »Weil er ein Scheißkerl ist. Deswegen.«

Silke runzelte die Brauen. Sie wusste, dass das nicht der einzige Grund war. Und Hillu bequemte sich dann auch, eine plausible Antwort hinterherzuschicken. »Erstens tut mir mein Hasi leid.« Sie zwinkerte Silke zu. »Lars. Das hat er nicht verdient, dass er wegen dem …«, sie deutete wieder mit dem Daumen hinter sich in die Richtung, in der Ommo stand und die Kellnerinnen beflirtete, »… untergeht. Zweitens hängt mein Geld mit drin.«

»Das verstehe ich nicht«, hakte Silke nach. »Ommo meint, du lebst auf Lars' Kosten auf großem Fuß.«

Hillu verdrehte nur die Augen und schüttelte den Kopf. »Boshafter kleiner Wicht. Alles üble Nachrede. Ich hab dir doch erzählt, dass mein Vater Patte hatte ohne Ende. Und wer hat die Patte jetzt? Ich!« Sie grinste breit und goss sich den Rest des Sektes hinter die Binde. »Alles, was Lars hat, hat er von mir. Das große Haus – meins. Die halbe Firma – meine. Das Kapital für den Sportpark – ein Drittel von mir.«

Jetzt war es an Silke, baff zu sein. Hillu Holm war wohl doch nicht die gierige Ex, die ihren Mann nach der Scheidung bis aufs Blut aussaugte. Wieder zu schnell geurteilt, schalt sich die Pastorin. Sie kam im Gegenteil zu dem Schluss, dass Hillu Holm ihren Ex auch nach der Scheidung noch kräftig unterstützte. Sie musste ein Herz so groß wie eine spanische Wassermelone haben. Innen auch so weich. Und ein ganz kleines bisschen verfault.

»Natürlich haben wir die Firma zusammen aufgebaut«, fuhr

Hillu nun fort. »Lars ist geschickt und fleißig. Dass er jetzt vor der Insolvenz steht, war zum größten Teil Pech. Ich verliere zwar viel Geld, wenn das nichts mit dem Sportpark wird. Aber ich geh auch nicht unter. Lars dagegen …«, jetzt guckte Hillu wie ein Mops, dem man während des Nickerchens das Sofakissen geklaut hatte, »… verliert alles.«

Dass Ommo sie über die wahren Umstände der Beziehung von Lars und Hillu belogen hatte, mochte eigentlich unwichtig sein, aber Silke war dennoch erbost über die Unaufrichtigkeit des Naturschützers. Jetzt war sie in der richtigen Stimmung, ihm die Meinung zu geigen. Sie leerte das Glas Sekt nun doch in einem Zug, gab es Hillu zurück und stapfte energisch quer über den Rasen in Richtung Teich. Von weitem hörte sie, dass Ommo schon wieder die Geschichte mit der Haiattacke vom Stapel ließ, die er ihr auch schon hochdramatisch geschildert hatte.

»Ommo!«, rief sie dazwischen, als sie noch ein paar Schritte entfernt war. »Kann ich dich mal sprechen? Bitte.«

Ommo sah sich um. Sein Gesichtsausdruck spiegelte deutlich wider, dass er über diese Störung nicht erfreut war, aber als er Silke erkannte, glättete sich seine Stirn sofort, und er zauberte ein reizendes Lächeln auf sein Gesicht. Die beiden Kellnerinnen kicherten nur.

»Unter vier Augen«, konkretisierte Silke nun.

Ommo zuckte nur überrascht mit den Schultern, die Mädchen verzogen sich rasch.

Silke war so in Fahrt, dass sie Ommo am Arm packte und in einen nicht einsehbaren Teil des Gartens schob – ein Fehler, wie sie schnell bemerkte. Denn Wilkes tat, als würde er nicht bemerken, wie sehr sie in Rage war. Stattdessen umfasste er mit einer Hand ihre Taille, die andere legte er frech auf ihren Hintern und zog sie an sich.

»Du siehst wunderschön aus!«, schmachtete er sie an.

Das brachte Silke kurz aus dem Konzept, dann schob sie aber

seine Hände von sich. Ommo grinste frech – was ihm leider ausnehmend gut stand.

»Lass das mit den Komplimenten.« Silke war fest entschlossen, sich nicht vom Weg abbringen zu lassen. »Deswegen bin ich nicht hier.«

»Schade«, Ommo grinste sie immer noch frech an, dabei schob er ihr mit einer Hand eine widerspenstige Haarsträhne aus dem Gesicht.

»Warum tust du das?«, preschte Silke vor.

Ommo zog nur eine Augenbraue in die Höhe.

»Du machst mir den Hof, seit ich hier aufgetaucht bin«, konkretisierte Silke. »Und zwar massiv. Du gibst mir von Anfang an das Gefühl, dass du … äh, dass du …«

»Dass ich mit dir schlafen will?«, setzte Ommo fort. »Stimmt! Ja! Weil du eine tolle Frau bist.« Er streckte wieder eine Hand nach ihr aus, aber Silke wich zurück.

»Das möchte ich gerne glauben, Ommo.« Silke wurde jetzt ganz ruhig und ernst. »Aber leider habe ich in der letzten Zeit immer häufiger das Gefühl bekommen, dass du nicht aufrichtig zu mir bist.«

Ommo riss die Augen auf und tat überrascht.

»Und nicht nur in puncto Komplimente. Du hast mich über so vieles im Unklaren gelassen. Oder gar belogen.«

Jetzt hob Ommo empört die Hände und wehrte Silkes verbalen Angriff ab. »Belogen?! Niemals, ich schwöre dir …«

»Oh, ’tschuldigung.«

Silke sah sich überrascht um. Ein weiteres Pärchen wollte offenbar in die stillste Ecke des Gartens, um dort unbeobachtet zu sein. Silke traute ihren Augen nicht, als sie registrierte, um welches Pärchen es sich handelte. Hinter ihr standen, Hand in Hand, Knut Euter Larsen und Marina, die Freundin von Lars Holm! Als Silke sie entgeistert ansah, lösten sie wie ertappt ihre Hände voneinander.

»Wir wollten nicht stören, tut uns leid«, sagte Euter und guckte dabei ganz treuherzig.

Silke war fassungslos und völlig durcheinander. Gerade noch hatte Lars Holm vor den Augen aller in der Kirche Rotz und Wasser geheult, und nun hatte seine Freundin nichts Besseres zu tun, als mit einem anderen Händchen zu halten?! Silke war zutiefst empört. Aber noch bevor sie etwas sagen konnte, hatte Knut schon seinen Arm um die zarte Bulgarin gelegt und verschwand mit ihr in Richtung Teich.

Als Silke sich wieder umdrehte, um sich weiter Ommo Wilkes zu widmen, wollte sich dieser gerade an ihr vorbeimogeln und dem unangenehmen Kreuzverhör entziehen.

»Wo willst du hin?« Silke hielt Ommo am Hemd fest.

»Das ist doch lächerlich«, Ommo gab sich jetzt keine Mühe mehr zu verbergen, dass ihn die Auseinandersetzung mit Silke nervte. »Ich weiß gar nicht, was das soll. Erst flirtest du mit mir und gibst mir Anlass zu glauben … Und jetzt aus heiterem Himmel diese Anschuldigungen. Ich hab keine Lust mehr, mir das anzuhören.« Damit ging er ein paar Schritte von Silke weg, sie musste sein Hemd loslassen, wenn sie es nicht zerreißen wollte.

»Ich bin noch nicht fertig.« Silke folgte Ommo, der sich nun rückwärts von ihr wegbewegte.

»Ist mir egal«, Ommos Ton wurde nun richtig giftig. »Ich weiß schon, was passiert ist. Lars hat dich auf seine Seite gezogen. Ist doch klar. Ihr wohnt ja nebeneinander. Und eure Kinder sind ein Paar. Das schweißt natürlich zusammen.« Schritt für Schritt bewegte er sich rückwärts von Silke weg, die ihm folgte.

»Es geht um Holm«, gab sie zu. »Aber der hat mich nicht auf seine Seite gezogen. Du leidest unter Verfolgungswahn, Ommo. Was bringt dich dazu, seine Existenz zu zerstören? Weil er dir Hillu ausgespannt hat? Vor fünfundzwanzig Jahren! Das ist doch irre!«

Das war ihr eigentlich nur so rausgerutscht, aber Ommos

Gesicht verzerrte sich daraufhin böse. Silke erkannte mit Schrecken, dass es tatsächlich so war. Ommos Hass lag darin begründet. In dieser alten Geschichte. Er hätte kein Wort dazu sagen müssen, sein Gesicht sprach Bände.

»Du hast doch keine Ahnung!«, fuhr er sie an. »Du kommst hierher und beschuldigst mich … Was willst du überhaupt von mir?«

»Das kann ich dir sagen. Ich will, dass du öffentlich zurücknimmst, dass es einen Baustopp für das Gelände gibt«, sagte Silke sehr bestimmt. »Nur dann hat Holm eine Chance, wieder seinen Investor ins Boot zu kriegen. Dann seid ihr wieder gleichauf.«

Ommo schwieg und verschränkte die Arme vor der Brust. Es sah nicht so aus, als würde er einfach so klein beigeben.

Silke musste schwere Geschütze auffahren. »Du spielst nicht fair, Ommo. Davon, dass du die Kröten irgendwo aufsammelst und auf dem Gelände aussetzt, damit es so aussieht, als würden die Tiere dort leben, will ich gar nicht erst reden.«

Damit hängte sie sich weit aus dem Fenster, aber sie hatte sich nach dem, was Paul erzählte, schlaugemacht. Tatsächlich stand die Kreuzkröte auf der Roten Liste der bedrohten Arten. Auf Sylt allerdings kam sie in größerer Verbreitung vor, auf der gesamten Insel. Es war also nicht ausgeschlossen, dass Ommo Wilkes irgendwo eine Population eingesammelt hatte und auf dem ehemaligen Militärgelände aussetzte, weil er hoffte, so seiner Forderung nach einem Naturschutzgebiet Nachdruck zu verleihen. Er schaffte mal wieder Tatsachen – Ommos Lieblingstaktik, wie sie nun wusste.

»Lächerlich!«, lachte Ommo nun laut auf. Aber er wirkte verunsichert. »Das glaubt dir kein Mensch.«

»Es gibt Zeugen.«

»Diese Gören …« Nun hatte Ommo sich verraten.

Silke sah ihn an und fand ihn einfach nur jämmerlich. Wieso hatte sie nicht sofort erkannt, wie unaufrichtig er war? Aber er war auch nicht so leicht kleinzukriegen, denn jetzt setzte er zum Gegenangriff an.

»Weißt du, Silke, was dein Problem ist?« Wilkes gab seine defensive Haltung auf. Er schob die Hände in die Hosentaschen, schob die Hüfte vor und musterte die Pastorin mit amüsiertem Blick. »Du bist Pastorin, geschieden und alleinerziehend. Du bist einfach eine verklemmte Frustzicke, und es hat dir nicht gefallen, dass Hillu erzählt hat, mit wie vielen Frauen ich schon im Bett war. Deshalb wirst du plötzlich so giftig.« Er lachte, aber es wirkte nicht mehr charmant. Es war das hohle Lachen eines aufgeblasenen, von sich selbst überzeugten Machos.

Silke beschloss, zum ultimativen Schlag auszuholen. »Mir gefällt nicht, dass du lügst. Mir gefällt nicht, dass du, ohne zu zögern, die Existenz anderer gefährdest. Und mir gefällt nicht, dass du Marion von Breckwoldt ein Kind gemacht und dich nicht die Bohne darum gekümmert hast, was aus ihr wird.« Jetzt hatte sie ihn.

Ommo Wilkes starrte sie mit offenem Mund an und schnappte nach Luft. Er war kreideweiß geworden. Er wich vor ihr zurück, als sei sie der Beelzebub persönlich.

Silke erkannte, dass Ommo nichts davon wusste, dass er Vater war. »Deine Augen haben dich verraten, Ommo.«

Das war es, was sie und Hillu gestern herausgefunden hatten. In mühevoller Erinnerungsarbeit hatte Hillu Puzzleteil für Puzzleteil zusammengesetzt. Die grünen Augen von Ommo Wilkes waren die Augen von Knut Larsen. Das hatte ihn letztlich verraten. Hillu hatte sich daran erinnert, dass Ommo ihr, nachdem sie ihn für Lars Holm verlassen hatte, erzählt hatte, wie er eines Nachts wieder in die Breckwoldt-Villa eingestiegen war. Er war betrunken gewesen, und Marion von Breckwoldt, allein und verängstigt, hatte ihn ertappt. Was dann genau passiert war, ob es eine Vergewaltigung war oder ob Ommo die geistige Labilität und die Einsamkeit Marions ausgenutzt hatte – das würde für immer ein Geheimnis bleiben. Aber mit hoher Wahrscheinlichkeit hatte Marion alles mit sich alleine ausgemacht – die Schwangerschaft und schließlich auch die Geburt des Kindes. Verzweifelt hatte sie ihr Baby in den Stall der Larsens gelegt und sich danach das Leben genommen. Letzteres war Spekulation, denn eine Leiche wurde nie gefunden, aber Hillu Holm war überzeugt davon gewesen, dass sich die arme Marion vom Horssumer Kliff ins Meer gestürzt hatte.

Ommo Wilkes hatte von alldem nichts gewusst. Und selbst wenn, es hätte ihn wahrscheinlich nicht gekümmert. Er war zu beschäftigt damit gewesen, sich zu profilieren.

»Wer? Wer ist es?«, fragte er nun atemlos.

»Der Breckwoldt-Erbe? Dein Sohn?« Silke zögerte, ob es gut war, ihm das zu offenbaren. Aber letztlich zählte hier nur die Wahrheit. Zu vieles war verschleiert worden, zu viele Lügen und Unwahrheiten in Umlauf gebracht. Sie entschied sich für den geraden Weg. »Knut ist dein Sohn. Er ist ein Findelkind. Suna und Fiete haben ihn im Stall gefunden und als ihr Kind ausgegeben.«

Ommo schüttelte nur immer wieder den Kopf und starrte Silke mit leeren Augen an.

»Und wenn du deine Lüge mit dem Baustopp nicht zurücknimmst, dann erfährt es die ganze Insel. Und ich kann mir nicht vorstellen, dass Knut Larsen unter diesen Bedingungen bereit ist, das Gelände, das ihm dann zu einem Teil gehört, in deinem Sinne zu nutzen.«

Jetzt hörte Silke ein unterdrücktes Schluchzen, und sowohl sie als auch Ommo blickten in die Richtung, aus der der Ton gekommen war.

Oma Grete stand ein paar Meter weiter neben der Hecke. Sie war ebenso weiß wie Ommo und hatte sich beide Hände vor den Mund gehalten. Sie musste alles mit angehört haben, sie sah ebenso fassungslos aus wie Wilkes.

»Ich wollte nur … ich habe Knut gesucht«, stotterte sie nun.

Jetzt war es an Silke, entsetzt zu sein. Sie hatte nie vorgehabt, Grete oder gar Knut von ihrem Verdacht zu erzählen. Sie wollte um keinen Preis, dass Knut erfuhr, wer sein leiblicher Vater war. Darin waren sie und Hillu sich einig gewesen. Sie wollten es einzig und allein Ommo offenbaren, um ihn unter Druck zu setzen. Denn dieser, das war so sicher wie das Amen in der Kirche, würde die Tatsache, dass er über Marion hergefallen war, unter allen Umständen geheim halten wollen. Wenn das ans Licht kam, wären er und sein Streben nach dem Bürgermeisteramt ein für alle Mal erledigt.

Die zarte alte Haushälterin drehte sich nun um und trippelte rasch von dannen. Silke entschied sich, ihr zu folgen und ein paar Worte mit ihr zu sprechen. Bei Ommo Wilkes war schließlich alles gesagt. Nun musste er entscheiden, wie er mit dieser neuen Situation umgehen wollte.

»Grete!« Silke holte ihre Haushälterin ein und legte ihr sanft eine Hand auf die Schulter.

Die alte Dame drehte sich um und sah Silke ins Gesicht. »Du hast völlig recht! Warum hab ich Döskopp das nicht gesehen?! All die Jahre!« Dann blickte die alte Dame sich um und vergewisserte sich, dass ihnen auch ja niemand zuhörte. »Aber das darf Knut nun wirklich nicht wissen! Ausgerechnet dieser Ommo …« Sie schüttelte empört den Kopf. »Und ausgerechnet jetzt, wo Knut so glücklich ist!«

Das schlug dem Fass den Boden aus. Silke schwankte zwischen Mitgefühl, weil Grete gerade die unangenehme Wahrheit über Knut und Ommo erfahren musste, und Empörung. »Da freust du dich noch?«, platzte sie heraus. »Ausgerechnet Marina?«

»Ja, wieso denn nicht?« Die alte Dame sah die Pastorin verständnislos an.

»Die Freundin von Lars Holm? Wollt ihr dem Mann alles nehmen, was er hat?«

Oma Grete wollte antworten, aber ein Donnerschlag zerriss

die Luft. Silke und Grete blickten nach oben. Am Himmel waren dicke Wolken, die Sonne hatte sich dahinter versteckt, ein Gewitter war aufgezogen. Silke bemerkte, dass die anderen Gäste bereits eifrig damit beschäftigt waren, Stühle, Schirme, Getränke, Geschirr und Häppchen in Sicherheit zu bringen. In wenigen Minuten würde das Unwetter losbrechen, jetzt krachte auch schon ein lauter Blitz und ließ alle Gäste zusammenfahren. Silke sah eine kleine Gestalt über den Rasen auf sie zurennen, es war Paul mit Balu an der Leine. Sie winkte ihm, aber bevor sie ihn in die Arme nehmen konnte, hielt Oma Grete sie noch auf.

»Wie kommst du denn darauf? Das ist doch nicht die Freundin von Lars!«

»Nicht?«, wunderte sich Silke. »Aber sie sind dauernd zusammen …«

Oma Grete lachte ihr fast zahnloses Lachen. »Sie ist seine Buchhalterin. Und sie sind dauernd zusammen, weil sie versucht, seine Firma zu retten!« Stolz warf sie sich in die Brust. »Sie ist ein prima Mädchen, und ich hab sie mit meinem Knut verkuppelt. Ich wusste sofort: Das ist die Richtige!«

Silke ersparte sich einen Kommentar, weil Paul nun atemlos vor ihr stand. »Mama! Du musst nach Hause kommen, wir haben Angst vor dem Gewitter.«

Silke strich Paul über den Kopf. Sie wollte nichts lieber als das. Die letzte Viertelstunde hatte sie wie im Schleudergang erlebt – Hillu, Ommo, Knut und Marina … Sie war völlig erschöpft, und die Aussicht, dass sie sich jetzt mit Sohn und Hund gemütlich auf dem Sofa herumdrücken konnte und es dabei draußen wie aus Kübeln gießen würde, breitete einen Mantel des Wohlgefühls über ihr aus.

»Nichts wie nach Hause«, nickte Silke und gab Paul einen Klaps.

Gemeinsam liefen sie über die Wiese zum Gartentor, Silke

fasste nebenbei noch mit an und trug ein Tablett ins Innere des Hauses, sie winkte nur rasch zum Abschied und eilte dann wieder zu Paul und Balu nach draußen. Erste dicke Tropfen klatschten hernieder, es donnerte jetzt ganz gewaltig. Nur drei Sekunden später krachte ein Blitz und erhellte für einen Sekundenbruchteil die gesamte Umgebung. Plötzlich bäumte sich der Bobtail auf, zerrte an der Leine und wand seinen Kopf aus dem Halsband.

»Balu!«, schrie Paul auf, und nun sahen er und Silke entsetzt, dass das Tier in Panik aus dem Garten raste. Noch bevor Silke etwas tun konnte, setzte Paul hinterher. Er liebte den Hund über alles, und selbst seine Angst vor Gewitter konnte ihn nicht davon abhalten, Balu wieder einfangen zu wollen.

Silke begann nun ebenfalls, hinter den beiden herzurennen, aber sie trug Pumps und kam entsprechend langsam vorwärts. Bis sie die hinderlichen Treter von den Füßen hatte, waren Sohn und Hund bereits außer Sichtweite. Das Gewitter war nun direkt über ihr, der Himmel hatte seine Schleusen geöffnet, und es goss in Strömen. Silkes dünnes Sommerkleidchen klebte an ihrem Körper, die Haare klatschten ihr ins Gesicht, aber sie dachte nur daran, dass sie ihren Sohn einholen musste.

Es war ein schlimmes Gewitter, es blitzte und donnerte und draußen war es jetzt besonders gefährlich. Ein Fahrrad rauschte an ihr vorbei, es war Ommo Wilkes, der, ebenfalls pitschnass, wie besessen in die Pedale trat. Silke versuchte, ihn aufzuhalten, und rief ihn um Hilfe an. Tatsächlich bremste Wilkes ab und sah ihr verärgert entgegen. Schon bevor sie ihn erreicht hatte, rief sie ihm atemlos zu, dass Paul und Balu weggerannt seien. Der Hund aus Panik vor dem Gewitter, Paul aus Panik, den Hund zu verlieren.

»Wenn der Scheißköter ein Tier reißt, dann ist er dran« war der einzige Kommentar, den Ommo dazu abgab. Dann setzte er seine Fahrt fort, ohne sich nach Silke umzublicken.

Das war zu viel für sie. Silke Denneler rannte noch ein paar Meter in die Richtung, in die ihr Sohn verschwunden war. Aber von der Straße führten nun drei Wege weg, und sie wusste nicht, für welchen sich Balu und Paul entschieden hatten. Wenn Paul überhaupt noch wusste, wohin der Hund rannte.

Sie war durchgeweicht bis auf die Unterhose und sie war unfähig weiterzulaufen, die nackten Füße brannten, und Silke spürte jetzt, wie die Erschöpfung über ihr zusammenschlug. Sie war verzweifelt, sie hatte Angst um ihren Jungen, und sie fühlte sich total alleingelassen. Sie blieb stehen und ließ ihren Tränen freien Lauf. Sie war vollkommen ratlos und erschöpft.

Durch den Schleier des Regens (oder waren es ihre Tränen?), sah sie zwei Scheinwerfer immer näher kommen. Schließlich hielt der ihr wohlbekannte schwarze SUV neben ihr. Es war Lars Holm, der die rettende Beifahrertür öffnete und ihr – obwohl sie bestimmt die Ledersitze ruinieren würde – zurief einzusteigen.

Aber Silke wollte nicht einsteigen. Sie nahm sich zusammen und schilderte Holm, was passiert war. Der Bauunternehmer hörte konzentriert zu, nickte und versprach ihr dann, dass er sich auf die Suche nach Paul machen würde. Lukas würde ihm gewiss helfen, auch Knut und ein paar andere aus dem Dorf wollte er mobilisieren. Unter der Bedingung, dass Silke sich von ihm nach Hause bringen lassen würde und wenigstens die Kleider wechselte, bevor sie weitersuchte.

Aber Silke wollte keine Zeit verlieren. Das Gewitter nahm an Intensität eher zu als ab, die Blitze gingen mit unverminderter Kraft auf die Insel nieder. Sie machte Holm klar, dass sie sich so, wie sie war, auf die Suche machen würde. Es war schließlich nicht kalt und einen Schnupfen würde sie überleben. Dagegen würde sie sich nie verzeihen, wenn ihrem Jungen etwas zustieß, während sie sich zu Hause Regenklamotten anzog.

Lars Holm erkannte, dass er mit Argumenten nicht weiterkam, und verabredete mit Silke, wer wo nach Kind und Hund suchen würde. Er wollte die Landstraße abfahren und auf den größeren Wald- und Feldwegen mit seinem Wagen nach den beiden suchen. Silke würde im näheren Umfeld des Pfarrhauses bleiben, auch weil das ungefährlicher war. Alle Häuser auf der Insel besaßen gute Blitzableiter; mit den Reetdächern war die Brandgefahr bei Blitzeinschlag sonst einfach zu groß. Doch bevor er weiterfuhr, kramte Holm unter dem Beifahrersitz noch ein paar Badelatschen hervor und reichte sie Silke.

»Besser als barfuß«, kommentierte er, und sie nahm die Adiletten dankbar in Empfang.

Beinahe zwanzig Minuten tigerte Silke suchend umher. Zwanzig Minuten, die ihr wie Stunden vorkamen. Sie rief immer wieder den Namen von Paul, manchmal auch den des Hundes, bis sie kaum noch Stimme hatte. Sie guckte unter jeden Busch und klingelte fast an jeder Tür – vergebens. Paul und Balu blieben verschwunden. Dafür hörte sie die Sirenen der Feuerwehr, was ihr Herz fast aussetzen ließ. Vor ihrem geistigen Auge spielten sich die schlimmsten Szenen ab, und sie musste sich immer wieder sagen, dass es sich wahrscheinlich nur um überflutete Keller handelte, wegen denen die Feuerwehr ausrückte.

Der Larsen-Hof war auch eine ihrer Anlaufstellen. Dort öffnete ihr Marina die Tür und versicherte ihr, dass Knut gerade dabei war, jeden Winkel des Hofes zu durchsuchen. Wenn die beiden dort Zuflucht gesucht hatten, würde Knut sie finden. Silke hoffte inständig, dass dies so war.

Als sie Marinas Angebot, sich auf dem Hof abzutrocknen und etwas Heißes zu trinken, ausgeschlagen hatte, fiel Silke ein, dass sie gar nicht benachrichtigt werden konnte, wenn die Vermissten gefunden worden waren – sie hatte ihr Handy im Pfarrhaus gelassen! So schnell die Badeschlappen es zuließen, nahm sie Kurs auf zu Hause.

Als sie in den Kiesweg einbog, sah sie den schwarzen Audi vor ihrem Grundstück stehen. Sie lief schneller darauf zu, denn sie war sicher, dass dies bedeutete, dass Lars ihren Sohn gefunden hatte. Ihr kam auch bereits jemand entgegen – ein großer Mann mit schwarzer Anzughose und weißem Hemd. Triefend nass wie sie, mit dunklen Haarsträhnen, die ihm wirr ins Gesicht hingen, kam ihr Lars Holm entgegen.

»Alles gut!«, rief er schon aus der Entfernung. »Sie sind drinnen.«

Silke begann zu rennen. Alles gut, Paul ist in Sicherheit, dachte sie nur und lief auf Lars Holm zu. Ohne nachzudenken und ohne es zu wollen, rannte sie durch den strömenden Regen auf den pitschnassen Mann zu, so vollkommen erleichtert, dass sie auch nicht haltmachte, als sie ihn erreicht hatte. Sie warf sich einfach an seine Brust und schlang die Arme um ihn.

Lars Holm war einen Moment verdattert, aber dann umfasste er Silke, hielt sie ganz fest und drückte seine Lippen auf ihren Scheitel.

»Es geht ihm gut«, murmelte er, »alles okay.«

So standen sie gefühlt eine halbe Ewigkeit, und Silke spürte, wie gut ihr die Kraft und die Wärme des Mannes taten, den sie noch vor ein paar Tagen nicht geschenkt haben wollte. Sie schloss die Augen und atmete tief durch die Nase ein. Sie roch das nasse Hemd, dessen Waschmittelgeruch sich mit dem Duft des Duschgels vermischte, das Lars benutzte. Es war ein dezenter Duft, und während Silke ihn einatmete, dachte sie, dass der Geruch ihr Geborgenheit vermittelte, Aufgehobensein. Er hatte nichts Aufdringliches, Protziges.

Sie schmiegte ihr Gesicht an die Brust von Lars, und ihre Hände ruhten auf seinem Rücken. Er war massig, aber nicht dick. Gerade richtig, dachte sie gerührt, während sie spürte, dass seine warmen Hände beruhigend ihren Rücken streichelten. Das habe ich so lange vermisst, dachte sie, so lange, dass ich gar nicht wusste, wie sehr mir das fehlt.

So standen sie im Regen, Silke Denneler, die Pastorin, und

Lars Holm, der Bauunternehmer. Sie dachten an nichts, sie sprachen kein Wort, sie wunderten sich vielleicht nur ein bisschen. Über sich selbst und den anderen.

Und dann gingen sie zusammen ins Pfarrhaus, wo Paul im Schlafanzug und in Decken gehüllt sehr wohlig und zufrieden saß und den Kakao schlürfte, den Oma Grete ihm gemacht hatte.

Epilog

Sechs Monate später

Rudi stotterte. Lars verdrehte genervt die Augen. Er zählte mühsam beherrscht bis zehn und unternahm dann einen weiteren Versuch, den alten Passat zu starten.

»Verdammte Kiste!«, fluchte er und schlug auf das Lenkrad.

Silke warf ihm einen amüsierten Blick zu. Lars und Rudi würden wohl nie Freunde werden. Aber im Moment hatte der Herr Bauunternehmer auch keine Alternative. Der schwarze SUV war verkauft worden, wie praktisch alles andere auch, was Lars Holm von Wert besessen hatte. Marina hatte es tatsächlich geschafft, sowohl die Privatinsolvenz als auch den Konkurs von Holm Building Corp. abzuwenden. Allerdings war Lars als Privatmann jetzt vollkommen pleite.

»So darfst du nicht mit ihm reden, Lars«, ließ sich Paul vom Rücksitz vernehmen.

Lars warf einen verärgerten Blick nach hinten, verkniff sich aber einen Kommentar. Stattdessen flötete er mit sanfter Stimme: »Komm schon, alter Junge, lass uns nicht im Stich«, und drehte wieder den Zündschlüssel.

Rudi sprang mit einem tiefen Seufzer an und ließ seinen Dieselmotor tuckern wie einen Traktor. Lars haute den ersten Gang ein, dass das Getriebe knirschte, und machte einen Kavalierstart vom Kiesweg.

»Ihr habt sie doch nicht mehr alle, ihr Dennelers«, kommentierte er seufzend, was Silke und Paul mit Gelächter quittierten.

Eigentlich hätten sie den Weg auch gut zu Fuß zurücklegen können, Silke hatte alles versucht, um ihre Männer von einem Spaziergang im Schnee zu überzeugen. Aber Lars und Paul hatten sich vehement gewehrt. Lars wollte sich im Schneematsch nicht die guten Schuhe versauen, die er anlässlich des Festaktes gewählt hatte.

Als sie in den Feldweg einbogen, der zum ehemaligen Hubschrauberlandeplatz führte, parkten bereits einige Fahrzeuge davor, so dass Lars mit den guten Lederschuhen doch ein Stückchen durch den Matsch musste. Silke hatte sich wohlweislich ihre wasserfesten Winter-Gassi-Treter angezogen, ungeachtet der Tatsache, dass sie damit wie ein Minisaurier auf Skiurlaub wirkte.

Auf dem zukünftigen Baugelände, das nun, im Februar, sehr unwirtlich wirkte, hatte Lars ein kleines beheiztes Zelt aufbauen lassen, damit die Gäste nicht während der Reden im Freien erfroren. Die meisten Geladenen waren schon da, und Lars entschuldigte sich bei Silke, weil er die wichtigsten unter ihnen, die Investoren, begrüßen musste. Silke gesellte sich zu Oma Grete, die mit Knut und Marina in einer der hinteren Ecken des Zeltes stand, direkt vor dem Heizlüfter.

Missbilligend zeigte die alte Dame auf das Büfett. »Nimm das bloß nicht, ist alles knochentrocken.«

Knut, der sich gerade eine der kleinen Baguettescheiben mit Heringssalat in den Mund schob, schüttelte den Kopf und tippte sich an die Stirn. »Lecker«, sagte er mit vollem Mund.

Silke wollte etwas entgegnen, aber da klopfte vorne in der Menge jemand gegen das Mikro. Anscheinend begann nun der offizielle Teil der Feier.

»Meine Damen und Herren, liebe Anwesende, Ermöglicher und Finanziers!«, trompetete Ommo Wilkes ins Mikro. »Als

Mitglied des Aufsichtsrates der Sportpark GbR darf ich Sie hier und heute begrüßen und freue mich, dass wir alle gemeinsam den Beginn des großartigen und lang ersehnten Projektes feiern können …«

Marina neben ihr kicherte, und Knut lehnte sich zu Silke herüber. »Was für ein Schleimer, dieser Ommo. Ich verstehe bis heute noch nicht, warum er so plötzlich für den Sportpark war … Der hängt sein Fähnchen ja auch nach jedem Wind.«

Silke zuckte nur stumm mit den Schultern und nahm aus den Augenwinkeln wahr, dass Oma Grete ihr verschwörerisch zuzwinkerte.

Ommo erging sich noch in seinen lobenden Ausführungen, wie wichtig der Sportpark für die Insel sei, und übergab dann das Mikrofon an den obersten Bauherrn, nämlich das Amt Sylt, vertreten durch seinen frischgebackenen ersten Bürgermeister Jens Bendixen.

Silke hörte auch ihm nur mit einem halben Ohr zu, schließlich kannte sie das Projekt in- und auswendig. Seit der Nachlassverwalter das Verfahren um die Erbensuche abgeschlossen hatte – natürlich erfolglos –, hatte es im Hause Holm kein anderes Thema mehr gegeben. Lars wusste, dass dies die einzige Chance war, finanziell wieder auf die Beine zu kommen, und er arbeitete Tag und Nacht daran. So viel, dass Silke sich jede freie Minute mit ihm erkämpfen musste. Aber anstatt darunter zu leiden, genoss sie es, dass sie neben ihrer Beziehung zu Lars sehr viel Zeit für Paul und sich hatte. Wenn sie mit Lars zusammen war, machten sie stets große Pläne, was sie gemeinsam unternehmen wollten: ein Wochenende in Hamburg verbringen, einen Segeltörn nach Helgoland machen oder auch nur mit dem Fahrrad die Insel umrunden. Stattdessen saßen sie dann aber gemeinsam mit Paul auf dem Sofa, sahen fern und futterten sich gegenseitig die Chips weg. Machten einen Strandspaziergang und brachen danach bei Friesentorte mit Pharisäer jeden Diätvorsatz. Lars war ihr in vielerlei Hinsicht ähnlich, aber was ihr am meisten gefiel …

»Pardon!« Lars Holm quetschte sich gerade durch die Gäste zu Silke durch. Dabei war er mit dem Ellenbogen an das Sektglas einer Dame gestoßen, so dass der Inhalt auf der Jacke ihres Nachbarn gelandet war.

»Verzeihen Sie, ich werde sofort … einen Lappen …« Suchend sah er sich um und drehte sich dabei so schwungvoll um die eigene Achse, dass er rücklings mit Lise Baluschek zusammenstieß. Diese hatte ein volles Tablett mit Kaffee durch die Menge balanciert, das ihr nun in hohem Bogen aus der Hand flog und mit lautem Scheppern zwischen den Hosenbeinen der Anwesenden auf dem Boden landete. Der Kaffee spritzte in weitem Umkreis alles voll. Jens Bendixen musste wegen der entstandenen Unruhe seine Rede unterbrechen, und alle reckten neugierig die Köpfe in die Richtung, in welcher der Tumult entstanden war.

Silke beobachtete Lars, der mit hochrotem Kopf verzweifelt inmitten der Aufregung stand und versuchte, das von ihm verursachte Malheur in den Griff zu kriegen.

Er macht dabei vielleicht nicht unbedingt eine gute Figur, aber er sieht wahnsinnig gut aus, dachte Silke verliebt. Erst als Oma Grete neben ihr sie anstieß, wachte sie aus der Verzückung auf und begann, die Scherben der Kaffeetassen vom Boden aufzusammeln.

Auch Marina wollte behilflich sein, aber Knut hielt sie zurück. Dabei streichelte er sanft den winzigen Hügel, der sich unter dem Wintermantel der Bulgarin abzeichnete.

Oma Grete bemerkte Silkes Blick. »Da ist was unterwegs«, wisperte sie und warf einen bedeutungsvollen Blick auf Knut und seine Frau.

Mit einem innigen Lächeln dachte Silke daran, dass sie also

spätestens im Sommer erneut die Ehre haben würde, einen kleinen Menschen in ihrer Kirche zu taufen.

Sie mochte Taufen immer schon sehr gerne, aber seit der Taufe von Jonas Jansen waren sie etwas ganz und gar Wunderbares für sie. Weil dies der Moment gewesen war, als sie ihr Herz an Lars Holm verloren hatte.

2. Auflage 2014
List ist ein Verlag
der Ullstein Buchverlage GmbH

ISBN: 978-3-471-35099-7

Gesetzt aus der Minion Pro
Satz: Pinkuin Satz und Datentechnik, Berlin
Druck und Bindearbeiten: CPI books GmbH, Leck
Printed in Germany